A NAMORADA DO MEU AMIGO

A NAMORADA DO MEU AMIGO

Você trocaria seu amigo pelo amor da sua vida?

GRACIELA MAYRINK

Copyright © 2014 Editora Novo Conceito
Todos os direitos reservados.

Esta é uma obra de ficção. Os nomes, personagens, lugares e acontecimentos descritos são produto da imaginação do autor. Qualquer semelhança com nomes, datas e acontecimentos reais é mera coincidência.

1ª Impressão – 2014

Produção Editorial:
Equipe Novo Conceito
Impressão e Acabamento Prol 010714

Este livro segue as regras da Nova Ortografia da Língua Portuguesa.

Dados Internacionais de Catalogação na Publicação (CIP)
(Câmara Brasileira do Livro, SP, Brasil)

Mayrink, Graciela
  A namorada do meu amigo / Graciela Mayrink. -- Ribeirão Preto, SP : Novo Conceito Editora, 2014.

  ISBN 978-85-8163-563-7

  1. Ficção brasileira I. Título.

14-05898   CDD-869.93

Índices para catálogo sistemático:
1. Ficção : Literatura brasileira 869.93

Rua Dr. Hugo Fortes, 1.885 – Parque Industrial Lagoinha
14095-260 – Ribeirão Preto – SP
www.grupoeditorialnovoconceito.com.br

*Para minha irmã, Flávia, sempre.
A razão de tudo isto existir.*

Agradeço a meus pais pela empolgação e ajuda na longa caminhada que é a literatura.

PRÓLOGO

Eu estava no final do nível 3 do Playstation, ia atingir pela primeira vez o nível 4, quando Caveira entrou berrando na sala e me desconcentrou. Perdi no Playstation e amaldiçoei todas as encarnações do Caveira por aquela grande tragédia. Tinha 12 anos na época, e aquele seria o grande feito da minha longa vida até aquele momento.

— Você não vai acreditar no que tenho pra te contar!

Caveira estava muito agitado, o que o deixava ainda mais parecido com uma caveira. Tinha esse apelido porque era muito magro quando criança, e seus ossos se destacavam sob a fina pele do rosto e os cabelos pretos. Ele pulou no sofá e me olhou.

— É bom que seja algo realmente importante, porque vou te matar depois que você me contar.

Eu estava muito furioso, mas Caveira parecia não se importar.

— A Juju vai embora — disse ele de uma vez, só que eu quase não entendi.

— Como assim, embora? — Franzi a testa.

— Embora, vai embora de vez. Vai sumir das nossas vidas pra sempre!

A alegria do Caveira era quase contagiante, mas eu ainda estava receoso com aquela novidade. A notícia era tão boa que até me esqueci do desastre do Playstation.

— Embora pra onde? Por quê? Quando? Você tem que explicar isso direito.

Nessa hora eu já estava totalmente envolvido pela súbita alegria que invadiu meu corpo.

— Pra Porto Alegre, longe daqui. Vai embora pra não voltar nunca mais.

Tudo bem que *nunca mais* não existe, mas aos 12 anos você não pensa nisso, e *nunca mais* significa o maior tempo possível que se pode desejar na vida. E Porto Alegre fica bem distante de Rio das Pitangas, cidade onde moro, em Minas Gerais, então pouco me importava quanto tempo duraria *nunca mais*.

— Ela vai quando? Por quê? Fala logo tudo, Caveira, tenho que ficar igual saca-rolha tentando tirar informações de você!

Juju, uma menina chata de 8 anos que morava na casa em frente à minha, ia se mudar porque o pai tinha sido transferido para Porto Alegre. A cidade fica lá no sul do Brasil, longe o suficiente para nos deixar felizes por muitos anos até nos esquecermos de que um dia essa garota existiu. Comecei a ficar com pena dos meninos de Porto Alegre, mas logo passou. Se eu pude conviver com a Juju e aturá-la por muitos anos, eles poderiam ficar com ela para sempre.

— Ela vai amanhã de manhã — confidenciou Caveira.

Senti um misto de alegria, alívio e... tristeza? Imagina! Ia me livrar daquela chata que vivia atrás da gente e dizia para todo mundo que era minha namorada e iria se casar comigo. Argh! Não podia estar mais feliz, exceto pelo incidente do Playstation. Mas Caveira dessa vez estava perdoado.

— O Beto já sabe?

— Já. Ele também está feliz.

— É claro que está. Vamos ficar livres daquela mala da Juju.

— Agora os Três Mosqueteiros podem ficar em paz! — berrou Caveira, fazendo uma alusão à nossa brincadeira.

Beto, ele e eu éramos tão unidos que todos no bairro nos chamavam de *Os Três Mosqueteiros*. Onde um estava, o outro estava. E era sempre *um por todos e todos por um*, mas a chata da Juju vivia atrás da gente falando que era o D'Artagnan. Onde já se viu, D'Artagnan mulher?

☙

Fiquei a tarde toda pensando naquela notícia maravilhosa, até que a campainha da minha casa tocou e minha mãe veio ao meu quarto avisar que eu tinha visita. Sabia que boa coisa não era, porque Caveira tinha ido embora fazia pouco tempo, e Beto, naquela hora, estava na aula de inglês. Quando levantei os olhos do gibi do Homem-Aranha e vi Juju parada ali na porta, meu estômago revirou. Minha mãe saiu e Juju ficou ali, me encarando com aqueles olhos pretos que se destacavam no rosto branco e sardento.

— O que você quer? — perguntei secamente, para demonstrar que não queria conversa.

— Estou indo embora amanhã — disse ela, com a voz um pouco chorosa, e isso quase me fez sentir pena. Quase.

— Tô sabendo — respondi com desdém. Fiquei olhando para Juju, e aquele silêncio chato e incômodo pairou no ar. — O que você quer? Dizer tchau? Tchau.

Estava sem paciência para dramas de despedida, que as meninas adoram fazer.

— Quero pedir um favor — disse ela, baixinho.

Um favor? Gelei. O que poderia ser? Fiquei com medo, mas não demonstrei, porque meu orgulho não a deixaria ver que eu havia hesitado. A pergunta era inevitável.

— Que favor? — Forcei ao máximo para a voz não falhar.

— Posso ser o D'Artagnan?

Virei os olhos. Ser o D'Artagnan? Era isso que ela queria? Confesso que senti um grande alívio, porque nunca se sabe o que esperar de uma menina. Olhei sério para a Juju e senti pena. A garota ia ser mandada para uma cidade a quilômetros da nossa, nunca mais teríamos notícias suas e era isso que ela queria? Apenas isso? Mas é claro que eu não facilitaria pra ela. Ver a Juju sofrer me fazia bem.

— D'Artagnan não pode ser mulher. — Fui firme.

— Por favor...

A sua súplica, com um tom de voz quase implorando, quebrou o gelo do meu coração. Que mal faria? Ela estava indo embora e ninguém iria saber. Podia ir pensando que era o D'Artagnan, mas na verdade nunca seria. Ela estaria longe.

— Ok, você pode ser o D'Artagnan.

— Jura? — O brilho nos seus olhos me fez sentir culpado, mas Juju acabou com esse sentimento assim que se aproximou de mim e deu um beijo molhado no meu rosto. — Obrigada. E me espere que eu volto para me casar com você — disse ela, indo em direção à porta.

— Isso nunca! — berrei, vendo os cachinhos castanhos saltitarem para fora do meu quarto, enquanto limpava a minha bochecha com a mão.

CAPÍTULO 1

Acordei com a voz da aeromoça pedindo para os passageiros afivelarem o cinto de segurança. Levei alguns segundos para perceber onde estava e com o que sonhava, mas não me lembrei. Raramente lembrava dos meus sonhos, a não ser os poucos pesadelos que me sobressaltavam de noite.

Levantei o encosto da poltrona e afivelei meu cinto. Passei a mão no rosto, na tentativa de melhorar o visual e acordar de verdade. Depois foi a vez de ajeitar o cabelo, que é curto, preto e liso demais.

Pela janela, avistei os arredores do aeroporto de Confins, cada vez se tornando maiores. Meu coração se encheu de alegria, sabendo que estava prestes a rever meu pai. Era domingo, final de fevereiro, as aulas começariam dali a uma semana. Com certeza ele estaria me esperando, embora eu tivesse insistido que poderia ir até a rodoviária e pegar o primeiro ônibus para Rio das Pitangas. *Não, claro que não*, respondeu ele. Eu já conhecia o velho, mas não custava tentar fazê-lo ficar na cidade me esperando.

A aterrissagem foi menos tranquila do que eu gostaria, mas sem incidentes, o que agradeci em segredo. Voar não era comigo, mas um ônibus de Florianópolis a Belo Horizonte também não me animava muito, nem pegar o carro e ir sozinho. Era estrada e tempo demais esperando para encontrar minha mãe, que mora em um lugar maravilhoso, onde adoro passar minhas férias.

Peguei minha bagagem e logo avistei meu pai ao sair pelo portão de desembarque. Demos um abraço e fomos para o carro sem que ele fizesse uma pergunta, mas eu sabia que elas surgiriam assim que deixássemos o aeroporto. Dito e feito! Meu pai ligou o carro, saiu da vaga e começou.

— Como foram as férias?

Dei um sorriso de canto de boca, sem que ele percebesse.

— Foram boas. E as suas?

— Por incrível que pareça foram calmas. Os professores não estavam muito estressados no final do ano.

Meu pai é diretor do Instituto Escolar de Rio das Pitangas, onde estudei até ir para a UFRP, a universidade federal da cidade. Ele se orgulha muito do cargo, que ocupa há mais de dez anos. É um diretor durão, que procura manter os professores satisfeitos e fazer os alunos andarem na linha. Eu que o diga. Fui um aluno mediano nas notas, nem um pouco exemplar no comportamento dentro do colégio e que ainda por cima ouvia o mesmo sermão duas vezes: um na escola, dado pelo diretor, e outro em casa, repetido por ele mesmo, agora na condição de pai.

Eu apenas balancei a cabeça, vendo a paisagem do lado de fora. Rio das Pitangas, uma cidade de cem mil habitantes, fica a duzentos quilômetros de Belo Horizonte, então teríamos muito tempo para conversar.

— Como está a Regiane?

— Está bem.

— Só bem? Como vai o casamento com o Deputado?

Meu pai não se conformava com o fato de a minha mãe tê-lo deixado para viver com outro homem. O casamento deles vinha definhando desde que eu tinha 10 anos, e quando completei 15 os dois anunciaram o inevitável divórcio. Minha mãe se mudou para Florianópolis, cidade dos meus avós maternos, e lá conheceu Amorim, um político famoso da região que agora é Deputado Estadual.

— Vai bem. Ela está feliz, pai.

Ele balançou a cabeça, como se concordasse, mas eu sabia que torcia para que o casamento não desse certo. Suspirei e mais uma vez rezei para que ele arrumasse uma namorada e esquecesse um pouco da minha mãe e, principalmente, de mim.

— Foi muito à praia? — Ele mudou de assunto.

— Sim. Deu pra enjoar.

Meu pai riu da piada, porque sabia que um bom mineiro nunca enjoa de praia. Nas férias, eu sempre ia para Florianópolis desfrutar daquele paraíso desconhecido por muitas pessoas de Rio das Pitangas, uma vez que a maioria dos moradores de Minas Gerais viajava para o Espírito Santo ou Bahia. Minha mãe sempre insistia para meu pai ir junto, mas ele nunca aceitava o convite e dava uma desculpa qualquer relacionada à escola.

— E as novidades? — Perguntei por perguntar, já que nunca havia novidades em Rio das Pitangas. Só que desta vez meu pai me surpreendeu.

— Este ano temos novidades. Sabe quem voltou?

Balancei a cabeça. Claro que não sabia quem tinha voltado, mesmo porque não fazia ideia de quem poderia ter ido embora. Ele ficou mais alguns segundos calado, esperando que eu me lembrasse de alguém, mas a última pessoa que realmente me interessava e havia deixado a cidade era minha mãe.

— A Juju — respondeu ele finalmente. Eu franzi a sobrancelha, na tentativa de recuperar aquele nome na minha memória.

— Que Juju? — Não fazia ideia de quem era essa tal Juju.

— A Juju, não se lembra dela? Claro que agora não a chamamos mais de Juju, ela está bem crescida.

— Não sei quem é Juju. — Dei de ombros.

— Aquela garota que morava na casa em frente à nossa. Ela era sua amiguinha.

De repente senti um tremor percorrer todo o meu corpo, e péssimas lembranças me vieram à mente.

— A Juju? Aquela chata?

Pela cara que meu pai fez, eu devia estar com cara de repulsa.

— Não fale assim, Carlos Eduardo. A Juliana é uma ótima garota. Sempre gostou muito de você.

— Até demais pro meu gosto. — Fiz uma careta ao me lembrar do último encontro com ela. Tinha esquecido completamente da existência daquele ser desagradável.

— Bom, acredito que você pode mudar de ideia quando encontrá-la.

— Não tenho tanta certeza.

Eu demonstrava desdém, mas, para falar a verdade, estava curioso sobre a Juju. Como ela estaria? O que teria acontecido em sua vida desde a mudança para... *Para onde mesmo ela foi?* Devo ter balançado a cabeça novamente. Nada da Juju me interessava.

— A Juliana cresceu e se tornou uma garota muito bonita, agradável e simpática. Ela foi lá na escola fazer a matrícula junto com os pais.

Continuei mudo. Juju agradável e simpática? Bonita? Difícil de acreditar.

— Espero que ela não tenha voltado para a casa em frente à nossa.

— Não, está morando umas duas ruas acima.

Agradeci em silêncio. Não merecia aquela garota novamente perto de mim. Esperava que ela tivesse me esquecido e não voltasse com aquela história de ser minha namorada. Só de pensar nisso, sentia calafrios.

Meu pai mudou de assunto e começou a falar da escola. Eu me desliguei, e meus pensamentos viajaram pelas montanhas de Minas.

Chegamos a Rio das Pitangas no final do dia. Fui para o meu quarto, me deitei na cama e dei um longo suspiro. Como era bom voltar para casa! Depois de alguns minutos, sentei na cama e peguei o telefone. Esperei alguns segundos antes que respondessem do outro lado.

— Caveira, sou eu, Cadu. Estou de volta.

— Ora, olha só quem é. Muita farra em Floripa?

— Mais ou menos. E as novidades aqui na cidade?

— Hum... — Caveira ficou em silêncio por um longo tempo, como se tentasse organizar as milhares de novidades que poderiam ter acontecido durante minha ausência. Eu sabia que deviam ser duas ou três, mas ele gostava de fazer suspense. — Temos novidades. Em dez minutos estarei aí para transmiti-las ao vivo — disse ele com uma voz grossa, e desligou.

CAPÍTULO 2

Em menos de dez minutos Caveira já estava no meu quarto. Ele morava três casas depois da minha, o que facilitava muito nosso contato e fortalecia nossa amizade.

— Como foi lá em Floripa? — Eu podia sentir a empolgação emanando da pele do meu amigo.

— Bom, como sempre — eu disse, enquanto ia desarrumando a mala.

— Bom, como sempre, bom, como sempre... Cadu, essa sua mania de falar sempre a mesma coisa irrita, sabia? Conte tudo, quero detalhes, todos os detalhes de tudo o que você fez lá.

— Todos os detalhes de tudo o que eu fiz não posso fornecer. — Dei uma gargalhada, insinuando que houve algo secreto naquelas boas férias. Isso deixou Caveira mais ouriçado.

— Como foi? O que aconteceu? Encontrou a... Como é mesmo o nome da garota com quem você sempre fica quando vai lá?

— A Valéria? Está namorando firme.

— Que sem graça. — Caveira fez uma cara de desânimo.

— Mas ela não é a única mulher de Floripa, né? — Pisquei o olho e ele começou a rir.

— Mandou bem, então. Vamos, conta!

— Não vou ficar contando detalhes sobre a minha vida em Floripa. Apenas aproveitei, curti, zoei com os amigos de lá, namorei um pouco. Tudo perfeitamente normal.

— Sei, sei...

— E as suas férias?

— Bom, você sabe, todo mundo daqui baixou lá em Guarapari. Não deu pra aproveitar tanto quanto você deve ter aproveitado, mas deu pro gasto.

Eu podia imaginar um décimo do que Caveira tinha aprontado em Guarapari. Ele é o tipo de pessoa que se faz de sonsa para sobreviver e se dar bem, mas na verdade é um dos caras mais espertos que conheço.

— E o Beto? Onde ele está? Não consegui falar com ele de jeito nenhum.

— Beto? O Beto está namorando!

Franzi a testa, pensando que o Caveira estivesse zoando comigo. Jamais consegui imaginar o Beto namorando.

— Mas é sério? — perguntei, desconfiado.

— Seríssimo. Tem quase dois meses já.

— Como ninguém me falou disso por e-mail?

— Ele quis fazer suspense. — Caveira deu de ombros. — Acho que nem ele esperava que durasse tanto.

Balancei a cabeça, ainda espantado. A família do Beto era de pessoas muito bonitas, todos com o cabelo cor de areia e os olhos claros. Ele era considerado um dos caras mais bonitos da cidade, e aonde ia a mulherada ficava louca. As irmãs dele também eram belíssimas, o que deixava o Caveira e eu em uma situação bem difícil. No início da adolescência Beto havia feito um pacto conosco: não valia mexer com a irmã do amigo. Na época não ligamos tanto, até porque eu e o Caveira sejamos filhos únicos. Na verdade, tenho um irmão do segundo casamento da minha mãe, só que ele é homem, pirralho e mora em Florianópolis, então não conta.

Mas, como eu ia dizendo, isso não nos atingiu tanto, porque não ligávamos para garotas naquele tempo, e as irmãs do Beto, mais novas que nós, eram muito chatinhas e magricelas, como toda garota mais nova. Só que elas cresceram e se tornaram duas gatas. Uma vez, Caveira tentou algo com a Emília, a irmã do meio, mas tomou um fora fenomenal e jamais voltou a tentar uma aproximação. É claro que o Beto nem sonha.

Já Alice, a irmã mais nova, é outra história. Ela tem 17 anos e é, disparado, a garota mais linda de Rio das Pitangas. Já participou de alguns concursos de beleza na cidade e no Estado, e venceu todos com facilidade. Todos os caras querem uma chance com Alice, mas ela é durona e acho que nunca a vi com ninguém. Só tem um porém: ela é apaixonada por mim. Nunca havia notado até Caveira chamar minha atenção em uma festa, no ano passado. Depois, Alice começou a ser mais atirada, e me cercava com indiretas quando eu ia até a casa dela. Eu, como sempre, escapava, e começamos a nos reunir mais na minha casa ou na do Caveira. Beto nunca suspeitou de nada: sempre dissemos que nossas casas eram mais tranquilas para conversar. Na verdade, acho que a Alice só é a fim de mim pelo fato de eu ser o único cara que ela não pode ter.

Caveira me acordou dos meus pensamentos com um soco no braço.

— Não quer saber quem o Beto está namorando? Estou aqui te perguntando tem umas três horas e você aí sonhando acordado.

— Quero, claro. Quem é a infeliz? — brinquei.

— A Juju. Lembra da Juju? — Caveira começou a rir.

— Meu pai me contou que ela voltou. Nesse caso, então, o infeliz é o Beto! — Agora foi a minha vez de dar uma gargalhada. Em um instante arregalei os olhos, como se a ficha tivesse finalmente caído. — Espera um pouco! Você está me falando que o Beto está namorando a Juju? Aquela Juju, que morava aqui em frente? Aquela chata da Juju, que a gente nunca suportou? — Não tinha como não ficar espantado.

— Sim, isso mesmo. Se bem que agora a Ju está um amor, você precisa ver. E bem gata também.

— Em nenhuma das minhas maiores alucinações eu poderia supor que um dia o Beto ia conseguir namorar, ainda mais com a Juju!

— Cara, a Ju, agora é Ju, viu? — Caveira me chamou a atenção. Para mim ia ser sempre Juju, a chata. — A Ju é muito legal. Não tem nada daquela chata que a gente conheceu. Cadu, as garotas crescem e ficam interessantes, sabia?

— Eu sei, eu sei... É que eu só lembro da Juju daquele jeito.

— Você vai conhecê-la e vai ver que tenho razão.

— Mal posso esperar... — respondi, com total desânimo.

Depois de desarrumar minhas malas ouvindo o Caveira contar tudo o que aconteceu nos três meses que passei em Florianópolis, fui tomar um banho. Coloquei uma calça jeans e uma blusa preta e fui para a casa do Caveira, para ele se arrumar. Como fazíamos todo domingo, fomos até o Bebe Aqui, um barzinho que fica uma rua abaixo da nossa.

Assim que nos aproximamos do bar, vi o Beto. Ele veio na minha direção e me abraçou bem forte. Senti muita falta dos meus amigos e grandes companheiros durante as férias.

— Como foi lá em Floripa? — Beto fez a mesma pergunta que Caveira.

— Foi bom — respondi com um sorriso. — Como foi aqui?

— Bom, bom. — Beto piscou e olhou na direção do bar. — Estou namorando — comentou ele, como se fosse uma coisa normal.

— Eu sei.

— O Caveira é um bocudo. — Ele riu, olhando para ele, que já estava no bar conversando com algumas meninas.

— Não preciso dizer que fiquei espantado. Ainda mais depois que soube quem é a sua namorada.

Eu falava e olhava ao redor, cumprimentando algumas pessoas com a cabeça. Vi Alice, que sorriu para mim. Desviei o olhar imediatamente para a garota que estava ao lado dela, de costas, e só vi os longos cabelos castanhos cacheados. Gelei na mesma hora: era a Juju, eu tinha certeza.

— Você tem que ver como a Juliana voltou mudada. — Beto era só empolgação, e a felicidade estava ali, estampada em seu rosto. Fiquei contente pelo meu amigo.

Ele olhou na direção da irmã e da garota de costas e a chamou. Fiquei observando, na expectativa de finalmente ver a Juju. Foi como se tudo estivesse acontecendo em câmera lenta, e até hoje me lembro da sensação estranha que tive naquele momento. Foi algo inexplicável, nunca tinha acontecido antes; sempre fui um cara racional, e esse lance de sentir atração imediata nunca funcionou comigo. Pelo menos até aquele momento.

Ela se virou para nós. Tinha um olhar penetrante, os olhos negros fixos em mim e um sorriso encantador. A pele era branca, com algumas sardas no nariz. Meu coração parecia ter parado de bater no peito, e minha respiração ficou ofegante quando ela veio em minha direção. Eu queria correr e ao mesmo tempo ficar parado ali mesmo. Tentei me controlar e não sei se tive sucesso.

— Lembra do Cadu? — perguntou Beto.

— Sim — respondeu ela, com a voz mais suave e meiga que eu já havia escutado. Parecia doce e ao mesmo tempo envolvente.

— Oi, Juju — respondi, um pouco engasgado. Ela sorriu.

— Ninguém mais me chama de Juju.

Aquela voz penetrou em meus ouvidos como uma canção. O sotaque era de um arrastado cantado típico do sul do Brasil, mas sem perder os traços da mineirice: uma mistura que desestabilizava qualquer um. Ela se aproximou e me deu um beijo no rosto. Seu perfume me envolveu e eu senti os cabelos roçarem no meu rosto. Devo ter fechado os olhos durante alguns segundos.

— Você voltou. — Devo ter bancado o idiota, e era assim que me sentia. Beto começou a rir e se afastou para pegar uma cerveja.

— Voltei. Agora de vez, eu acho — disse ela, e eu continuei perdido em seus lábios até Alice me despertar.

— Oi, Cadu. Voltou hoje?

— Voltei. — Dei um beijo no rosto de Alice e um passo para trás, como sempre fazia. Qualquer distância era recomendável quando se tratava da irmã do Beto.

— Já viu a Talita?

— Ainda não. — Eu mal prestava atenção em Alice. Só tinha olhos para Juju, que olhava para mim de relance, sorrindo, e depois desviava à procura do namorado. Ela estava linda, como o Caveira tinha falado. A vontade era dar um abraço apertado nela e não soltar nunca mais.

— Ela perguntou de você. Como se estivesse tão interessada! Você sabia que ela...

Alice desandou a falar, mas eu não prestava atenção em uma sílaba, apenas balançava a cabeça fingindo escutar a conversa. Ela falava da Talita, minha ex-namorada, com quem fiquei sete meses até chegar o início de dezembro e, com ele, as férias, e ela falar que eu não ia para Florianópolis. Fui obrigado a rir na cara dela e dizer que ninguém me proibiria de ver minha mãe. Ela falou algo do tipo *ou Floripa ou eu*, e é claro que não tive dúvida na hora de escolher. Assim, o namoro mais longo nos meus vinte anos de vida terminou e eu viajei solteiro para minhas férias.

Beto voltou e serviu um copo de cerveja para mim. Bebi de uma vez, pois precisava daquilo para tentar me acalmar. Não consegui parar de olhar para Juliana e fiquei com medo de que o meu amigo percebesse. Observava os dois abraçados, ele dando beijinhos de leve na bochecha e nos lábios dela e eu ali, morrendo de inveja. Em um misto de susto, pânico e cafajestice, entendi o que sentia naquele momento: inveja do Beto por ele ter a Juju nos braços.

Balancei a cabeça, me sentindo a pior pessoa do mundo, e me afastei com a desculpa de ir falar com alguém. Encostei em um carro e apertei o rosto entre as mãos. Não podia acreditar que desejava a Juju, logo a Juju! A garota que mais detestei na vida e que voltava agora, mudada e namorando um dos meus melhores amigos. Tentei pensar em outra coisa, mas não consegui. Isso nunca tinha acontecido comigo, e eu não podia aceitar que acontecesse. Não podia desejar a namorada do meu amigo, era canalhice demais.

Caveira se aproximou e colocou a mão no meu ombro.

— Você está se sentindo bem?

Olhei para ele, e achei que parecia um pouco assustado comigo.

— Estou. Só um pouco cansado. — Sorri e voltei para o Bebe Aqui. A noite seria longa, e o meu ano também.

CAPÍTULO 3

Não dormi muito bem naquela noite, nem na seguinte. Evitei encontrar a Juliana e vi pouco o Beto, mesmo assim não conseguia tirá-la da cabeça. Sei que era isso que eu tinha que fazer, mas realmente não conseguia. Quanto mais eu tentava não pensar nela, mais pensava.

No dia seguinte, Caveira foi lá em casa e mostrei as fotos da viagem. Não fiz nada nos outros dias da semana e não parava de pensar em Juliana. Cada vez que a imagem dela vinha à minha cabeça, aquela dor aguda no peito aparecia e eu sempre terminava me sentindo o pior dos amigos.

Na quinta-feira, fui com meu pai almoçar no Senzala, um restaurante rústico que serve a melhor comida mineira de Rio das Pitangas. Costumávamos almoçar ali quando a Ruth, minha babá e agora uma espécie de governanta lá de casa, não fazia almoço. Ela ia até nossa casa três vezes por semana, *para saber se está tudo bem*, como dizia. Com a ausência da minha mãe e dois homens em casa, temia que aquilo virasse um caos.

Eu me servi do buffet completo e sentei de frente para o meu pai.

— Animado para a volta às aulas?

— É, pode-se dizer que sim. — Forcei um sorriso.

Ficamos em silêncio, comendo por alguns minutos até ele franzir a testa, pousar o garfo no prato e me olhar sério.

— O que aconteceu em Florianópolis?

Eu o encarei um pouco espantado.

— Como assim?

— Você voltou estranho.

— Não aconteceu nada.

Tentei ignorá-lo e voltei a comer, mas ele continuava parado me olhando. Essa mania de querer saber tudo da minha vida e se intrometer nos meus assuntos particulares me irritava. Sempre nos demos bem, mas nunca fui aberto a ponto de trocar confidências com meus pais. Com o Beto e o Caveira já era difícil. Nunca fui de falar muito, principalmente dos meus sentimentos.

— Alguma coisa aconteceu com você, Carlos Eduardo. Esta semana você esteve muito quieto.

— Eu sou quieto. — Dei de ombros.

— Sim, é verdade, mas estes dias esteve mais. Não o vi encontrar seus amigos; geralmente quando você volta das férias quase não para em casa.

— Pai, não aconteceu nada, OK? Vamos almoçar.

Ele balançou a cabeça, um pouco inconformado, e eu fiz cara de quem não queria prolongar o assunto. Ele voltou a comer para logo depois abrir um sorriso.

— Olha quem está entrando.

Antes que eu visse quem era, meu pai já havia se levantado e cumprimentava um casal. Olhei e reconheci na hora os velhos amigos dos meus pais, Ivone e Manuel, pais da Juliana.

— Meu Deus, Cadu? Como você cresceu! — comentou Ivone.

Eu me levantei e a abracei, cumprimentei Manuel e olhei para trás. Ela estava ali parada, linda em um vestido amarelo. Era Juliana, sorrindo para mim. Senti meu peito pegar fogo e ao mesmo tempo gelar, enquanto minhas pernas ficavam bambas. Eu era um perfeito imbecil, não parava de babar pela namorada do meu amigo.

— Vamos, sentem-se conosco — convidou meu pai.

Ivone e Manuel não fizeram a menor cerimônia e foram logo juntando outra mesa à nossa. Meu pai cedeu o lugar dele para Juliana e começou um papo animado com os pais dela. Eu continuava em pé, feito um bobalhão, olhando para Juliana, que se aproximou da mesa. Rapidamente, sem saber por quê, corri e puxei a cadeira para que ela se sentasse.

— Que cavalheiro. — Ela sorriu. — Um perfeito mosqueteiro.

Arregalei os olhos e comecei a rir. Eu me sentei em frente a ela. O gelo havia sido quebrado.

— Então você se lembra das nossas brincadeiras de criança.

— Como poderia esquecer? Saí daqui com o título de D'Artagnan, não foi?

Senti como se uma espada tivesse atravessado meu peito. Aquilo soou como uma provocação, e eu quase engasguei com o suco. Juliana sorriu e foi para o buffet. Como eu tinha sido idiota; e, pior, ela se lembrava de tudo. Devia me odiar.

Quando Juliana voltou, eu ainda pensava em algo para falar, mas ela foi mais rápida.

— Não precisa me olhar assim, Cadu. Não ligo que não tenha contado para os meninos.

Eu a encarei, espantado. Como ela sabia que eu não havia falado nada na época?

— Juju, eu... — Estava muito sem graça.

— Você não tem que explicar nada. — Ela continuava sorrindo. — Eu que era uma boba e idolatrava você. Vocês. — Ela parou de sorrir. — Quando voltei, em dezembro, encontrei o Beto e conversamos sobre aquela época. Aí surgiu o assunto e eu fiquei sabendo que você não tinha comentado com eles sobre meu último pedido. — Ela deu de ombros.

— Eu era uma criança idiota. — O que iria falar? Que a detestava mais do que tudo naquela época?

— Todos nós éramos. — Ela sorriu de novo, tornando o clima mais ameno. — Imagino que minha volta tenha sido uma surpresa.

— Sim, foi.

— Só a Alice sabia que isso poderia acontecer. Nunca perdemos o contato e sempre trocamos e-mails. Ela me mandou algumas fotos de vocês durante esses anos. Foi legal acompanhar o crescimento de todos, mesmo que de longe.

— E foi a Alice que jogou você nos braços do irmão dela — eu disse, com um pouco de raiva na voz. Se ela percebeu, não demonstrou, apenas deu uma gargalhada.

— Não. Como falei, reencontrei o Beto assim que cheguei aqui, por causa da minha amizade com a Alice. Começamos a sair sempre juntos e acabou rolando.

Senti uma raiva tremenda de ter ido logo para Florianópolis. Se esperasse até o Natal, como meu pai queria, talvez os dois não estivessem namorando. Meu Deus, como eu podia pensar isso? Eles estavam juntos e felizes, e eu queria ser o quê? O babaca que estraga o namoro do amigo? Precisava tirar esses pensamentos da cabeça urgente!

Fiquei um tempo quieto, apenas a observando almoçar. Era toda linda, delicada. Estava perdido em meus pensamentos quando ela me olhou.

— O que foi? — Parecia um pouco constrangida com meus olhares, e eu me senti embaraçado.

— Nada... Só estava vendo como você mudou.

— Eu tinha 8 anos quando saí daqui, Cadu! Estou com 16 agora, quase 17, é claro que mudei.

— Eu sei. — Dei um sorriso sem graça. — É estranho te rever depois de tanto tempo.

— É. — Ela balançou a cabeça, mas não tive muita certeza sobre a parte com a qual ela concordava. Depois foi a sua vez de ficar quieta.

Mal percebíamos nossos pais ao lado, conversando animadamente. — Você tem que ir lá em casa ver as fotos de Porto Alegre. Saber como foi minha vida até hoje.

— Vou adorar.

Meu rosto deve ter ficado vermelho depois de ter falado aquilo. Ela sorriu, um sorriso de quem gostou do que ouviu, o que me deixou menos desconfortável.

— Quero muito ser sua amiga. — Ela tocou minha mão, que estava em cima da mesa, e um arrepio percorreu meu corpo. Eu me senti um tolo. — Quero ser sua amiga.

— Também quero ser seu amigo — respondi, engasgando, não demonstrando convicção. Antes que ela pensasse alguma coisa, tentei corrigir. — Afinal, você é a namorada do meu melhor amigo.

Ela balançou novamente a cabeça e me encarou.

— Não é disso que estou falando. Sempre gostei de vocês todos, mas você era diferente, talvez por ter sido o mais próximo de mim, talvez por eu ter morado em frente à sua casa. Sei que nunca fomos amigos, mas sempre quis isso e agora podemos tentar.

— Claro.

Eu tentaria tudo o que ela quisesse. É claro que iria querer ser amigo dela, mesmo que só isso. Não hesitaria nem um instante para ter Juliana ao meu lado. Novamente me senti um tolo, um idiota. E fiquei com raiva por sentir aquilo tudo. Muita raiva, porque naquele momento percebi o que estava acontecendo comigo: estava começando a me apaixonar pela namorada do meu amigo e não conseguia evitar que isso acontecesse. Por mais que eu tentasse, não conseguia parar de pensar em Juliana desde que a revi.

Cheguei em casa e fui para o quarto. Fiquei com medo de que meu pai viesse atrás, mas graças a Deus ele não veio. Fechei a porta e me deitei na cama, pensando no almoço. Adormeci e acordei com alguém batendo na porta. Abri os olhos e vi o Beto colocar a cabeça dentro do quarto.

— Posso entrar? — perguntou ele, já entrando. Eu me sentei na cama e esfreguei os olhos.

— Acho que peguei no sono. Que horas são?

—Umas cinco da tarde. — Ele ficou me olhando, como se tivesse algo importante para falar e hesitasse. — Você está estranho, Cadu.

— Eu? Imagina, impressão sua. — É claro que ele não acreditou. Nunca fui bom com mentiras.

— Aconteceu alguma coisa? Algo em Floripa? Ou aqui?

— Não aconteceu nada. — Menti novamente, olhando para baixo. Não conseguia encará-lo.

Beto se sentou na outra extremidade da minha cama e ficou me olhando. Eu podia sentir o peso do olhar dele.

— Você está estranho. O Caveira disse que não notou nada; ele às vezes é desligado, mas eu notei. Desde que você voltou de viagem está distante. A gente quase não se encontra.

Ele ficou quieto, esperando uma resposta, que não veio. O que eu podia falar? Ele era a única pessoa com quem não poderia me abrir. Suspirei e esfreguei o rosto com as mãos.

— Não foi nada, Beto, juro. Acho que é só cansaço, sei lá. Talvez esteja cansado de passar três meses longe, do meu pai pegando no meu pé.

— Entendo. — Ele continuava me olhando. — Cara, se eu tiver feito alguma coisa, me fala. Você sabe que nossa amizade é importante demais pra mim. Gosto muito do Caveira, mas sempre me dei melhor com você.

— Eu sei. — Balancei a cabeça, sentindo meu coração apertar.

— Só fiquei preocupado. — Ele se levantou e olhou em volta. Parecia um pouco desconfortável.

— Senta aí. — Eu sorri, tentando voltar a ser o velho Cadu de sempre. — Conta como foram as férias.

— Você já sabe. — Ele riu e se sentou. — Tenho que confessar algo. Reencontrar a Juliana foi uma das melhores coisas que me aconteceram. Sei que sempre fui um safado com as meninas daqui, mas ela é diferente. Estou gostando dela de verdade.

— Fico feliz por saber. — Dei um sorriso forçado, me sentindo ainda pior do que já vinha me sentindo.

— Nunca imaginei que ficar apaixonado fosse tão bom.

— É. — Menti. Aí já não podia concordar. Estava odiando me sentir apaixonado.

— Ela é tão doce! Tão interessante...

Beto começou a descrever todas as qualidades da Juliana e eu fiquei ali, ouvindo tudo como se fosse o melhor dos amigos. Se ele soubesse...

— Ela parece gostar de você — disse. Não sei de onde tirei isso, nem por que falei.

— Espero que sim. — Ele riu. — Aliás, também vim falar uma coisa. Sábado cedinho vou com a Alice pra Belo Horizonte. Ela vai participar de um concurso de beleza lá e só voltamos no domingo. E sábado tem o baile no Clube Pitangueiras, você vai?

— O Caveira já comprou os convites. Não tenho muita escolha.

— É, o Caveira não perde um baile. Mas, voltando ao assunto, a Ju vai também, e você sabe como são os caras daqui.

Do que ele estava falando? Seria uma indireta? Minha mente deu mil voltas e eu franzi a testa.

— Você acha que ela pode te trair? — perguntei, espantado. Pelo pouco que a conhecia, Juliana não parecia esse tipo de garota.

— Não. Acho que não, mas nunca se sabe. — Ele me olhou um pouco sem graça. — Não estou acostumado a namorar. Na verdade, estou acostumado a trair e a me divertir com as garotas, isso sim.

— Sei... E você acha que pode pagar por isso agora? — Tive de rir.

— Claro que não! — Ele parecia indignado, mas me olhou pensativo. — Você acha?

— Sei lá. Nunca ouviu falar em carma? Aqui se faz, aqui se paga?

— Você está me deixando pior do que eu já estava.

Dei uma gargalhada e fiquei com pena do meu amigo.

— Desculpa, mas foi divertido ver a sua cara. Olha, Beto, se você namora a Juju, tem que confiar nela do mesmo jeito que ela confia em você.

— Eu sei... Mas não custa evitar.

— E o que você quer que eu faça? Que impeça que ela vá ao baile?

— Não. Nem tem como, né? Não vou ser o tipo de namorado ciumento, que não deixa a namorada se divertir. Mas você pode ficar perto dela a noite toda... Meio que vigiando.

— Você quer que eu grude na Juliana e fique de guarda-costas dela? — Arregalei os olhos.

— Mais ou menos. Sei que você não gostava muito dela quando era criança, mas agora ela mudou. Isso se você não estiver interessado em nenhuma garota que vai estar no baile, claro...

Estou sim, na sua namorada, pensei.

Fiquei quieto. Não seria má ideia ter uma desculpa para ficar a noite toda com a Juliana. Afinal de contas, ela era minha amiga também.

— Tudo bem, posso fazer companhia pra Juju no baile — respondi, como se fosse um grande sacrifício para mim.

— Valeu, Cadu. Vou falar pra ela. O que acha de irmos agora lá no Bar do Tavares?

Olhei para o Beto e concordei. Apesar de tudo, queria que ele fosse feliz, queria que desse certo. Gosto demais desse cara para querer que o namoro termine. Embora deseja muito a garota dele.

Chegamos rapidamente ao Bar do Tavares, um lugar simples, perto de casa, que frequentamos desde o início da adolescência, geralmente às quintas-feiras. O Caveira estava sentado em uma mesa no canto e acenou para nós.

— Que demora, Beto! Você disse que só ia chamar o Cadu.

— Para de reclamar!

Beto se sentou de frente para o Caveira e de costas para a rua. Eu me sentei ao lado do Caveira, enquanto Tavares, um bonachão de 60 anos, se aproximava com uma cerveja e três copos.

— Os Três Mosqueteiros estão de volta. — Ele me cumprimentou.

— Um dia eu tinha que voltar.

— Você fez falta, Aramis.

Tavares foi a primeira e única pessoa que sempre nos chamou pelos nomes dos mosqueteiros. Beto era Athos, o conquistador, Caveira era Porthos, o beberrão e farrista, e eu era Aramis, mais pela timidez do que por ser religioso como esse espadachim. Ou talvez porque era o que me sobrou.

Ele se afastou sem precisar anotar os pedidos. Sempre que vamos lá é cerveja e picanha na chapa com fritas.

— Cadu, tem festa amanhã em Rioazul; já peguei nossos convites.

— Então não tenho como falar não — disse para o Caveira.

Rioazul fica a uns dez quilômetros de Rio das Pitangas, e, embora seja uma cidade bem pequena, tem festas excelentes.

— Ei, e eu? — protestou Beto.

— Você tem namorada. — Caveira fez uma careta. — É uma festa para solteiros.

— Nossa, excluído na cara dura. — Beto tentou se fazer de coitado, mas não funcionou com a gente.

— Acostume-se à nova vida — respondi.

— À vida de preso.

— Agora serei excluído de tudo?

— De tudo não, você está aqui com a gente. — Quase falei que trocava de lugar com ele de bom grado, mas seria uma piada de mau gosto.

— Você só vai ser excluído de coisas destinadas aos solteiros — completou Caveira.

— Não vejo nada demais em ir com a Ju nessa festa. — Beto deu de ombros.

— Se toca, vamos lá pra beber e pegar mulher, Beto! A Ju vai... constranger a gente. — Caveira olhou para mim. — Já combinei com o Juca de irmos juntos. — Juca era um cara da rua do Beto que raramente bebia e era nosso "motorista" oficial em algumas festas.

Tavares chegou com a picanha, e o Beto ficou lá de cara amarrada, enquanto eu e o Caveira fazíamos planos para a noite seguinte. Seria bom para distrair e tirar um pouco a Juliana da minha cabeça.

CAPÍTULO 4

Na sexta-feira, acordei com a cabeça doendo um pouco. Não estava de ressaca, mas tinha bebido o suficiente para deixar a boca travando e o pensamento mais lento.

Fui até a cozinha e encontrei a Ruth.

— Já cozinhando? — perguntei, tirando a garrafa de água da geladeira.

— Você sabe que horas são, menino? — Ela pôs uma das mãos na cintura enquanto mexia a panela com uma colher de pau. — Quase meio-dia.

— Hum. — Eu me sentei e fiquei olhando a panela. Estava faminto, e o cheiro era convidativo. — Onde está o meu pai?

— Foi até a escola organizar tudo para o início das aulas.

Balancei a cabeça e encostei o copo gelado na testa para aliviar os efeitos da cerveja. A sensação foi boa, mas Ruth viu aí a deixa para chamar a minha atenção.

— Seu pai está preocupado com você.

— Comigo? O que foi que eu fiz?

— Ele disse que você saiu ontem. Andou bebendo.

Virei os olhos. Apesar de tudo, sempre fui um filho exemplar, nunca dei preocupação para os meus pais com drogas, brigas. Bebia socialmente, um porre aqui, outro ali, como todo adolescente, mas nada alarmante.

— Não fiz nada. Fui ao Tavares, como toda quinta-feira.

— Acredito em você. — Ela sorriu com cumplicidade.

— O que o velho precisa é de uma namorada.

Ruth soltou uma gargalhada.

— Não consigo pensar no seu pai com alguém.

— Infelizmente, nem eu. Mas ele tem que largar um pouco do meu pé. Se ele não tivesse o trabalho na escola, eu estaria ferrado.

— Você é a pessoa mais importante na vida dele.

— Eu sei. E sei também que sou a única, por isso ele pega no meu pé. Mas preciso de uma folga. Mal cheguei de viagem e ele já está me vigiando.

— Não é vigiando, ele só fica preocupado.

— Mas eu não dou trabalho! — eu disse, talvez um pouco alto demais.

Nesse instante, meu pai chegou em casa e encerramos a conversa.

— O cheiro está bom — comentou ele, dando uma olhada dentro da panela que Ruth mexia.

— Já está quase pronto, senhor Campos.

— Ótimo — disse ele, parecendo notar minha presença ali. — Acordou agora?

Respirei fundo e contei até dez.

— Pai, hoje é sexta, meu último dia de férias.

— Só fiz uma pergunta. — Ele se defendeu e ficou uns segundos me olhando. — Bom, vou lá no quarto deixar a pasta e lavar as mãos para almoçar.

E saiu da cozinha, enquanto Ruth ria de mim.

❦

Eram onze da noite e eu estava sentado na cama do Caveira, esperando ele terminar de levantar o cabelo com um quilo de gel.

— Que horas o Juca vem mesmo?

— Onze e meia.

— E por que você me falou onze?

— Pra você não se atrasar.

— Eu nunca me atraso — protestei. Caveira se virou e me olhou.

— Que tal?

— Sei lá. Está a mesma coisa de sempre. — Dei de ombros.

— Você é péssimo pra dar opinião.

— Não sou especialista em saber se um cara está bonito com gel ou sem gel. Pergunte pra uma mulher.

— A única mulher que tem aqui em casa é minha mãe. E opinião de mãe não vale, ela vai dizer que estou lindo, mesmo não estando.

— É verdade. — Suspirei, ainda pensando no interrogatório que meu pai fez sobre a noite anterior. Ele sabe que toda quinta-feira vou ao Bar do Tavares, mesmo assim tinha de perguntar tudo.

— O que foi?

— Meu pai, cara. Não me dá uma folga!

— Hum, dureza. Pelo menos minha mãe não me enche. — Caveira se sentou no chão, encostado no armário, enquanto esperava o Juca chegar.

— Sorte a sua. — Eu me encostei na cabeceira da cama. — O velho precisa de uma namorada, viu?

Caveira começou a rir.

— Seu pai, namorando? Acho que isso só vai acontecer no dia de São Nunca.

— A Ruth falou mais ou menos a mesma coisa. Mas é sério, preciso arrumar uma namorada pra ele, já que ele não arruma.

— E você acha que consegue?

— Tenho que tentar. Ele precisa de alguém pra preencher as horas dele e o vazio que minha mãe deixou, esquecer um pouco de mim.

— Hum... — Caveira ficou alguns minutos pensativo. Tempo demais, para ser sincero.

— O que foi?

— Estou aqui pensando... Minha mãe anda muito sozinha, sempre fica em casa nos fins de semana, e eu não gosto de vê-la assim.

Arregalei os olhos.

— Você está pensando a mesma coisa que eu?

Caveira balançou a cabeça afirmativamente. Seu pai tinha falecido havia uns quatro anos, e desde então sua mãe não teve mais ninguém. Comecei a visualizar o casal que ele imaginava. A mãe dele ainda estava inteirona, era bonita, embora ultimamente não se arrumasse tanto.

— O que você acha, Cadu? Seu pai e minha mãe?

— Você acha que pode dar certo?

— Não custa tentar. Ela é viúva, seu pai está divorciado. Os dois estão sozinhos, são amigos. Acho que pode dar certo sim. E seríamos irmãos. Já pensou? Moraríamos na mesma casa! — Caveira começou a ficar entusiasmado.

— Essa seria a parte ruim — brinquei, e ele jogou uma almofada na minha cara.

— É sério, acho que não custa tentar. Você tenta de lá e eu daqui, a gente arma alguma coisa.

— Armar o quê? Eu não sou bom nessas coisas de relacionamento.

— Você pelo menos já teve uma namorada.

— Isso não me deixou diplomado no assunto. — Fiquei quieto, pensando mais um pouco. Poderia dar certo sim, e isso resolveria os meus problemas, o do meu pai e o da mãe do Caveira.

Escutamos a buzina do Juca lá fora e nos levantamos.

— Amanhã a gente começa, viu? Vou falar do seu pai pra minha mãe.

Balancei a cabeça. Esperava que essa ideia desse certo, mas ainda tinha minhas dúvidas.

Chegamos rapidamente ao local da festa em Rioazul. Olhei aquela multidão na porta tentando conseguir um convite e me senti um felizardo. Com certeza estaria boa, a julgar pelas meninas que estavam ali fora.

— Nossa, acho que vou ficar aqui mesmo, olha quanta gata! — comentou Caveira, fechando a porta do carro.

— Espera pra ver lá dentro — disse Juca. Ele logo encontrou a namorada, que morava ali na cidade. — Nos vemos lá. — Acenou e se afastou.

— Hoje vou me dar bem, Cadu.

— Imagino que sim.

— É sério, cara. Minha história de pobre menino que perdeu o pai e agora está sem rumo na vida sempre funciona até com a mais durona das garotas.

— Você não devia usar a morte do seu pai pra conseguir mulher — censurei.

— Qual é, ele aprovaria a tática.

Pior que era verdade.

Fomos em direção à entrada, passando pelos reles mortais que não conseguiram convite. Os caras nos fuzilavam com o olhar, como se a culpa por não conseguirem entrar fosse nossa.

A festa acontecia em uma espécie de porão, de tão baixo que era o teto e tão esfumaçado que estava. Meus olhos demoraram a se acostumar com a escuridão, e Caveira logo foi para o bar. Fui atrás, reparando nas meninas que estavam perto, mas sem olhar muito. Minha timidez nessas horas era violenta.

— Vamos sentar e observar.

— Caveira, essas suas estratégias de ataque são uma furada.

— Furada nada, você vai ver.

E eu sabia que veria. Caveira podia não ser o cara que mais chamava a atenção das meninas, mas de nós três era o que mais se dava bem. Estava sempre rodeado de garotas, podia escolher. Alice dizia que a aparência de garoto carente que ele tinha deixava a mulherada em polvorosa. Beto também não tinha do que reclamar, afinal ele também podia escolher a menina que quisesse, mas, ao contrário do Caveira, tinha fama de cafajeste na cidade porque cada dia estava com uma diferente. Ele não ligava. E eu... Bem, eu não era muito de trocar de garotas, porque minha timidez me impedia de conversar direito com elas, além do fato de vir de um namoro longo com Talita.

O barman estava bastante ocupado, então fiquei alguns minutos tentando pedir duas cervejas. Foi um custo ele me atender com tanta mulher bonita pendurada no balcão, além de o barulho alto da música atrapalhar quando o chamava. Uma garota ao meu lado se ofereceu para conseguir as bebidas e eu aceitei, afinal de contas o cara só estava atendendo as mulheres. Ela me olhava como se fosse me devorar. Não era feia, mas lembrava demais minha ex-namorada, e isso não estimula nenhum cara. Agradeci e virei de costas, dando uma de canalha mesmo.

Quando me virei com a cerveja para dar ao Caveira, já o vi conversando com duas garotas. Balancei a cabeça. Definitivamente, ele não perdia tempo.

— E este é o meu grande amigo Cadu. — Ele me apresentou para as duas, mas não consegui entender o nome de nenhuma. Logo Caveira engrenou um papo com uma delas e deixou a outra na minha frente.

— Fique aqui. — Ofereci o banco alto que ocupava na frente do bar. A menina se sentou, sorridente.

Ela era bonita, tinha o cabelo escuro preso em um penteado no alto da cabeça, o que realçava seu rosto redondo. Seus olhos pareciam claros, mas não dava para ter certeza por causa das luzes.

— Você também é de Rio das Pitangas? — perguntou ela, bem perto do meu ouvido, encostando a bochecha na minha.

— Sou — disse, sentindo seu perfume. — Desculpe, qual o seu nome? Não consegui entender quando o Caveira falou.

— É Rosângela. — Ela sorriu. — O seu é Cadu, não é?

— Isso. Carlos Eduardo, mas só meus pais me chamam assim. Você é daqui mesmo?

Ela fez que sim com a cabeça. Ficou me olhando por um tempo e me aproximei mais um pouco dela.

— Quer beber algo?

— Ah, um guaraná seria bom.

Pedi o refrigerante para o barman, que me atendeu com a maior boa vontade, já que não havia mais tantas garotas pedindo bebida.

— Mas e aí, Rosângela, o que você faz?

— Estou no último ano do colégio aqui em Rioazul.

— No último ano? Quantos anos você tem? — Eu me assustei porque pensei que fosse mais velha, talvez pela tonelada de maquiagem que tinha passado.

— Tenho 17. E você?

— 20. Faço Direito na UFRP.

— Legal.

Ela manteve o sorriso no rosto e, enquanto falava, olhava para meus lábios, não para meus olhos. Saquei o convite e me aproximei dela devagar. Fingi que ia falar algo em seu ouvido e, quando cheguei pertinho, virei o rosto e a beijei.

CAPÍTULO 5

Duas batidas de leve, a porta se abrindo e uma voz ressoando pelo quarto:

— Levante-se logo, Carlos Eduardo, que temos um convite para almoçar.

Foi assim que acordei no sábado, com meu pai entrando no quarto, abrindo as cortinas e saindo, claro que deixando a porta aberta.

Eu me sentei na cama, esfregando os olhos. Minha cabeça latejava. Olhei o relógio e eram exatamente onze e vinte e sete da manhã. Que saco! Caveira madrugou para convencer a mãe a fazer um almoço para nós? Estava mesmo disposto a juntá-la com meu pai.

Pensar na comida da tia Matilde me animou a levantar e tomar um banho. Só assim consegui acordar de verdade. Vesti uma calça jeans velha e a primeira camisa que vi no armário, afinal de contas quem precisava estar bem era meu pai. Pensando nisso, fui atrás dele e o encontrei na cozinha, com uma xícara de café na mão. Ele a estendeu para mim.

— Foi boa a festa?

— Foi. — Peguei a xícara e esperei o sermão sobre bebidas e chegar tarde em casa, que não veio. — Planos para o almoço? — Tentei mostrar total indiferença, como se não soubesse aonde íamos.

— A Ivone ligou nos convidando e eu aceitei. Melhor do que ir ao Senzala, não acha?

Fiquei parado, com a xícara a meio caminho da boca. Olhava meu pai, incrédulo.

— Ivone? A mãe da Juju?

— Ela mesma. — Meu pai cerrou os olhos por segundos. — O que foi? Não vai me dizer que já está de implicância de novo com a menina.

Coloquei a xícara na pia e corri para o meu quarto. Em um minuto troquei de roupa. Como ele não me avisa que o almoço era na casa da Juliana? Meu pai apareceu na porta do quarto.

— O que foi? Por que está trocando de roupa?

— Aquela calça está velha demais.

— Sei. E a camisa?

— Esta é mais bonita. — Fui para o banheiro ajeitar o cabelo. Meu pai foi atrás.

— O que você tem, Carlos Eduardo? Nunca te vi assim.

— Não tenho nada, pai. Só estou me arrumando um pouco melhor, afinal de contas eles são nossos amigos.

— Sei. — Meu pai me olhou com desconfiança. — E aonde você pensou que íamos?

Eu o olhei e fiquei mudo. Não tinha como responder aquilo.

— Não sei. — Dei de ombros, como se não fosse importante.

— Você está agindo de um jeito estranho. Parece uma... — Ele parou e me segurou pelo braço quando tentei passar por ele. — Uma pessoa apaixonada?

— Que é isso, pai? Está louco?

Eu me soltei e fui para o quarto, com ele ainda atrás de mim. De repente, ficou sério.

— Espera aí! Você está interessado na namorada do seu amigo?

Ele devia estar espantado, pelo tom da voz. Não consegui encará-lo.

— Claro que não! — disse, sem ser muito convincente.

Ele se aproximou de mim e me fez olhar para ele.

— Você está agindo de modo estranho a semana toda e agora está aí, todo preocupado com a roupa que vai usar. Nunca te vi assim; você nunca ligou para roupa.

— Você está delirando. Não estou interessado em ninguém. — Eu me sentei na cama para calçar o tênis.

— Como não percebi antes? Você está estranho desde que voltou. Está enfurnado neste quarto ou então aéreo. E essa sua atitude agora, de trocar de roupa... É claro, você está interessado nela. Não digo que estou feliz por você, afinal de contas ela é namorada do Beto. — Ele balançou a cabeça e foi saindo do quarto. — Vou avisar a Ivone que não poderemos ir.

— Não! — Eu corri e o segurei. — Nós vamos.

Ele me olhou e mais uma vez balançou a cabeça.

— Você quer mesmo?

— Quero. Quero muito — respondi, sem graça.

— Ela tem namorado. Que por sinal é seu melhor amigo.

— Eu sei. — Baixei a cabeça. — Aconteceu pai, não posso fazer nada.

— Pode tentar esquecê-la.

— Não sei se quero. — Eu o olhei. — Eu penso nela todos os dias, tento não pensar. Não sei se consigo esquecer a Juliana, mas quero pelo menos ter a amizade dela, se é o máximo que posso ter.

— Você é quem sabe. — Ele tinha um olhar de piedade, que fez com que eu me sentisse ainda pior. Ia sair do quarto, mas antes me abraçou. — Espero que você não sofra, meu filho.

— Já estou sofrendo.

❦

Chegamos à casa de Juliana rápido, já que ficava duas ruas acima da nossa. Meu pai foi o caminho todo falando do perigo de gostar da namorada do melhor amigo e me pedindo para ser cuidadoso. Era o que eu precisava para começar meu dia.

Ivone abriu a porta e nos levou até a sala, onde Manuel assistia TV. Assim que nos viu, ele desligou o aparelho e começou uma conversa animada com meu pai sobre a cidade e suas mudanças. Fiquei ali sentado, olhando os dois e esperando Juliana aparecer. E ela não demorou.

Usava um short jeans e uma blusinha preta, rabo de cavalo e chinelo. Estava simples e linda.

— Oi, Cadu — disse, me dando um forte abraço.

Eu me perdi em seus cabelos, fechando os olhos como se ajudasse a sentir melhor seu perfume. Ela olhou para seu pai conversando com o meu e me puxou para a cozinha. Encontramos tia Ivone, que, junto com a empregada, terminava de arrumar as coisas para o almoço.

— Precisa de ajuda, mãe?

— Não, querida, pode ir conversar com o Cadu. — Tia Ivone sorriu e ficou de costas para nós, enquanto arrumava alguma coisa de aparência boa em uma travessa.

— Vem.

Juliana saiu me puxando pela mão, e o contato com a pele dela era maravilhoso. Subimos as escadas e paramos em frente a uma porta.

— Este é o meu quarto. — Ela abriu a porta e fiquei chocado. Nas paredes estavam colados vários pôsteres relacionados aos Três Mosqueteiros.

— Meu Deus! — Entrei, ainda espantado, observando tudo. Ela sorriu e fechou a porta atrás de mim. — Vejo que você levou a sério nossa brincadeira de criança.

— Eu simplesmente amo tudo relacionado à história dos Três Mosqueteiros. — Ela me puxou até uma estante. — Tenho vários livros sobre o assunto.

Olhei e vi vários títulos de Alexandre Dumas, alguns em inglês.

— Você leu todos?

— Sim, mais de uma vez. Como falei, amo tudo que se refere aos Três Mosqueteiros.

Eu ia fazer uma brincadeira sobre ela agora namorar um, mas decidi ficar quieto. Não queria enfiar o Beto na nossa conversa.

— Tenho alguns filmes também. — Ela abriu uma portinha da estante e vi vários DVDs ali. — O que acha de assistirmos algum depois do almoço? Se você ainda gostar disso, claro.

— Vou adorar — respondi, com sinceridade.

— Qual você quer?

— O que você preferir. — Para mim o filme pouco importava; eu queria era ficar a tarde toda ao lado da Juliana.

— Vou pegar então o primeiro, *Os Três Mosqueteiros*, mas uma versão antiga; da mais recente não gostei. — Ela fez uma careta. — Tenho outros também, como *O Homem da Máscara de Ferro* e *A Vingança do Mosqueteiro*.

— Está ótimo esse. Outro dia assisto o resto.

— Tá bom. — Ela sorriu, parecendo feliz.

Continuei andando pelo quarto e parei em frente a um grande painel de metal com várias fotos da Juliana, algumas pessoas que deviam ser seus amigos em Porto Alegre e... Para minha surpresa, havia uma foto minha, do Beto e do Caveira, os três vestidos de mosqueteiros.

— Nossa, você tem esta foto? — Apontei espantado e ela pareceu ficar um pouco sem graça.

— Alice me enviou depois de me contar que vocês usaram a fantasia em um Carnaval. Fiz ela me enviar a foto de qualquer maneira, queria ver como vocês ficaram com a roupa. — Ela se aproximou e olhou para a foto. Devíamos ter uns 14 anos na época. — Você ficou muito bem.

— Nem tanto. — Sorri, lembrando que as meninas ficaram loucas quando chegamos ao baile vestidos daquele jeito. Repetimos a fantasia mais uns dois ou três anos, até não servirem mais e passarmos a viajar no Carnaval.

Continuei olhando as fotos. Havia várias da Juliana, e eu pude ver a transformação daquela menina magrela, chata e sem sal nessa garota linda e meiga. Ela foi comentando algumas até terminar. Olhou para mim, sorrindo, e eu fiquei olhando de volta. Ficamos assim alguns segundos, meu coração disparado dentro do peito, até que ela virou o rosto.

— Animado para o baile?
— Sim. Eu te pego aqui umas onze e meia, tá?
— Alice me disse que os bailes aqui são bons.
— São.

Nossa conversa foi interrompida por tia Ivone, que bateu na porta nos chamando para almoçar. Juliana novamente me puxou pela mão, me levando de volta à sala.

O tema do baile era Anos 60, e decidi ir vestido de bad boy. Achei que combinaria com o momento, já que desejar a namorada do melhor amigo é uma canalhice das grandes. Coloquei uma jaqueta de couro, resgatei uns óculos de sol da juventude do meu pai nas tralhas dele e passei meio quilo de gel no cabelo, para fazer um topete. Meu visual não estava ruim, e meu desejo secreto era agradar Juliana. Não tinha como incorporar melhor o papel.

Estacionei em frente à casa dela e desci. Tia Ivone atendeu a porta.

— Gostei da produção — ela comentou, enquanto sorri gentilmente.
— A Juju vai demorar? — Quando fiz a pergunta, vi Juliana descendo as escadas. Ela usava um vestido azul-claro justo até a cintura e depois caindo em uma saia rodada. O cabelo estava preso em um rabo alto. Linda, como sempre.

— Oi, Cadu. — Ela me deu um beijo.

— Você está linda — comentei, um pouco tímido.

— Você também está bonito. — Ela sorriu para mim.

— Bom baile, crianças — disse tia Ivone, fechando a porta.

Segurei a mão de Juliana e a levei até o carro, abrindo a porta. Meu coração batia muito rápido dentro do peito e eu estava elétrico. A vontade era raptá-la e cair na estrada, mas sem chance de isso acontecer. Nessa noite, eu iria me comportar.

Chegamos ao Pitangueiras, e o salão do clube estava todo enfeitado. Várias pessoas a caráter dançavam ao som da música temática. Encontrei algumas pelo caminho e fui apresentando Juliana.

— O que acha de bebermos algo? — perguntei.

— É uma boa ideia.

Ela me acompanhou até o bar. Peguei dois refrigerantes; não ia tomar cerveja, já que estava dirigindo e também porque precisava ficar sóbrio ao lado dela.

Ficamos ali, observando as pessoas e conversando até eu ver o Caveira entrando acompanhado de duas meninas.

— Ah, não! — eu disse alto.

— O que foi? — perguntou Juliana, se virando na direção em que eu olhava. Caveira acenou e veio ao nosso encontro.

— E aí, Cadu, lembra das meninas? — Ele apertou minha mão e deu um beijo no rosto da Juliana. Eu me vi parado de frente para a Rosângela.

— Oi — disse ela, com um tom malicioso.

— Oi — engasguei. Rosângela olhou para Juliana e ficou encarando-a. — Esta é a Juju, namorada do Beto, nosso amigo.

Rosângela cumprimentou Juliana e continuou ali na minha frente. A essa altura, Caveira já tinha sumido, agarrado à menina com quem ficara na noite anterior.

— Não sabia que você viria — comentei, tentando acabar com aquele silêncio constrangedor.

— O Caveira convidou a Martinha e eu vim junto. Imaginei que você estaria aqui.

Arregalei os olhos com o comentário dela e percebi que Juliana ia sair do meu lado. Rapidamente segurei sua mão para que ela entendesse que eu a queria ali.

— Legal — disse, tentando parecer indiferente a ela. — Espero que você se divirta.

Rosângela ainda ficou alguns segundos ali parada, mas finalmente percebeu que estava sobrando e saiu. Agi como um babaca, mas não estava dando a mínima. Não largaria Juliana sozinha por garota alguma.

— Algum rolo seu? — perguntou ela finalmente, depois de alguns segundos de silêncio.

— É. Não. Quero dizer... — Estava sem graça. Não queria explicar nada, mas ao mesmo tempo não tinha por que esconder. Ela era minha amiga, afinal de contas. — Nós ficamos ontem na festa de Rioazul.

— Ah.

Juliana balançou a cabeça e olhou na direção da Rosângela, que agora conversava com um carinha que usava smoking. Percebi que ainda segurava sua mão, e, por mais que quisesse continuar assim, soltei antes que alguém visse e fosse falar alguma besteira para o Beto.

— Sabe, eu não sou assim, mas é que eu... — Não consegui terminar de me explicar. Juliana me olhou e sorriu.

— Não precisa me dar satisfação de nada.

— Eu sei. Mas não quero que você pense que sou um cafajeste. — Quase completei: *como o Beto era.*

— Eu sei que você não é. — Ela deu um longo gole no refrigerante e ficou ao meu lado, olhando para a frente. — Alice sempre me falou de vocês todos.

— Ah, esqueci que você tinha uma informante aqui.

— Pode-se dizer que sim. Mas é que eu não queria perder nada da vida de vocês. Então já sei tudo, ou quase tudo, que aconteceu enquanto estive fora. Sei como você, o Caveira e o Beto agem, ou agiam, com as meninas. — Ela parou e me olhou. — Sei também o quanto Alice gosta de você.

Dei uma gargalhada e ela se espantou.

— A Alice não gosta de mim.

— Gosta sim.

— Ela acha que gosta.

— Como assim?

— Juju, a Alice cismou comigo porque sou o único cara daqui que ela não pode ter.

— O Caveira também.

— Mas o Caveira já tentou ficar com a Emília, então não conta.

— Acho que você está enganado — disse ela e parou. Olhou ao redor e depois me olhou de novo.

— Não estou. Sei que a Alice pensa nisso como um joguinho. Se pudesse ficar comigo, ela não iria me querer. É a tentação do proibido — eu disse, e agora foi a minha vez de parar. Eu a olhei sério e pensei se ela também não seria a minha tentação do proibido. Talvez sim, talvez não; a verdade é que jamais tinha me sentido assim.

— Pode ser. — Ela deu de ombros. — Mas vai dizer que você nunca quis ficar com a Alice. Ela é muito bonita.

Fiquei mudo, pensando no que falar.

— Sim, não vou negar. Se pudesse, teria tentado ficar com a Alice algum tempo atrás. Mas, por causa do Beto, parei de vê-la como uma garota bonita. Ela é apenas a irmã do meu melhor amigo.

Juliana ficou quieta e eu tentei imaginar o que se passava na cabeça dela.

— Acho que isso não tem nada a ver — disse ela. — Se quiser, posso tentar fazer o Beto desistir desse pacto.

— Deixa quieto.

— Mas ela gosta de você.

— Eu não gosto dela. — Suspirei. — Não do modo como ela gosta de mim, se for verdade que gosta. Então não mexe com isso.

— Ok.

Juliana começou a se balançar um pouco ao som da música, enquanto olhava as pessoas dançando na pista.

— Pode ir lá dançar com suas amigas. Não a acompanho porque minha coordenação motora me impede.

Ela deu uma risada gostosa e balançou a cabeça.

— E deixar você aqui solto para a Rosângela atacar? — brincou.

Fui obrigado a rir e apontei um casal distante.

— Isso não vai ser problema.

Juliana olhou e viu Rosângela no maior dos amassos com o tal carinha do smoking.

— Nossa, ela não perde tempo! Onde você encontrou essa menina?

— Coisas do Caveira.

Juliana enroscou o braço dela no meu e falou baixinho:

— Não quero dançar não. A conversa está boa.

Ganhei a noite com essa declaração! Ficamos o baile todo conversando e ela me contou sobre sua infância em Porto Alegre.

CAPÍTULO 6

Domingo à tarde fui até a casa do Caveira e o encontrei conversando com o Beto no quarto. Fui logo tirando satisfações sobre a noite anterior.

— Como é que você chama a Rosângela para o baile e não me avisa?

— Achei que você fosse gostar da surpresa. — Caveira deu de ombros.

— Quem é Rosângela? — perguntou Beto, mas foi ignorado por nós dois.

— Eu não. Levei um susto danado.

— Ela não atrapalhou a sua noite, de qualquer forma.

— Quem é Rosângela? — Beto insistiu.

— Não, mas por um momento pensei que estragaria.

— QUEM É ROSÂNGELA? — gritou Beto.

— Não precisa berrar — retrucou Caveira.

— Estou aqui perguntando e ninguém me responde.

— O Cadu ficou com essa garota na sexta, em Rioazul.

— Ah. — Beto me olhou. — E qual o problema dela?

— Nenhum — eu disse, me sentando no chão. O Caveira estava na cama e o Beto em uma cadeira. — Só que é garota de uma noite e nada mais.

— Entendi. — Beto riu, lembrando seus velhos tempos.

— A Martinha também é, mas acabei ficando mais de uma noite. — O Caveira deu uma gargalhada e eu acompanhei.

— Pelo visto o baile foi bom — comentou Beto.

Você nem imagina, pensei.

A mãe do Caveira apareceu no quarto chamando para o lanche. Fomos até a cozinha, onde uma broa de milho recém-saída do forno nos aguardava. Caveira me deu um cutucão e, indicando a broa e depois sua mãe com a cabeça, balbuciou *seu pai* com os lábios. Entendi a mensagem, ou achei que tivesse entendido.

— Sabe que meu pai adora broa? — falei, me sentando e cortando um pedaço. Beto se sentou ao meu lado e Caveira à minha frente.

— É mesmo? Então vou cortar um pedaço e você leva pra casa — disse tia Matilde, indo até a despensa para pegar uma vasilha. Caveira bateu no meu ombro.

— Mandou bem!

— Perdi alguma coisa? — perguntou Beto, sem entender nada.

— Eu te explico. — E contei rapidamente o plano do Caveira para juntar a mãe dele e o meu pai.

꽃

Cheguei em casa e encontrei meu pai na sala, lendo um livro.

— Tia Matilde mandou broa de milho — eu disse, mostrando a vasilha para ele.

— Puxa, veio em boa hora. Estava mesmo pensando em algo para comer. — Ele se levantou e foi até a cozinha. — Vou passar um café, aceita?

— Tomo um pouquinho, pra te acompanhar. Já comi na casa do Caveira.

— Como a Matilde adivinhou que eu gosto de broa? — perguntou ele, enquanto ajeitava as coisas para fazer o café.

— Eu comentei e ela prontamente arrumou um pedaço pra você. — Joguei e parece que ele gostou do que ouviu. Ou talvez eu já estivesse imaginando coisas, tamanha era minha vontade de que ele arrumasse alguém. Fiquei esperando o café e tive uma ideia. — Pai, você tem ficado muito sozinho nos fins de semana. Por que não organiza algo com os amigos?

— Não tenho mais vontade de ficar saindo como antigamente.

— Não digo sair... Lembro que, quando a Ivone e o Manuel ainda moravam em Rio das Pitangas, sempre vinham aqui em casa.

— Sim, é verdade. — Meu pai terminou de ajeitar tudo e ficou encostado na pia, esperando a água ferver. — Todo domingo eles vinham aqui ou eu e sua mãe íamos até a casa deles, que era aí em frente, para conversar e jogar baralho. Como você se lembra? Tem tanto tempo!

— Lembro porque eles sempre traziam a Juju e a deixavam no meu quarto comigo. Eu odiava. — Eu ri e ele também.

— Como as coisas mudam, não é mesmo?

— É. — Balancei a cabeça. — Mas, voltando ao assunto, por que você não os convida novamente?

— Seria uma boa ideia; eles são companhias agradáveis. Mas sua mãe não está mais aqui, não tem como formarmos duas duplas para o jogo de baralho.

— Isso pode ser resolvido. — Olhei para a broa. — Você pode chamar a tia Matilde. O Caveira falou que ela fica muito em casa, o que não é bom. E é uma forma de agradecer pela broa de hoje. Quem sabe não aparece mais?

Meu pai serviu o café e ficou quieto me olhando. Por um momento pensei que ia sacar o que eu queria e me repreender, mas ele não fez isso.

— Você deu uma boa ideia, Cadu. A Matilde é muito agradável também, e é bom que ela se distraia. Vou fazer isso, falar com o Manuel;

se eles aceitarem, convido a Matilde. — Ele olhou o relógio. — Hoje já está tarde, mas vou tentar organizar para o próximo fim de semana.

— Faça isso. — Sorri vitoriosamente, enquanto saboreava minha xícara de café.

🌿

As aulas começaram na UFRP, e, como sempre fazia, passei na casa do Beto para dar carona a ele. A família dele tinha três carros, mas, como eram mais pessoas para usar, ele deixava os carros para os pais e a Emília e sempre ia comigo para a universidade.

Toquei a campainha e a Alice atendeu. Usava uma calça jeans apertada e a blusa do uniforme do Instituto Escolar de Rio das Pitangas. O cabelo liso cor de areia estava solto.

— Oi, Alice. Não vai à aula? — perguntei, dando um beijo em seu rosto.

— Vou sim, hoje perdi a primeira aula. — Ela saiu do caminho para que eu passasse. — Como foi o baile?

— Foi bom.

Entrei e fui para a sala esperar o Beto, já que havia chegado um pouco cedo. Alice foi atrás de mim.

— Encontrou a Talita?

Dei um sorriso. Percebi que ela queria saber se eu havia sentido algo quando revi minha ex-namorada.

— Vi só de longe, não conversamos.

— Hum...

— Você sabe que já acabou.

— Sempre acontecem recaídas.

Balancei a cabeça e decidi mudar de assunto.

— Como foi em Belo Horizonte? O Beto me disse que você venceu, parabéns.

Ela fez uma careta e deu um sorriso. Eu admirava Alice, que era uma garota decidida para os seus 17 anos. Seu sonho era morar em São Paulo e estudar moda, mas seus pais eram totalmente contra. A mãe queria que ela seguisse a carreira de modelo e não de estilista, mas Alice não dava a mínima para a opinião dela. Só participava de concursos de beleza para guardar o dinheiro dos prêmios, já pensando em uma possível mudança para São Paulo.

— Quer ver as fotos? Teve desfile em traje de banho.

— Traje de banho? — Franzi a testa.

— Maiô. Tem várias fotos minhas de maiô, de diversos ângulos diferentes. —comentou ela, maliciosamente.

— Deus, não! — eu disse alto, dando um passo para trás. Alice caiu na gargalhada.

— Precisa ver a sua cara. — Ela continuou rindo quando Beto chegou na sala.

— O que é tão engraçado?

— Seu amigo — disse ela, saindo.

— Não entendi. — Beto me olhou.

— Besteiras da Alice — desconversei. Fomos andando em direção à porta. — E aí, vamos correr no final do dia?

— Claro! Vamos retomar as corridas diárias.

Fomos para a aula. Eu e o Beto fazíamos Direito na parte da manhã, e o nosso sonho era abrir um escritório juntos em Rio das Pitangas depois de formados. Caveira estudava Informática e não costumava pensar muito no que ia fazer quando saísse da universidade.

Combinamos nos encontrar no final da tarde para correr na pista de cooper da universidade. Eu me senti bem ao lado do Beto naquele dia, apesar da minha paixão pela Juliana. Estava sentindo falta da companhia do meu amigo.

Eram quase seis da tarde quando eu e o Beto chegamos à pista. Coloquei minha mochila com uma garrafinha de água na arquibancada e ele fez a mesma coisa.

— E aí, quanto tempo para começar? Uma hora? — perguntou Beto, enquanto se alongava.

— Depende. Você correu nas férias?

— Muito pouco. E você?

— Corria quase todos os dias com meu primo em Floripa.

— Então você está mais em forma do que eu.

— Sugiro começarmos com meia hora. Para você pegar o ritmo aos poucos.

— Você que manda, chefe. — Ele bateu continência.

— O Caveira vem pra cá depois?

— Vem, ele foi jogar basquete.

Na adolescência, Caveira se destacou no time de basquete do Instituto, o que o ajudou a crescer e perder o aspecto de *caveira* que tinha no rosto. Mas ele não seguiu adiante no esporte porque não conseguiu deixar de lado a farra e as mulheres, e agora praticava na universidade só como hobby.

Coloquei os fones de ouvido e liguei meu iPod.

— Te vejo em trinta minutos — disse, cronometrando o tempo no relógio. Comecei a correr e o Beto veio atrás, também com o seu iPod.

Quase ao final do tempo programado, vi Alice chegar com Juliana e as duas se sentarem perto das nossas coisas. Meu coração disparou, mais do que já estava por causa da corrida. Acenei para as duas de longe, enquanto Beto parava para dar um beijo em Juliana.

— Não vale parar, perde o ritmo — reclamei ao passar por eles, dando um tapa na cabeça do Beto, que recomeçou a correr.

Quando meu relógio apitou os trinta minutos, comecei a andar vagarosamente na direção das meninas e o Beto logo me alcançou.

— Deu pra cansar bastante — disse ele, ofegante.

— É porque você não praticou nas férias. — Chegamos perto das meninas e eu apenas acenei novamente. — Não dá pra pensar em beijinho agora — comentei.

— Vocês estão nojentos — disse Alice.

— Obrigado — falei enquanto via o Caveira vindo em nossa direção.

— E aí, galera? Correram muito?

— Só trinta minutos, porque o Beto está fora de forma — expliquei.

— O Beto está sempre fora de forma. — Caveira olhou para Alice e Juliana. — Meninas, como vão?

— Bem. Viemos chamar vocês pra comer uma pizza — convidou Alice.

— Eu bem que mereço uma depois dessa corrida — disse Beto, pegando a mochila dele. Peguei a minha. — Vamos até o vestiário tomar um banho e já voltamos.

A semana passou tranquilamente, sem que eu encontrasse a Juliana. Mas isso até chegar a quinta-feira.

Eu me arrumei, peguei o carro, busquei o Caveira e estacionei em frente à casa do Beto.

— Seu pai ligou pra minha mãe hoje — comentou o Caveira, enquanto esperávamos.

— É, deu certo a minha ideia. Agora é torcer pra eles se darem bem.

— Estou colocando a maior pilha. Não sei como não pensamos nisso antes.

Concordei com a cabeça e vi o Beto chegando.

— Olá, gente. — Ele entrou no carro. — Passa na casa da Ju. Ela também vai lá pro Bar do Tavares.

Gelei e meu coração disparou, como sempre acontecia quando ficava sabendo que ia ver a Juliana, mas naquele dia não estava preparado. Liguei o carro e segui para a casa dela. Quando chegamos, ela esperava do lado de fora, conversando com o pai.

— Oi — cumprimentou Manuel. — Cadu, avise seu pai que está confirmadíssimo nosso duelo de baralho domingo.

— Pode deixar. — Liguei o carro depois que a Juliana entrou e se sentou atrás, junto com o Beto, e segui para o Bar do Tavares.

— Então está dando certo o plano de vocês? — perguntou Beto, interessado.

— Que plano? — Juliana quis saber.

— Os dois estão tentando juntar os pais. O pai do Cadu e a mãe do Caveira — explicou Beto.

— Cadu teve a ideia de fazer o pai dele organizar as reuniões aos domingos com seus pais e minha mãe — disse Caveira, olhando para trás.

— Ah, então é por isso que vai rolar a reunião na sua casa? — perguntou Juliana, colocando a cabeça perto do meu banco. Pude sentir o seu perfume.

— Vamos ver se dá certo. — Sorri.

— Posso comentar alguma coisa com a minha mãe.

— Sei não. — Fiquei temeroso. Não queria que meu pai percebesse a armação ou então não daria certo.

— Ela pode ajudar — explicou Juliana.

— É uma boa, Cadu. Pense bem, a tia Ivone vai estar lá, junto com eles. — Caveira se empolgou.

— Pode ser — concordei, ainda reticente. Quanto mais gente envolvida, maiores as chances de o meu pai desconfiar de alguma coisa e descobrir nosso plano.

Chegamos ao Bar do Tavares e nos sentamos em uma mesa no canto, onde ficávamos na maioria das vezes. Tavares veio nos atender.

— Olha se não são os Três Mosqueteiros? — brincou ele.

— Esta é a Juliana, minha namorada — Beto a apresentou.

— Ela é o D'Artagnan — eu disse, tentando me redimir do passado. Deve ter dado certo, porque a Juliana abriu um enorme sorriso para mim.

— D'Artagnan, não. Se é a namorada do Athos, ela é a Milady. D'Artagnan é homem, não uma bela dama como esta. — Tavares se afastou.

— Cansei de te falar que D'Artagnan não podia ser mulher, mas você nunca quis me ouvir — eu disse, e Juliana fez uma careta para mim.

CAPÍTULO 7

Estava com o Beto na sala de aula esperando o professor de Direito Penal chegar, naquela manhã de sexta-feira, quando o barulho de um trovão ecoou pelo prédio.

— Acho que vem chuva forte hoje — comentou Beto, olhando para a janela.

— Tinha combinado com o Caveira de irmos ao Trem Bão, mas com chuva não rola — falei, desanimado.

Trem Bão é um bar com música ao vivo e mesas ao ar livre. Adoro aquele lugar, mas lá é gostoso ficar na parte descoberta. Quando chove, porém eles colocam uma espécie de toldo e o clima perfeito do lugar vai embora junto com a chuva.

— Poxa, nem me chama! Ninguém me convida pra mais nada — protestou Beto.

— Sem paranoia. Eu ia te chamar hoje, mas pensamos que você ia preferir ficar namorando.

— Posso ir com a minha namorada, a não ser que vocês tenham alguma coisa contra ela.

— Imagina. A Juju é muito legal — retruquei, para não mencionar outras qualidades dela.

O professor entrou na sala e olhou para a turma. Ficamos quietos, esperando que ele falasse algo. Era a aula que eu mais esperava desde que entrei na Federal de Rio das Pitangas. Queria me especializar em Direito Penal, e o professor dessa matéria sempre foi considerado o melhor do nosso curso.

— Bom dia, turma. Hoje vamos conversar brevemente sobre o que iremos discutir durante o curso, mas já informo que a nota da matéria será a soma de uma prova no final do semestre e de uma apresentação que vocês farão a partir de maio.

As apresentações desse professor eram famosas. Ele dividia a turma em duplas e distribuía casos criminais para que elas os estudassem. Duas duplas ficavam com um caso, uma para a defesa e outra para a acusação. Na exposição de cada caso, quem não estava nem defendendo nem acusando virava jurado, enquanto o professor era o juiz. Eu estava empolgado enquanto ele ia falando sobre o trabalho. Olhei para o Beto, e ele parecia perdido nos pensamentos.

— Acorda. Presta atenção que você vai trabalhar comigo.

— Ah, você anota tudo aí. Não me interesso por isso e sei que você vai trabalhar bem e sozinho, seja na acusação, seja na defesa — disse ele, com descaso. Beto queria se especializar em Direito Tributário.

Depois de formadas as duplas, o professor distribuiu os casos. Apesar de serem fictícios, sabíamos que eram baseados em casos reais. Beto e eu pegamos a defesa de um homem que era acusado de matar seu melhor amigo, mas as provas não eram concretas. Gelei quando vi o caso detalhado no papel que o professor entregou. Qualquer semelhança poderia ser mera coincidência? Beto olhou para a acusação e riu.

— Ninguém mata o melhor amigo.

Não comentei nada.

༒

Caveira foi lá para casa de tarde e ficou olhando desanimado a chuva forte que caía. Sem chance de sair com aquele aguaceiro.

— Essa droga de chuva estragou os meus planos — comentou Caveira.

Estava parado perto da janela enquanto eu navegava pela internet. Fiquei a tarde toda ali, empolgado com o trabalho que faríamos, e já buscava alguns casos parecidos para ajudar na defesa.

— Já tinha marcado algum encontro? — perguntei.

— Encontro mesmo, não. Mas com certeza teria muita coisa interessante lá. — Caveira olhou para mim. — Dá pra sair dessa porcaria de computador e compartilhar esse momento doloroso comigo?

— Caveira, não estou ligando muito pra sair. Amanhã a gente sai. — Programei o computador para desligar e me virei para ele. — O que você acha de pedirmos uma pizza? Já que vamos ter que ficar aqui em casa mesmo...

— Fazer o quê? — respondeu Caveira, ainda desanimado.

— Será que o Beto vai querer vir?

— Ah, ele não vai vir aqui. Provavelmente está namorando no quarto quentinho e não vai sair de casa.

Não gostei do comentário. Meu sangue gelava só de pensar na Juliana nos braços do Beto, os dois deitados na cama dele no maior dos amassos.

— Eu sei, mas ele fica o tempo todo reclamando que agora se sente excluído, que nunca o chamamos pra nada. Não quero ouvir reclamações depois.

Peguei o telefone e liguei para o Beto.

— Oi, Beto. Fazendo o quê? — perguntei quando ele atendeu.

— Estou vendo TV.

— Não quer vir aqui em casa comer uma pizza e jogar conversa fora? O Caveira já está aqui.

— Desistiram de sair? — provocou ele.

— A chuva decidiu por nós. E eu te chamei hoje pra ir ao Trem Bão, vai! — Eu me defendi.

— Só porque não ia dar pra ir por causa da chuva — disse Beto, e percebi que ele estava rindo.

— E aí, vem?

— Puxa, até que é uma boa. Mas a Ju está aqui em casa fazendo bolo de chocolate com a Alice.

— Se elas quiserem, podem vir.

— Mulher nunca atrapalha — comentou Caveira.

— O que o Caveira falou aí? — Beto quis saber.

— Nada. — Fiz sinal para o Caveira ficar quieto e ele fez outro avisando que queria falar algo.

— Só um minuto, Beto. — Olhei para o Caveira. — O que foi?

— Qual o problema dele?

— As meninas estão fazendo bolo de chocolate e ele não vai deixar a Juju lá.

— Hum... Fala que, se elas trouxerem o bolo, a gente banca a pizza.

Voltei ao telefone.

— O Caveira está falando pra você vir com a Juju e a Alice e trazer o bolo que a gente compra a pizza.

— E a Emília? — perguntou Caveira.

— Fica quieto! — sussurrei. — Beto, se a Emília quiser vir também, não tem problema.

— Ok, vou ver com as meninas e aviso vocês.

Desliguei o telefone e olhei para o Caveira.

— Ele ainda vai ouvir você falando da Emília.

— Não tenho medo dele.

— Sei.

Uma batida na porta interrompeu nossa conversa. Era meu pai, que colocou a cabeça dentro do quarto.

— Carlos Eduardo, vou dar uma saída.

— Vai aonde com essa chuva? — Estranhei, porque raramente meu pai saía em uma sexta à noite, ainda mais chovendo.

— Manuel ligou me convidando para jantar na casa deles. Quando ele ligou ainda não estava chovendo e eu me comprometi a ir e levar o vinho.

— Ok. Bom jantar — eu disse, e meu pai saiu do quarto. Virei para o Caveira, que tinha um sorriso malicioso no rosto. — O que você sabe sobre esse jantar?

— A Juliana conversou com a tia Ivone, que teve a ideia do jantar.

— Então sua mãe também vai? — Não consegui conter o sorriso.

— Vai.

— Você é o único cara que vejo arrumando namorado para a mãe.

— Minha mãe é nova e merece ser feliz. E seu pai é gente boa demais.

— Fico contente em saber.

O telefone tocou e era o Beto, avisando que estava vindo para minha casa com Alice e Juliana. Emília já tinha um compromisso, e o Caveira não gostou de saber disso, embora não pudesse fazer nada.

— Vamos descer e pedir a pizza — disse, saindo do quarto.

꽃

Depois da pizza e do bolo, ficamos na sala vendo TV e conversando. A sala lá de casa tinha dois sofás, um de dois lugares, embaixo da janela, e outro ao lado, formando um L, de três lugares, que ficava de frente para a TV. Juliana e Beto estavam no sofá de dois lugares, bem abraçadinhos. Eu estava sentado no chão encostado no outro sofá, longe deles, e evitava olhar para aquela cena. Sentia uma inveja terrível do Beto e detestava isso, porque sempre considerei a inveja o pior dos sentimentos. E ao mesmo tempo estava feliz pelo meu amigo. Sem dúvida eu estava muito confuso em relação aos meus sentimentos nos últimos dias.

Alice estava sentada no sofá ao meu lado. Suas pernas esbarravam no meu braço às vezes, e eu sabia que era para me provocar, mas naquele momento não me importava. Caveira estava ao lado dela, falando sem parar, e eu não prestava a mínima atenção ao que os dois conversavam até Alice soltar uma frase que ecoou pela sala.

— O que vocês acham de brincarmos de Verdade ou Consequência?

Gelei. Brincar não era bem a palavra, já que aquilo era mais um jogo de vida do que uma brincadeira.

— Isso é coisa de criança — eu disse, com descaso, na tentativa frustrada de fazer todos ficarem do meu lado. Claro que não deu certo.

— Eu topo! — Caveira se prontificou, levantando e já procurando uma garrafa vazia.

— Deixa de ser sem graça e brinca com a gente, Cadu — disse Alice, limpando a mesinha que havia no centro da sala na frente dos dois sofás.

Olhei para Juliana, mas ela prestava atenção ao Caveira, que voltava com uma garrafa pet de refrigerante vazia.

— Uma garrafa de plástico para não quebrar ao cair da mesa. — Ele a apoiou na mesinha. — E também para não provocar vontade de quebrá-la na cabeça do outro, conforme as perguntas esquentarem.

— Não quero nenhuma pergunta indiscreta e indecente pra minha irmã, nem pra minha namorada — disse Beto, e Alice mostrou a língua para ele.

— Não vem estragar a brincadeira, Beto — repreendeu Caveira. — E o que for falado não sai daqui.

— Isso é o de menos, já que quem sabe meus podres está aqui — disse Alice, apontando Juliana. — E quem não pode saber também está aqui. — Agora apontava o Beto.

— Ok, vamos brincar. — Finalmente me levantei, vencido por todos. Para falar a verdade, estava curioso para algumas respostas de Juliana e temeroso por algumas perguntas que viessem a ser feitas para mim. — Quem escolher consequência vai fazer o quê? Qual vai ser a punição? — Quis logo saber, já que usaria esse artifício muitas vezes, dependendo das perguntas.

— Hum... — Caveira ficou pensativo. — Que tal beijo de língua? — disse, maliciosamente.

— Jamais! — gritou Beto. — Ninguém vai beijar a minha irmã, muito menos a minha namorada.

— Então invente outra punição, já que beijar você ou o Cadu não me interessa — disse Caveira, desanimado, e tive de rir daquela cena.

É claro que dar um beijo na Juliana não seria ruim, mas não dessa forma, como uma obrigação, muito menos na frente do namorado dela. Clima zero.

— Não sei, mas beijo não vai rolar aqui. — Beto ainda estava furioso com aquela audácia do Caveira.

— Ele só estava brincando. — Tentei acalmar os ânimos.

— Uma dose de alguma bebida alcoólica, então? — propôs Alice, toda animada.

— Ei, não vou chegar com você bêbada em casa. — Beto logo quis vetar também.

— Você é um chato. Está estragando a brincadeira — disse Caveira, sem a mínima paciência.

— E quem disse que eu vou chegar bêbada? Só se eu escolher sempre consequência, mas pretendo responder tudo — esclareceu Alice.

— Opa, estou gostando. — Caveira logo esqueceu as implicâncias do Beto.

Dei graças a Deus por estar na minha própria casa, pois provavelmente sairia bêbado da brincadeira.

— Acho que seria uma boa estipular uma cota de consequências, não? — propôs Juliana, também se mostrando animada. Arregalei meus olhos e fiz sinal para ela, mas, se percebeu algo, não demonstrou.

— É uma boa. Se escolher consequência tem que responder obrigatoriamente depois, o que acham? — Alice deu a ideia e todos aceitaram, menos eu. Porém, como era minoria, ficou estipulado que ninguém podia pedir consequência duas vezes seguidas. Eu me sentei logo, tentando ficar de frente para Juliana.

— Eu começo. — Caveira rodou a garrafa e saiu para ele perguntar ao Beto. — Deixe-me pensar... Qual a melhor garota com quem você já ficou? E não vale a Juliana.

— Puxa, desse jeito meu namoro acaba hoje. — Beto ficou extremamente sem graça com a pergunta.

— Beto, se você fica assim com uma pergunta desse tipo, quero ver quando chegar nas mais pesadas. — Alice riu da reação do irmão.

— Eu não me importo com o que aconteceu na sua vida antes de começarmos a namorar. — Juliana o tranquilizou, mas Beto ainda estava pensando, provavelmente decidindo se era uma boa hora para usar a consequência.

— Ok. Foi a Kátia.

— Aquela piranha? — berrou Alice, com a boca aberta de espanto, e todos caímos na gargalhada com a reação dela.

— Eu não sei quem ela é, nem quero saber — disse Juliana, rindo.

— Tem séculos que nós ficamos. — Beto tratou de esclarecer, mas era mentira, porque ele havia ficado com a Kátia no final do semestre passado. — Agora é minha vez — disse ele, rodando a garrafa, que parou virada para Alice me fazer uma pergunta. Senti um frio na barriga porque percebi que ela ia soltar alguma besteira.

— Você já quis ficar com alguém que é proibido para você? Quem?

Sabia que ela perguntava pensando em si mesma, e minha resposta deveria ser sim, mas por causa da Juliana.

— Você fez duas perguntas — retruquei, tentando ganhar tempo.

— Responde então a primeira que a segunda faço depois. — Ela sorriu maliciosamente para mim, e foi a minha vez de pensar se deveria usar a consequência nesse momento ou não.

Se usasse, todos saberiam que a resposta era sim, e na próxima vez ela iria querer saber quem era a pessoa. Se falasse sim e usasse depois, ficaria aquela dúvida no ar e ela pensaria que a pessoa era ela. Pior! Beto poderia sacar alguma coisa e também achar que eu era a fim da Alice. Era uma dúvida cruel.

— Vamos, Cadu, responde logo. — Caveira me deu um cutucão.

— Acho que todo mundo já quis uma vez na vida ficar com alguém que é proibido — respondi.

— Você não respondeu a pergunta — disse Alice.

— Acho que respondi.

Beto franziu a testa e me olhou sério.

— Você está falando da minha irmã?

— Você pergunta isso para ele depois — disse Caveira, pegando a garrafa e me dando.

— Espera aí, Caveira — disse Beto, sério. — Você está falando da minha irmã?

— Não, não estou falando de nenhuma das suas irmãs.

— E quem é proibida para você além delas?

— Uma garota que tenha namorado, por exemplo — falei, me arriscando. Tentei não olhar para a Juliana para ele não perceber, embora quisesse ver a reação dela à minha resposta.

— Você está falando da Juliana? — Desta vez Beto falou tão alto que estremeci.

Respirei fundo e olhei para ele.

— Se for pra você implicar com todas as respostas, querer vir tirar satisfação, então não vou brincar. Não quero brigar com você por causa disso, é apenas uma brincadeira — reclamei, sério, percebendo que surtiu efeito e escapei da resposta.

— Desculpa, acho que estou me exaltando. — Ele estava arrependido de verdade.

— Tudo bem, relaxa. Ninguém aqui quer atacar sua irmã — eu disse.

— Ou roubar sua namorada — explicou Caveira, mas eu não podia concordar.

— Foi mal, gente. Prometo que não vai mais acontecer.

— É bom mesmo, ou então imagina quando as meninas começarem a responder — disse Caveira, e vi que o Beto não gostou de pensar muito sobre o assunto, mas ficou quieto.

— Vamos, Cadu, roda a garrafa — pediu Juliana.

Rodei e, dessa vez, Juliana deveria responder uma pergunta feita por mim. Eu a encarei sério e vi que ela começou a ficar vermelha.

— Ainda nem perguntei e você já está sem graça? — brinquei e todos riram, descontraindo o ambiente. Eu a olhei mais um instante e fiz a pergunta que esperava desde que o jogo começou. — Qual o seu mosqueteiro preferido?

— Que raio de pergunta é essa? — Caveira quis saber, com a sobrancelha franzida.

— É o que eu quero saber.

— Faz uma pergunta melhor. — Caveira ainda estava revoltado.

— Eu faço a pergunta que quiser.

— Caveira, nem todo mundo tem o pensamento sujo igual a você — disse Beto, embora ele não soubesse que minha pergunta tinha duplo sentido. Esperava que Juliana entendesse, mas não estava muito certo.

— Ah, mas o Cadu não sabe brincar — disse Caveira, olhando para a Juliana. — Vai, responde essa que deve ser fácil.

Juliana me olhou e depois olhou o Beto.

— Você ainda tem que pensar? Sabe tudo da vida dos mosqueteiros e ainda tem que pensar? — brincou Beto.

— Ah, não vale o D'Artagnan — esclareci.

— Ele não era mosqueteiro. Era? — perguntou Caveira.

— Acho que no final ele vira um. Não? — perguntou Beto para a Juliana, que não respondeu. Ela continuava olhando para mim.

— Sempre gostei do Aramis. Mas gosto do Athos também.

O que era aquilo? Ela gostava de mim e do Beto? Gostava dele? Gostava do Aramis e do Athos? Fiquei perdido em dúvidas, mas não tinha como esclarecer nada, nem ali, nem nunca.

— Pronto, pergunta idiota respondida, roda isso aí, Ju — disse Caveira, esfregando as mãos.

Juliana rodou e saiu para Caveira perguntar a Alice.

— Vê lá o que vai perguntar pra minha irmã — ameçou Beto, e Juliana deu um tapa no braço dele.

— Não enche, Beto. — Caveira olhou para Alice. — Se você pudesse ficar com um de nós, escolheria eu ou o Cadu?

— Que merda, Caveira! — berrou Beto, se levantando. — Escolhe consequência porque você não vai responder — disse ele, apontando o dedo para Alice.

— Assim não dá, Beto! — Dessa vez foi Caveira quem berrou, ficando de pé também.

— Calma, cara. É uma brincadeira. — Tentei acalmá-lo, mas ele estava furioso.

— Se você não sabe brincar, vai embora — disse Alice.

— Calma. É só besteira que estamos falando aqui. Ninguém está mandando Alice beijar os meninos. — Juliana tentou melhorar, mas piorou.

— Se eu deixasse, ele a beijava agora. — Beto olhou para Caveira. — Nós temos um pacto!

— Ei, eu não tentei agarrar a menina. Só fiz uma pergunta.

— Calma, cara. — Fui para perto dele. — Relaxa, é só uma pergunta. Que problema tem ela falar qual de nós escolheria se pudesse um dia? Nós não vamos ficar com a Alice.

— Além do mais, você prometeu que ia se comportar. — Alice olhou séria para ele. — Ou então você vai embora. Que saco!

Juliana levou o Beto para a cozinha e os dois ficaram lá conversando.

— Vamos, Alice, responde agora que ele não está ouvindo — provocou Caveira.

— Você sabe a minha resposta — disse ela, me olhando, e senti meu rosto corar.

— Vocês dois estão provocando o cara. — Fingi que não entendi a indireta dela.

— Claro que é o Cadu — disse ela, ainda me olhando. — Mas, como ele mesmo falou, nunca vai ficar comigo.

— Beto não está olhando agora. — Caveira provocou ainda mais.

— Deus do céu, Caveira! — respondi, e vi a Juliana vindo da cozinha com o Beto.

— Desculpa de novo, gente. Vou tentar me comportar.

— A brincadeira perdeu a graça — reclamou Caveira.

— Desculpa. — Beto estava visivelmente transtornado. Eu queria saber o que a Juliana havia falado para ele.

— Não tem problema. Acho que no seu lugar eu teria agido do mesmo modo. — Tentei deixá-lo mais calmo.

— Você é um chato. — Alice mostrou a língua para ele. — O que vamos fazer agora que a brincadeira acabou? — perguntou ela, olhando a chuva que ainda caía lá fora.

— Acho melhor irmos embora — disse Juliana. — Já está tarde.

CAPÍTULO 8

Como não fui dormir tarde, por causa da súbita interrupção de Verdade ou Consequência, acordei cedo no sábado. Não havia bebido nada porque não tive oportunidade de usar minhas consequências na noite anterior, mas estava me sentindo bem pelo fato de a brincadeira não ter seguido adiante.

Encontrei meu pai na sala e ele contou do jantar. Começou a falar sobre o que tia Ivone, com a ajuda de tia Matilde, havia preparado e fingi que o escutava, mas minha cabeça dava mil voltas pensando na resposta da Juliana. Ela sempre gostou do Aramis. Quando era criança dizia que se casaria comigo. Mas ela também gostava do Athos, que atualmente é o namorado dela. Era isso, eu não deveria me iludir.

Acordei dos meus pensamentos com meu pai indo atender o telefone. Era o pai do Beto nos chamando para um churrasco na casa deles. Tinha parado de chover e a carne já estava assando, segundo ele. Mal pude acreditar que, depois daquela chuva toda da noite anterior, Rio das Pitangas amanheceria com um sol forte.

A casa do Beto era grande e tinha um quintal imenso, com piscina e churrasqueira. O pai dele adorava reunir os amigos para um churrasco, e é claro que não iríamos faltar.

Não sei quem deu a ideia e como aconteceu, mas ficou combinado que o Caveira e a tia Matilde iriam conosco para o churrasco. Fomos os quatro no carro do meu pai, tia Matilde na frente, eu e o Caveira atrás. Uma perfeita família.

Chegamos lá e a Emília atendeu a porta. Meu pai e tia Matilde entraram, logo encontraram os pais do Beto e começaram uma conversa animada.

— Oi, Emília, o Beto está lá atrás?

— Está sim. — Ela virou o rosto e eu dei um beijo. Caveira tentou o mesmo, mas Emília o olhou com uma cara fechada e saiu.

— Ela te odeia. — Eu ri.

— Que nada, ela me ama!

— É? Não senti isso.

Fomos caminhando para a parte de trás da casa, onde ficavam a piscina e a churrasqueira.

— Ela me ama, vai por mim. É tudo fachada, já que ela não pode ficar comigo por causa do pacto com o Beto.

— Sei, sei. — Balancei a cabeça e ri do Caveira, que logo encontrou algumas de suas muitas amigas e foi lá conversar com elas.

Olhei em volta e vi o Beto na churrasqueira, conversando com tio Manuel. Quando caminhava na direção deles, senti alguém me puxando.

— Oi, Cadu.

Eu me virei e era Alice. Ela vestia a parte de cima do biquíni e um shortinho jeans. A visão dela ali parada, de óculos escuros, o cabelo preso e aquele corpo perfeito, mexeu comigo.

— Oi, Alice. — Dei um beijo em seu rosto e um passo para trás, como sempre fazia.

— Gostou do meu biquíni novo?

— Alice, pare de provocar.

— Só fiz uma pergunta. — Ela deu de ombros e se enroscou no meu braço, me levando na direção do Beto.

— Você fica me provocando e seu irmão ainda vai me matar, como se a culpa fosse minha.

— Você leva a sério demais esse pacto — sussurrou ela no meu ouvido, e senti um arrepio percorrer meu corpo. Não consegui soltar meu braço.

Paramos ao lado do Beto e eu o cumprimentei, ainda com Alice pendurada em mim.

— Precisa de ajuda? — perguntei, tentando esquecer a presença desconcertante dela.

— Não, Manuel manja tudo de churrasco. Está me dando umas aulas — disse Beto, olhando para o meu braço enroscado no de Alice. Eu tentei mais uma vez me soltar, em vão.

— E cadê a Juju? — perguntei.

— Estou aqui. — Eu ouvi e virei, encontrando Juliana parada logo atrás.

Ela usava um vestido curto, levemente colado ao corpo, e aquela cena foi mais desconcertante que a de Alice, porque fiquei imaginando como ela seria por baixo daquele vestido. Devo ter ficado vermelho.

— Você acredita que o Cadu não gostou do meu biquíni novo? — disse Alice para Juliana, me provocando.

— Eu não disse isso.

— Mas também não elogiou.

— Alice, não me deixe numa situação complicada — falei, baixinho, indicando o Beto com a cabeça. Juliana riu.

— Acho que a Alice não liga pra isso, Cadu.

— Claro, não é ela que vai ter a cara quebrada pelo Beto.

Alice e Juliana me levaram para uma mesa e ficamos a tarde toda conversando. Beto se juntou a nós, enquanto o Caveira estava em outra mesa, rodeado de garotas.

Bebi muita cerveja e já estava levemente zonzo. Eu me levantei para ir ao banheiro, mas, como os que ficavam ao lado da sauna estavam ocupados, entrei na casa para ir até o quarto do Beto e usar o dele.

Fiquei um tempo lá sentado, esperando a cabeça melhorar, e aproveitei para jogar água fria no rosto e no cabelo. Estava decidido a cair na piscina quando voltasse para o churrasco, porque não queria ficar tonto em uma festa com a Juliana por perto; não confiava no meu comportamento de bêbado.

Quando saí do banheiro, encontrei Alice sentada na cama do Beto.

— Achei que você tinha morrido aí dentro — brincou ela.

— Estava lavando o rosto — disse.

Fiquei indeciso se saía ou não. A visão dela ali era torturante. Alice se levantou e veio andando em minha direção.

— Como falei mais cedo, você leva muito a sério o pacto que tem com o Beto.

— Alice...

Ela colocou as mãos em volta do meu pescoço e eu segurei sua cintura.

— Você está brincando com fogo.

— Não tenho medo de me queimar — sussurrou ela, com o rosto bem próximo ao meu.

Alice foi se aproximando e eu não podia mais resistir, comecei a tocar seus lábios quando uma voz soou atrás dela.

— Muito bonito, hein?

Empurrei Alice na mesma hora com o coração acelerado e vi o Caveira parado ali, rindo da nossa reação.

— Você está maluco? Quase me mata, pensei que fosse o Beto! — disse, com uma das mãos no peito.

— Quem está maluco aqui não sou eu, são vocês dois. Se é pra se agarrar vão pro quarto dela, não aqui — zombou ele, ainda rindo muito.

— Até que não é má ideia. — Alice sorriu maliciosamente para mim.

— Chega por hoje — respondi e olhei os dois. Suspirei e saí do quarto.

CAPÍTULO 9

O PROFESSOR DE DIREITO PENAL ainda não havia passado todo o histórico do caso para o trabalho, mas eu estava empolgado demais para ficar parado. Por isso, quase todo meu tempo livre eu passava no computador fazendo pesquisas. E era exatamente o que eu fazia naquele domingo quando o Caveira ligou depois do almoço me chamando para ir à sede do Pitangueiras jogar basquete. Minha coordenação motora não era muito boa para o esporte, a bola era grande demais e a cesta, muito pequena, jamais consegui fazer um ponto que fosse em alguma partida, então recusei o convite.

Eu navegava pela internet, mas, com poucos detalhes sobre o caso, ficava difícil pesquisar. Esfreguei o rosto, olhei de relance para a estante que ficava ao lado da mesa do computador e vi minha coleção de livros de ficção. Nunca fui muito de ler, mas alguns daqueles títulos envolviam advogados, tribunais, causas perdidas. Eu me lembrei que um dos livros contava a história de homens acusados sem provas concretas e comecei a folheá-lo. Já o tinha lido, mas apenas por lazer, e agora decidi ler com outra visão, como se fosse um advogado. Talvez tivesse alguma coisa útil para o meu trabalho. Peguei um caderno e uma caneta e coloquei junto com o livro em cima do meu criado--mudo. Anotações durante a leitura ajudariam muito.

Decidi esticar as pernas e fui até a cozinha. Lá, encontrei meu pai e tia Matilde em uma conversa animada.

— Oi, tia — cumprimentei, e percebi que ela colocava petiscos em travessas.

— Olá, Cadu. Estamos arrumando algumas comidinhas para o torneio de baralho. Quer alguma coisa?

— Se não for desfalcar o lanche de vocês, eu aceito — disse, olhando aquelas travessas maravilhosas.

Tia Matilde arrumou em uma bandeja alguns minissanduíches, pastinhas de vários sabores, torradas, biscoitos, tudo para mim.

— Ei, tia, vamos com calma. Só um pouco está bom — brinquei, tirando um refrigerante da geladeira.

— Você não ia sair hoje? — meu pai perguntou e eu me espantei, porque o tom não era de repreensão, e sim como quem fala *vai lá, sai, está tudo bem.*

— O Caveira me chamou pra jogar basquete, mas não me animei. Devo aparecer mais tarde lá no Bebe Aqui.

Peguei minha bandeja e saí da cozinha para deixar os dois a sós. Fazia um bom tempo que não via meu pai tão descontraído e feliz.

Voltei para o meu quarto, coloquei a bandeja em cima da cama e desliguei o computador. Em seguida liguei o rádio e me sentei para comer. Não sabia nem por onde começar de tanta coisa gostosa que tinha ali.

Peguei um minissanduíche, que era muito míni, e comi de uma vez. Estava perdido em meus pensamentos quando ouvi uma batida na porta.

— Entra — disse, imaginando ser meu pai, e me surpreendi ao ver Juliana.

— Oi. — Ela sorriu e entrou, fechando a porta.

— Que surpresa. — Eu me levantei da cama e dei um beijo em seu rosto.

— Vim com meus pais te fazer uma visita. Como nos velhos tempos. — Ela sorriu e eu fiquei sem graça, lembrando o quanto detestava que ela viesse até minha casa com seus pais aos domingos, quando éramos crianças.

— Senta aí. Lancha comigo? — perguntei, indicando a cama.

— Sim. — Ela se sentou na cama, encostando na cabeceira. Eu me sentei no chão, ao lado dela. — Você está mal-acomodado, roubei seu lugar.

— Que é isso? Fica aí. Estou ótimo. — E estava mesmo. A visão dela ali na minha cama me deixou muito feliz. — Seu namorado sabe que você está aqui? — Não sei por que fiz essa pergunta estúpida. Acho que é um defeito dos apaixonados, falar besteiras sem pensar.

— Sabe. Ele vem pra cá depois.

— Ah. — Apesar de adorar o Beto, não gostei muito do que ouvi. Pensei que teria uma tarde inteira sozinho com a Juliana.

— O que você estava fazendo antes de eu chegar? Não quero te atrapalhar.

— De modo algum. — Sorri e ela retribuiu. — Estava só lanchando. Antes, estava fazendo uma pesquisa para um trabalho da faculdade.

— Trabalho de quê? — perguntou ela, com real interesse.

— De Direito Penal. É em dupla, vou fazer com o Beto, mas já vi que vou fazer o trabalho sozinho.

— Não sabia que o Beto era de deixar tudo nas suas costas.

— Não, não. É que ele não tem interesse nessa área, e é justamente a que eu mais gosto. Então, não vou me importar de fazer sozinho. Pra dizer a verdade, acho até que prefiro.

— Entendi. — Juliana ficou quieta, comendo o minissanduíche. Ao contrário de mim, ela dava algumas mordidas a mais na microcomida.

— E você? Está gostando de estudar no Instituto novamente?

— Claro. Sempre adorei aquela escola. E é bom ter a Alice comigo. — Ela começou a rir enquanto me encarava.

— O que foi?

— A Alice me contou de ontem no churrasco.

Balancei a cabeça e passei uma das mãos no cabelo.

— A Alice fica fazendo joguinhos e isso ainda vai dar confusão.

— Eu te falei que ela gosta de você; você não quis acreditar.

— Não quero pensar nisso. Beto me mata só de eu pensar, imagina se fizer alguma coisa!

Juliana parou de rir e deu um suspiro. Pegou outro minissanduíche, mas não comeu. Ficou olhando para a comida e depois para mim.

— E você quer fazer alguma coisa?

— Não, claro que não! Já te falei — disse, com veemência.

— Eu sei. Mas é que todos os garotos da cidade parecem gostar dela.

— Tem garotos aqui que não gostam dela.

— O Beto, né? — Ela riu.

— O Beto não conta. — Ri também. — O Caveira, eu.

— Mas você mesmo já disse que teve vontade de ficar com ela uma vez.

— Tive vontade, não tenho mais. Como dizem, vontade é uma coisa que dá e passa. Você nunca teve vontade de ficar com um carinha bonito lá de Porto Alegre e depois passou?

Ela levantou os ombros, sem responder. Depois de um tempo, mudou de assunto.

— E a sua mãe? Como está?

— Está bem. Ela se casou novamente e está feliz.

— Que bom.

— É. Gosto de vê-la feliz. Ah, tenho um irmãozinho, acredita? Três anos. — Juliana deu uma risada gostosa e eu me levantei para pegar um porta-retrato na estante. — Este é o meu irmão.

Ela pegou o porta-retrato das minhas mãos e nossos dedos se tocaram levemente. Senti meu coração disparar, mas ela pareceu não ter reparado no toque.

— Ele é muito fofo. Parece com você quando era menor.

— Não diga isso perto do meu pai que ele é capaz de morrer. — Eu me sentei.

— Ele não aceitou a separação, né?

— Não. Já tem o quê? Uns cinco anos? Ele não consegue esquecer minha mãe. Ou não se acostumou a ficar sozinho, sei lá.

— Por isso agora você quer arrumar uma namorada pra ele.

— É, e também pra ele me esquecer um pouco. Está pegando demais no meu pé ultimamente. Não sei se essa ideia do Caveira vai dar certo, ainda tenho minhas dúvidas, mas seria bom se desse.

Juliana se inclinou e passou a mão no meu cabelo. Fechei os olhos, sentindo o toque de seus dedos descer até meu rosto. Meu coração disparou ainda mais e eu fiquei um pouco ofegante. Abri os olhos e a vi ali, um pouco inclinada e com um leve sorriso nos lábios. Tive vontade de me levantar, creio que cheguei a me inclinar um pouco em sua direção, mas fomos interrompidos pelo Beto, que entrou no quarto.

— O que você faz com a minha namorada no seu quarto? — perguntou ele, rindo, me cumprimentando e dando um beijo em Juliana. Mal sabia ele, em sua inocência, que se demorasse mais um pouco alguma coisa muito errada poderia ter acontecido.

— Estamos lanchando, aceita? — perguntei, tentando demonstrar naturalidade e olhando para a bandeja, que já estava quase vazia. — Posso pegar mais lá embaixo.

— E estragar o clima dos casais lá? Nem pensar — disse ele, se sentando ao lado de Juliana, com um braço em volta dos ombros dela. Olhei aquele casal perfeito ali e senti que estava sobrando, literalmente.

— Então temos um clima lá embaixo? — perguntou Juliana.

— Não, estava só enchendo. — Beto pegou um minissanduíche e comeu. — Isto aqui está delicioso.

— A tia Matilde que fez.

— E o Caveira, por onde anda?

— Foi jogar basquete no Pitangueiras. De noite vai pro Bebe Aqui.

— E nós vamos também, claro — disse o Beto.

— Claro. — Eu sorri para ele e depois para Juliana, que sorria de volta para mim.

Depois de passar a tarde com o Beto contando os casos da nossa adolescência para Juliana, fomos para o Bebe Aqui encontrar o Caveira.

Chegando lá, Beto e Juliana se sentaram em uma mesa na calçada e eu fui falar com o Juca, que estava em pé um pouco mais atrás.

— E aí, Cadu? — Juca me cumprimentou com um aperto de mão. — Lembra da Walesca?

— Lembro sim — disse, dando um beijo no rosto da namorada dele.

— Você é o carinha que ficou com a Rosângela? — perguntou ela.

— Eu mesmo.

— Ela fala demais em você. — Walesca piscou para mim.

— Deixou a menina apaixonada? — perguntou Juca.

— Eu não fiz nada. — Tentei me defender.

— Volto pra Rioazul ainda hoje. Quer que eu leve algum recado pra ela? — perguntou Walesca.

— Manda um alô — disse.

— Não faz isso. Se der corda, a Rosângela não vai largar do seu pé.

— Eu consigo me defender, Juca. — Dei um tapinha nas costas dele e vi de longe Alice chegando. Linda, como sempre.

— Ah, vou falar com a Alice. — Walesca saiu e deixou o Juca comigo.

— Alice Gomes... Se me desse mole, eu não deixava passar — comentou Juca.

— Cara, fala baixo que se o Beto escuta ele te mata.

— Fica frio que ela não quer nada comigo. Sabemos muito bem de quem ela gosta.

Olhei espantado para o Juca e depois chequei se alguém próximo havia escutado o que ele falou, mas as pessoas pareciam não dar a mínima para nós.

— Você está maluco? De onde tirou isso?

— Ora, Cadu. Toda a cidade sabe.

— Você não pode estar falando sério!!

Juca deu uma gargalhada.

— Relaxa. Eu sei porque Alice contou pra Walesca, e ela me contou.

Soltei a respiração, aliviado.

— A Alice fica mexendo com isso e um dia o Beto ainda vai acabar comigo.

— Mas falando sério. Vai dizer que você não tem vontade nenhuma de beijar aquela deusa? A Alice é a maior gata, gostosa demais.

— Olha o respeito! Eu vejo a Alice como minha irmã mais nova.

— Sei. — Juca olhou para Alice e Walesca, que vinham em nossa direção. — Com a diferença de que ela não é sua irmã de verdade.

Dei um murro no braço do Juca para ele mudar de assunto quando as meninas chegaram. Ele, então, puxou a Walesca para longe enquanto ria maliciosamente.

— Oi, Cadu —Alice me cumprimentou e eu a beijei.

— Oi. Precisamos conversar — falei, enquanto verificava se o Beto nos observava, mas ele estava mais interessado nos beijos de Juliana.

— Até que enfim! Pensei que você jamais tomaria uma atitude. — Ela sorriu para mim.

— Estou falando sério. — Puxei Alice um pouco mais pra longe, onde o Beto não nos veria. — Você tem que parar de falar pras pessoas que gosta de mim.

— Mas eu gosto de você.

Dei um longo suspiro e esfreguei meu rosto com as mãos.

— Deus do céu, o que eu faço com você?

— Que tal um beijo? — Ela se aproximou, mas coloquei uma de minhas mãos na frente, entre nós.

— É sério. Se eu te beijar, seu irmão é capaz de nunca mais falar comigo.

— Não seja tão radical.

— Eu conheço o Beto.

— Eu também.

Fiquei quieto, encarando Alice. Cocei minha testa.

— Vamos falar sério. Você faz esse joguinho porque sabe que nunca vai rolar nada entre a gente.

— Nunca diga nunca. E não é joguinho, é a verdade.

— Você não pode gostar de mim.

— Eu não mando no meu coração.

Aquela frase ecoou pela minha cabeça como se fosse minha própria voz. Suspirei novamente e fiquei pensando no que falar.

— Olha, você é uma garota bonita, atraente. Pode escolher o cara que quiser.

— O que eu quero não posso ter. Sei disso.

— Então para de me atormentar! — pedi, um pouco mais alto, e algumas pessoas olharam na nossa direção. Eu me virei para Alice e diminuí o tom de voz. — Eu gosto muito do Beto, ele é meu melhor amigo e não vou perder a amizade dele por nada, nem por garota alguma — disse, talvez para convencer a mim mesmo. Sabia que, se fosse para brigar com Beto por causa de alguém, não seria por Alice, mas sim por Juliana.

Alice ficou me olhando seriamente e parecia um pouco magoada.

— Entendi. Não precisa se preocupar que não vou mais encher sua paciência. — Ela foi saindo, mas a segurei pelo braço.

— Você não enche a minha paciência, mas, como falei ontem, está brincando com fogo. Eu gosto do Beto, de você, da família toda. Não quero perder o que a gente tem. Gosto muito de você, mas não passa disso. Não quero que você fique com raiva de mim.

— Não estou com raiva. — Ela respirou fundo, parecendo segurar algumas lágrimas. — Só estou triste, mas vai passar. — Alice sorriu forçadamente, deu um beijo no meu rosto e saiu.

Fiquei um tempo ali parado, encostado em um carro e olhando o horizonte até ser acordado dos meus pensamentos pelo Caveira, que pulou na minha frente.

— Fala, Cadu, como foi tudo na sua casa hoje?

— O quê? — Eu o olhei, balançando a cabeça para espantar meus pensamentos.

— Opa, onde você estava?

— Alice, cara...

— Hum, o que eu perdi? — Caveira encostou no carro ao meu lado.

— Não perdeu nada, só tive uma conversa séria com ela. Espero que tenha entendido.

— Duvido muito.

— Eu também, mas tinha que tentar. Você acredita que ela falou pra namorada do Juca que gosta de mim?

— Ela é doida. — Caveira riu.

— Estou falando sério. Imagina se isso chega aos ouvidos do Beto.

— Mas você não tem culpa se ela gosta de você.

— Vai explicar pra ele.

— Sinistro... — Caveira ficou quieto ali comigo. Não sei o que ele pensava, mas na minha mente só vinha o trio Alice, Juliana e Beto.

— Ei, me conta, seu pai já pediu minha mãe em namoro?

Dei uma gargalhada.

— Não imagino meu pai pedindo alguém em namoro.

— Nem eu... Mas me fala aí, como foi lá de tarde? Você sentiu algo entre eles?

— Claro que não! Ainda é cedo demais. — Olhei o Caveira. — Você está mais empolgado que eu com essa história.

— Digamos que eu adoro romances.

— Você? Conta outra!

— É sério. Não gosto disso na minha vida, mas na vida dos outros... Por falar em romance, temos que arrumar um pra você.

— Nem vem. Você só me arruma furada.

— Ei, eu tenho sentimentos, sabia?

Balancei a cabeça e fui com o Caveira encontrar o Beto.

CAPÍTULO 10

Estava terminando de escrever um e-mail enorme para a minha mãe, contando sobre o início das aulas, o reencontro com meus amigos e a volta de Juliana quando aconteceu um blackout em Rio das Pitangas. Olhei a bateria do notebook, que já estava quase acabando, e me xinguei por não ter colocado para carregar antes, amaldiçoando a tecnologia, que dependia da energia.

Fiquei um tempo no escuro olhando o computador e decidi salvar o resto do e-mail antes que a bateria acabasse. Enquanto fazia isso, o celular tocou, me assustando no silêncio sepulcral do meu quarto.

— Tudo escuro aí, Cadu? — Era o Beto.

— Que raiva, viu? Estava terminando um e-mail gigantesco pra minha mãe quando acabou a energia, e agora a bateria do notebook também está quase acabando.

Beto soltou uma gargalhada, mas não achei graça. Detesto quando acontece isso porque não há muito o que fazer, principalmente se o notebook e o celular estão quase sem bateria.

— Bom, acho que hoje não vai rolar o Bar do Tavares.

— É mesmo, tinha esquecido que era quinta-feira.

— Pelo visto, você ia furar.

— Não, ia acabar lembrando. — Não estava muito certo, mas era bem provável que me lembrasse. — Você não apareceu hoje de tarde pra correr.

— Fui encontrar a Ju e me esqueci.

— Ah. — Eu podia ter ficado sem essa, mas tudo bem.

— Vamos combinar assim: se a energia voltar até umas nove horas, a gente vai pro Tavares.

— Combinado. Vou avisar o Caveira. — Desliguei e já emendei na ligação para o Caveira. — Fala, Caveira, só pra combinar o Tavares hoje.

— Tavares? Com esse breu todo?

— O Beto combinou que se a luz voltar até as nove a gente vai lá.

— São oito e pouco da noite, você acha que volta?

— Duvido muito, mas fica combinado. — Ia desligar quando o Caveira começou a falar.

— O que você acha de irmos no sábado pra Rioazul? O Juca disse que vai ficar com a chácara dele livre.

— Não sei...

— Vamos, cara. Ele vai dar uma festinha, você sabe, chamar umas gatas, cerveja adoidado, quartos livres.

Fiquei alguns segundos em silêncio, tentando decidir se era uma boa ou não. Provavelmente sim, já que a única coisa que fazia nos últimos dias era pensar na Juliana.

— Vou pensar. Meu pai deve me encher o saco como se eu ainda tivesse 12 anos, mas vou ver.

— Ok, amanhã a gente combina direito.

Desliguei o telefone e peguei meu celular para usar de lanterna enquanto ia até a cozinha procurar uma vela.

Desci a escada com cuidado e vi uma pequena claridade vindo da sala. Fui até lá e encontrei meu pai sentado no sofá, com uma vela acesa na mesinha de centro.

— Oi, pai. Pensei que não estava em casa.

— Cheguei tem pouco tempo. — Ele olhou para mim. — Vai sair?

— Com essa escuridão? Não. — Eu me sentei no outro sofá e ficamos em silêncio durante alguns minutos.

— O que acha de um vinho? — perguntou ele, já se levantando, e eu sabia que vinha uma conversa séria pela frente.

Sempre que estávamos só os dois em casa e ele decidia abrir um vinho era sinal de conversa séria. Meu pai era totalmente previsível.

Ele voltou da cozinha com uma garrafa de vinho tinto aberta e duas taças. Serviu a minha e eu dei um longo gole, sentindo o gosto amargo da bebida na boca. Ele se sentou novamente e ficou observando sua taça.

— Vinho, velas... Uma cena romântica se não estivéssemos nós dois aqui — brinquei.

— Sim... Romântico. — Ele deu um gole e me olhou. — Por falar em romântico, como vai sua história com a Juliana?

Sorri com o canto da boca. Então era sobre isso que ele queria falar.

— Não vai. Não tem história.

— Como você está, meu filho? Estou preocupado com você.

— Estou bem, na medida do possível.

Não estava me sentindo muito confortável com aquele papo. Sempre tive dificuldade para falar sobre meus sentimentos e para me abrir com alguém. Instintivamente, me afundei no sofá, como se isso fosse me salvar.

— Tenho medo que essa história possa te machucar.

— Não vai. — Menti, porque na verdade já estava machucando.

— E ela?

— O que tem ela?

— O que ela sente por você?

Suspirei e olhei para baixo, mexendo na minha taça.

— Não sei. Acho que ela gosta de mim só como amigo. — Levantei os ombros, me sentindo derrotado.

— Ela sabe?

— Deus queira que não — sussurrei.

— E o que você pretende fazer?

Meu pai falava calmamente, como se conversássemos sobre algo banal, tipo a previsão do tempo.

— Como assim? — Cerrei os olhos.

— Você pretende esquecê-la ou lutar por ela?

— Não sei. — Fiquei mudo por um tempo, pensando naquilo. — Acho que nunca passou pela minha cabeça lutar por ela... Não sei se vale a pena lutar.

— Não custa tentar, Carlos Eduardo.

— Pai, ela namora o Beto! — Arregalei os olhos.

— Eu sei. Mas você tem que tentar. Não se pode deixar nada nesta vida sem tentar, para depois não se arrepender.

— Lutar pela Juliana significa o fim da minha amizade com o Beto. — Não consegui acreditar que ele estava me incentivando a brigar pelo amor de Juliana.

— Não necessariamente.

— É claro que sim. Ele nunca mais vai falar comigo se souber que estou tentando roubar a namorada dele.

— Você não vai roubar a namorada dele. Vai apenas deixar que ela se decida.

— É basicamente a mesma coisa.

Eu estava temeroso com essa possibilidade, mas ao mesmo tempo havia um fio de esperança dentro de mim que desejava mais do que tudo que a Juliana preferisse ficar comigo e não com o Beto.

— Escuta, você não é o primeiro homem a se apaixonar pela mulher do melhor amigo. Não é o fim do mundo nem precisa ser o fim da amizade. Apenas jogue limpo.

— Não posso me abrir com o Beto.

— Não, receio que não. Pelo menos no momento.

Encostei a cabeça no sofá e fechei os olhos, sentindo minhas bochechas corarem.

— Acho que não quero falar mais sobre isso.

— Tudo bem. Também não sei dar conselhos nesse sentido. Talvez sua mãe seja melhor.

Levantei a cabeça na mesma hora e o encarei.

— Não conta pra ela!

— Não vou contar, não se preocupe. Mas uma opinião feminina poderia ajudar. — Ele parou e esperou uma resposta minha, que não veio. Bebeu mais um pouco de vinho e olhou para baixo. — A Matilde é uma boa mulher.

Eu balancei ligeiramente a cabeça e pisquei os olhos. Havia cochilado por alguns instantes ou ele mudou mesmo de assunto?

— Eu gosto muito dela — respondi, sem saber aonde ele queria chegar.

— É... Estava pensando... Eu estou sozinho... Ela também...

Ele não prosseguiu e eu percebi que estava um pouco sem graça para falar sobre aquilo comigo, mas me levantei do sofá com um sorriso estampado no rosto. Era bom demais para ser verdade que nosso plano tivesse dado certo, e — melhor — tão rápido.

— Você está falando sério? — Eu não acreditava no que ouvia.

— Sim. Não quero passar o resto dos meus dias sozinho, e ela é uma boa companhia, além de ser uma mulher muito atraente.

— Pai, que legal! — comemorei, me abaixando e dando um abraço nele. Acho que minha atitude o espantou um pouco, pegando-o desprevenido. — Eu quis isso por muito tempo, que o senhor encontrasse alguém.

— Fico feliz por saber que você aprova.

— Claro que aprovo! E acho que o Caveira também vai aprovar! Ele vive falando que a mãe precisa de companhia.

— Que bom. — Mesmo com a escuridão, percebi que meu pai estava envergonhado.

— Agora é minha vez de perguntar: o que você pretende fazer?

— Não sei... Pensei em convidá-la pra jantar aqui no sábado, mas não sei se vai ter muito clima.

— Sábado é perfeito! Eu vou em uma festa com o Caveira em Rioazul e devemos dormir por lá — disse, mesmo ainda não tendo certeza. — Qualquer coisa eu durmo na casa do Caveira.

— Bom, bom. Então amanhã vou convidá-la para jantar aqui no sábado.

Mal pude acreditar que meu pai estava com segundas intenções com a tia Matilde, muito menos que ele não deu sermão sobre eu ir para Rioazul. Definitivamente, uma namorada para ele era a solução para os meus problemas.

Quando o vinho terminou, deixei meu pai na sala e subi correndo para o meu quarto. Fechei a porta e peguei o telefone.

— Caveira, você não vai acreditar! — E comecei a contar a conversa com meu pai, claro que só a parte da tia Matilde.

CAPÍTULO 11

Na sexta-feira, depois de correr, Beto e eu fomos encontrar o Caveira na lanchonete que ficava perto do complexo esportivo da UFRP. Caveira estava de mau humor porque havia levado um empurrão no jogo e torcido o pé, o que o impediria de ir à boate naquela noite. Foi atendido no centro médico da universidade e estava com o pé enfaixado.

— Aquele babaca do Fernando vai ver só. Vou acabar com a raça dele no próximo jogo — disse Caveira, bebendo um gole de água.

— Jogo é diversão, ele não fez por mal — disse Beto.

— Claro que fez, ele me detesta.

— Caveira, não vai arrumar confusão, né?

— Beto, não se mete.

Caveira estava uma fera. Beto me olhou e fiz um sinal para ele como quem pedia para mudar de assunto. Ele ficou um tempo quieto e sorriu para nós.

— É aniversário da Ju daqui a duas semanas. Cai num sábado — disse Beto, e eu parei com o copo encostado nos lábios. Olhei para ele.

— Opa, festinha! — Caveira se empolgou, já se esquecendo da rixa com Fernando.

— Não vai rolar festa. Os pais dela gastaram muito com a mudança. — Beto cortou a alegria do Caveira.

— Mas a gente comemora assim mesmo. Podemos fazer uma festa pra ela lá em casa — sugeri.

Não sei de onde surgiu a ideia, mas nem tive tempo de pensar no assunto. Sabia que Juliana ia ficar feliz se eu oferecesse minha casa para comemorar seu aniversário. Restava saber se meu pai concordaria.

— Grande ideia, Cadu! Lá em casa nem rola de tanta gente que tem. — Beto estava realmente agradecido.

— Vou convidar a galera toda, muitas gatas... — Caveira já fazia planos e eu senti que precisava intervir.

— Calma lá! Também não é pra chamar a cidade toda. Nem falei com o meu pai ainda.

— É, Caveira, sossega. Conhecendo a Ju como eu conheço, ela vai querer algo pequeno, íntimo, só para os amigos mais chegados.

— Vocês dois sabem cortar o barato. — Caveira ameaçou ficar com raiva, mas de repente deu um sorriso malicioso. — Gostei dessa parte de íntimo. Pode rolar mais coisa do que com muita gente.

— Ei, lá é uma casa de família! — protestei, já imaginando a esbórnia que Caveira poderia promover na minha casa.

Beto me olhou sério, como se eu tivesse falado aquilo para ele. Não gostei disso. Pior ainda, não gostei do que senti por dentro. Minha mãe sempre falou que as mulheres têm um sexto sentido apurado, ao contrário dos homens, que nunca sentem nada, mas acho que naquele instante entendi o que ela queria dizer sobre essa sensação.

— É... Quero falar sobre isso com você.

Pelo tom de voz do Beto, senti que boa coisa não viria e estremeci.

— O que foi?

— Quero te pedir um favor. Mas é um favor daqueles que só se pede para um grande amigo como você, que é quase um irmão.

Definitivamente eu não ia gostar do que estava prestes a ouvir, e minha mão começou a suar.

— O que foi, Beto? — perguntei, temeroso.

— A Ju vai fazer 17 anos, e quero que esse aniversário seja especial, quero dar algo que ela nunca vai esquecer. Eu já queria que rolasse no dia, mas não sabia onde, porque lá em casa não tem como.

Do que ele estava falando? Minha cabeça dava mil voltas. Beto ficou calado por um longo tempo e eu apenas o observei, com medo de perguntar. Pude sentir a expectativa do Caveira, que parecia saber o que Beto ia pedir.

— O que você quer, Beto? — perguntei, hesitante.

— Seu quarto emprestado — sussurrou ele.

— O quê? — Achei que não tinha escutado direito.

— Seu quarto. Você sabe... — Beto deu um sorriso sem graça.

— Não, não sei. Você quer meu quarto emprestado na festa da Ju? Mas pra qu... — Não terminei a pergunta. Na hora saquei o que ele queria. — Ai, meu Deus! — Foi a única coisa que consegui falar. Encostei na cadeira completamente zonzo, transtornado com o pedido.

— Já falei, quero que seja especial com a Ju — explicou Beto mais uma vez, como se precisasse. Eu já podia imaginar os dois entrando no meu quarto e fazendo sabe-se lá o quê. Bem, eu sabia o quê.

— Aê, grande Beto! — Caveira deu um tapinha nas costas dele. Eu ainda estava atônito com o pedido.

— Você está louco? — perguntei.

— Por quê? Já falei com ela.

— E ela aceitou? — Acho que gritei, porque todos na lanchonete olharam para nós.

— Ela ainda não se decidiu completamente, mas vai aceitar.

— E ela sabe que vai ser no meu quarto, no meio da festa?

— Não. Só pensei no seu quarto agora que você ofereceu a casa. Mas não vai ser durante a festa, e sim mais pro final, né? — Beto deu uma piscada. — Se tiver problema, eu arrumo outro lugar.

O que eu iria falar? É claro que tinha problema, mas também não poderia negar isso ao meu amigo.

— Vocês têm pouco tempo de namoro.

— Mas é como se tivesse mais tempo. Afinal, já nos conhecíamos antes. — Beto deu de ombros.

— Ela é nova demais. — Tentei argumentar. Estava decidido a fazer o Beto mudar de ideia.

— Ela sabe o que faz, Cadu.

— E se fosse sua irmã?

— Ela não é minha irmã.

— Mas e se fosse a Alice? — Insisti.

— Alice não tem nada a ver com isso. — Senti que Beto ficou desconfortável.

— Mas elas são da mesma idade.

— Mas não são a mesma pessoa! — Beto suspirou, e Caveira tinha os olhos arregalados. Percebi que ele sacou o motivo de eu não querer emprestar meu quarto, porque balançava a cabeça negativamente. — Olha, sei que é um pedido muito sério. Se você não quiser ceder o quarto, não tem problema, vou entender.

Fiquei um tempo quieto pensando naquilo. Eu não tinha escolha.

— Não, eu empresto — respondi, com dor no coração, mas, se era o que Juliana queria no seu aniversário, era o que ela teria.

— Valeu, Cadu. — Beto deu um sorriso que partiu ainda mais meu coração.

☙

— Não, não, está tudo errado! — Caveira andava de um lado para o outro dentro do meu quarto. Ele insistiu em vir comigo depois da aula para ter uma conversa séria. — Você não pode estar apaixonado por ela.

— Aconteceu. Não fiz de propósito. — Levantei os ombros. Estava sentado na cadeira em frente ao meu computador.

— Mas vai desfazer. — Ele me olhou sério.

— Como? A gente não manda no coração.

— Manda sim. Nesse caso, manda. — Ele chegou perto de mim. — Isso não está certo. Ele é seu amigo. Seu melhor amigo! — Caveira levou as duas mãos à cabeça.

— Eu tentei, mas não consigo. Não consigo esquecer a Juju. Foi amor à primeira vista, não dá, é mais forte do que eu.

— Não é. Nós vamos dar um jeito, não sei como, mas vamos dar. Vamos arrumar alguém, vamos te mandar pra Nova Zelândia, alguma coisa. Isso tem que acabar. — Ele me olhou. — Amanhã nós vamos pra Rioazul e você vai ter que ficar com alguém lá, com mais de uma, com todas as meninas da festa, mas vai fazer alguma coisa pra esquecer a Ju.

Respirei fundo, me levantei e fiz o Caveira se sentar na minha cama. Agora foi minha vez de ficar parado diante dele.

— Eu tentei, juro. Tentei não pensar nela, mas aconteceu. Não consegui impedir, mesmo tentando. Foi rápido... Quando dei por mim já estava gostando dela. Você acha que eu gosto de ficar vendo os dois juntos? Que tipo de masoquista eu sou? E agora essa, meu Deus! Meu quarto para os dois passarem a noite. Para ela perder a virgindade com ele! Como você acha que estou me sentindo? — disse.

Ele me olhou, pela primeira vez se colocando no meu lugar, e vi um pouco de pena em seus olhos.

— Foi mal. Imagino que deva estar sendo difícil. Mas isso não pode continuar. Imagina quando o Beto descobrir?

— Ele não vai descobrir. — Eu me sentei ao lado do Caveira. — Pelo amor de Deus, ele não pode descobrir.

Caveira colocou a mão no meu ombro e balançou a cabeça.

— Eu sei, pode ficar tranquilo, não vou contar nada. Deus, o que a gente faz?

— Não faz nada. — Dei de ombros de novo. — Não tem o que fazer.

CAPÍTULO 12

Encontrei o Caveira parado na porta da casa dele. Mochila jogada no chão, braços cruzados e uma cara não muito boa. Dei um suspiro e estacionei.

— Você sabe que horas são? — grunhiu ele quando entrou no carro, batendo a porta e jogando a mochila no banco de trás.

— Você está parecendo uma esposa ciumenta — resmunguei, acelerando o carro. Ele não gostou.

— Está tarde. Já perdemos metade do churrasco.

— Relaxa, Caveira, nem uma da tarde ainda e você já está de mau humor?

— O churrasco começou às dez da manhã.

— Não tenho culpa. Fiquei ajudando meu pai com as coisas do jantar, que, aliás, é pra sua mãe. Pensei que você também quisesse ver tudo perfeito.

Ele ficou quieto um tempo, olhando pela janela.

— Já não sei se esse jantar vai ser uma boa — ele falou, por fim, e eu virei os olhos.

— Nem queira pular fora agora. Já era, eles vão jantar e, se Deus quiser, se entender.

Ele ficou quieto novamente, com os braços cruzados. Tentei mudar de assunto.

— Como está seu pé?

— Melhor — disse ele, bem seco.

— Qual é, Caveira, vai ficar aí de cara amarrada? Se for, volto pra casa.

— Agora é você que está falando como uma esposa ciumenta — disse ele e começou a rir. Balancei a cabeça.

— Não se preocupe. Aposto que ainda tem mulher sozinha lá no churrasco.

❦

Chegamos rápido à entrada de Rioazul, perto de onde ficava a chácara do Juca, mas levamos um pouco mais de tempo para encontrá-la, porque o Caveira não tinha feito um mapa decente. Depois de errar e entrar em algumas estradinhas sinistras, encontrei finalmente a chácara.

Um longo caminho, com ipês amarelos de ambos os lados, levava até a casa. A paisagem era muito bonita, dava uma sensação de paz.

Em frente à casa vimos vários carros estacionados. Deixei o meu em um canto, para não atrapalhar. Já que passaria a noite ali, não queria ter de ficar o tempo todo manobrando para que os outros pudessem sair.

— Sente só o cheirinho da carne — disse Caveira, fechando os olhos.

Peguei a minha mochila, ele pegou a dele e fomos andando para a parte de trás da casa, onde ficava a piscina e também a churrasqueira. Encontramos o Juca e a Walesca sentados em uma mesa.

— Demoraram. Achei que tinham desistido — disse ele, nos cumprimentando.

— Culpa do Cadu — disse Caveira.

— O Beto não quis vir?

— Beto agora é um homem casado — disse Caveira, servindo cerveja para nós dois.

Tentei ignorar o comentário olhando em volta para ver se achava algum rosto conhecido. Vi a Rosângela dentro da piscina e acenei.

— Ele podia ter deixado a Alice vir — reclamou Walesca.

— A Alice tem que ficar sob a vigilância dele. — Eu ri.

— Você que o diga. — Walesca piscou para mim e fingi não entender a indireta. Juca se levantou e se aproximou da gente.

— Deixa eu guardar isso aí.

Ele pegou nossas mochilas e levou para dentro da casa, enquanto Caveira avistava a garota que tinha ficado com ele na festa e me deixava ali.

— Esta é a minha prima, Samantha.

Walesca me apresentou a uma garota que estava sentada ao lado dela. Devia ter uns 20 anos, cabelos pretos lisos cortados na altura dos ombros. Não era bonita nem feia, uma garota normal.

— Carlos Eduardo, mas todo mundo me chama de Cadu — falei, me sentando ao lado de Samantha.

— Você é de Rio das Pitangas. — Samantha afirmou, não perguntou.

Ela parecia já me conhecer e eu franzi a sobrancelha, pensando de onde seria. Poderia ter passado do meu lado mil vezes e eu não ter visto ou então poderia ter visto essa garota uma vez e jurar que isso já tinha acontecido mil vezes. Um tipo de garota extremamente comum.

— Desculpe, não sou muito bom para reconhecer as pessoas — expliquei, sem graça, bebendo um pouco da cerveja. Ela sorriu.

— Na verdade esta é a primeira vez que estamos conversando.

Senti meu rosto arder de vergonha, mas mantive a pose, como se fosse algo normal, que escutasse sempre. Nunca fui bom com garotas.

— Você mora aqui em Rioazul? — Tentei mudar de assunto, para não dar mais foras.

— Não, meus pais que moram. Estou morando em Belo Horizonte, estudo Direito.

— Sério? Também estudo Direito, na Universidade Federal de Rio das Pitangas. — Dei um sorriso sincero para ela, que foi retribuído.

— Estudo na Milton Campos.

— Interessante. — Eu me virei um pouco para ela, para conversar melhor. — E gosta de Belo Horizonte?

— Sim. Vou pra lá daqui a pouco.

— E o churrasco?

— Vim aqui só pra prestigiar a Walesca. Hoje é o casamento da minha prima. Vim até Rioazul buscar meus pais. Meu pai já está mais velho e não gosta de pegar estrada, então vim ontem pra buscá-los.

— Entendi. — Balancei a cabeça. — Que pena!

Não sei de onde saiu a última frase, mas acho que a cerveja já me dava um pouco de coragem.

— Ah, mas você pode levar a Samantha em casa, assim continuam a conversa. — Walesca se intrometeu e eu fiquei com muita vergonha de ver que esse tempo todo ela estava prestando atenção na gente.

— Eu vim com o Juca — explicou Samantha.

Fiquei pensando no que devia fazer. Tinha decidido ir para Rioazul e aproveitar ao máximo o dia. O certo era deixar Juliana em Rio das Pitangas, e era isso que eu ia fazer.

— Claro, levo você com o maior prazer — respondi, tentando dar meu sorriso "conquistador" para Samantha.

— Na verdade, já está na hora de você ir — disse Walesca, e foi a vez de Samantha ficar sem graça. — Você não quer chegar tarde em Belo Horizonte, né?

— É... Ainda tenho que me arrumar para o casamento — disse ela, embaraçada com a atitude da prima.

— Sem problemas. — Eu me levantei e segurei sua mão. — Vamos?

Samantha me seguiu até meu carro e eu me surpreendi com aquela iniciativa toda. Sempre fui muito tímido em se tratando de paquera, mas a conversa com o Caveira ainda ecoava na minha cabeça, e eu sabia que precisava esquecer toda a confusão em que estava metido. Principalmente me desligar do aniversário da Juliana.

Ela foi me guiando até chegarmos à casa de seus pais. Estacionei e a olhei.

— Bom casamento e boa viagem. Dirija com cuidado.

Ficamos nos encarando um tempo.

— Você é um cara legal. Obrigada pela carona e desculpe por tirar você do churrasco.

— Que é isso? E disponha — disse e continuei encarando Samantha até levar minha mão à sua nuca e trazê-la para perto de mim. — Até qualquer dia desses — comentei, aproximando meus lábios dos dela e dando um beijo demorado.

Voltei para a chácara e encontrei Juca sentado na mesma mesa de antes, acompanhado da Walesca e do Caveira.

— Achei que tinha ido embora. — Caveira riu.

— Não. Digamos que tive apenas um pequeno atraso — disse, me sentando e sorrindo também.

Walesca e Juca deram uma gargalhada, enquanto eu me servia um copo de cerveja e pegava um pedaço de carne.

— Gostou da Samantha? — perguntou Walesca, maliciosamente, e fiquei sem graça, mas não deixei que todos percebessem.

— Ela é legal.

— Ela já queria ficar com você desde o ano passado — comentou Juca, e Walesca deu um tapa em seu braço.

— Seu dedo-duro! — Ela deu uma bronca nele.

— Achei que não tinha problema contar. — Ele deu de ombros e se virou para mim. — Acho que ela te viu em uma festa ou algo assim.

— Foi em uma festa lá em Rio das Pitangas; você namorava a Talita — explicou Walesca, ainda olhando feio para o namorado.

Eu apenas sorri. Juca tentou se redimir mudando de assunto.

— Você está cinco doses atrasado. — Ele colocou na minha frente um copo pequeno e uma garrafa de cachaça.

— Vocês já beberam cinco doses enquanto eu fui até a cidade? — Tentei me espantar, mas, vindo do Caveira, não era de admirar. — Não sabia que você bebia, Juca.

— Não costumo beber, mas hoje decidi encher a cara.

— Ah, não! — protestou Walesca, e Juca a abraçou.

— Vamos, Cadu, pode começar a beber. — Caveira serviu cachaça no copo, derramando mais fora do que dentro.

— Calma, deixa eu molhar a garganta antes — falei, dando um gole na minha cerveja.

— Você está fugindo da cachaça. — Juca empurrou o copinho para mim. — Pode virar.

Virei rapidamente e senti uma queimação surgir conforme a bebida descia pela minha garganta. Fiz uma leve careta e apertei os olhos. Todos riram.

— Não estou fugindo; só estou aquecendo.

Uma garota se aproximou e se sentou ao lado do Caveira, me olhando.

— Oi, Cadu.

— Oi... — Eu a olhei, sabia que era a garota com quem o Caveira tinha ficado na festa em Rioazul, mas não lembrava seu nome.

— Martinha. — Ela me ajudou, rindo ao perceber que eu havia esquecido o seu nome.

— Desculpe, sou péssimo para nomes.

Walesca começou a rir, provavelmente porque lembrou que eu havia dado uma desculpa parecida para sua prima.

— Não é o dela que você tem que guardar — disse Caveira, olhando para Rosângela, que estava saindo da piscina.

— Ela nem deve mais querer me ver — comentei, virando minha segunda dose de cachaça. Estava mesmo disposto a esquecer todos os problemas naquele dia.

— Imagina! — Martinha olhou para Rosângela e a chamou. Virei a terceira dose enquanto ela se aproximava.

— Lembra do Cadu? — perguntou Martinha.

— Lembro. Resta saber se ele lembra de mim — alfinetou Rosângela. Eu a encarei e dei meu sorriso "cafajeste". Estava testando todos os tipos de sorriso que uma pessoa podia dar, e, por incrível que pareça, acho que estava funcionando.

— É claro que sim. — Segurei sua mão e ela veio para perto, ficando atrás de mim. Rosângela começou a massagear minhas costas e meus ombros.

— Vamos, Cadu, você só está enrolando. — Juca empurrou mais um copo de cachaça na minha direção.

— Ei, calma aí. Isso é para ser degustado, e não entornado — protestei.

— Falou o apreciador de bebidas. Parece até um entendido do assunto — disse Caveira, dando um beijo em Martinha.

Bebi um pouco da cerveja e depois virei a quarta dose de cachaça. Peguei a mão de Rosângela e a puxei, fazendo-a se sentar no meu colo. Ela me molhou com a água da piscina que ainda estava em seu biquíni, mas não me importei.

— Você nem conversou comigo direito no baile. — Rosângela falou, com voz manhosa, enquanto colocava os braços em volta do meu pescoço.

— Estava com a namorada do meu amigo. Ele me pediu pra tomar conta dela no baile — disse, dando um beijo em seu ombro. Minha mão deslizou ao longo de sua coxa e ela não se importou. — E também ela é amiga da minha ex. Terminei um namoro faz pouco tempo. — Menti descaradamente. — Não queria uma situação embaraçosa, já que minha ex também estava no baile.

Enfiei meu rosto no pescoço de Rosângela, dando um beijo em sua nuca. Ela estremeceu e eu a puxei ainda mais para perto, beijando seus lábios.

— O que vocês acham de uma competição de cachaça? — propôs Caveira.

— Do tipo quem é o último a ficar de pé? — perguntou Juca, já visivelmente alterado.

— Não, vocês não vão beber até cair — protestou Walesca novamente.

— Desculpem — falei, virando a quinta e última dose. — Acabei com minha cota do dia. Hoje quero ficar bem acordado.

Eu me levantei e puxei Rosângela, enquanto na mesa todos ficaram falando gracinhas e besteiras para nós.

Fui até a frente da casa, que estava mais sossegada, apenas com alguns casais se agarrando escondidos entre um carro e outro. Eu me sentei em um sofá que havia ali e puxei Rosângela novamente para o meu colo.

— Você vai dormir aqui? — perguntou ela, dando vários beijos pelo meu rosto.

— Vou. E você?

— Também. — Ela aproximou a boca da minha orelha, deu uma leve mordida e sussurrou. — Tenho um quarto só pra mim aqui.

Senti um arrepio percorrer o corpo e a encarei.

— O que acha de irmos pra lá? Podemos ficar mais à vontade — convidei.

Rosângela sorriu maliciosamente e me levou pela casa até o quarto que seria somente dela naquela noite.

CAPÍTULO 13

Voltamos para Rio das Pitangas domingo à tarde. Deixei Caveira na casa dele e fui para a minha, já imaginando o sermão que ouviria do meu pai por não ter voltado mais cedo. Estacionei e olhei para minha casa, pensando que deveria fazer algo, mas não queria brigar com ele.

Entrei e não o vi na sala, mas senti um cheiro ótimo vindo da cozinha. Fui até lá e encontrei meu pai e tia Matilde conversando de maneira suspeita.

— Olá — cumprimentei, encostando na porta. Os dois me olharam com cara de quem fazia algo errado. — O cheiro está bom — comentei, tentando quebrar o silêncio constrangedor que pairou no ar.

— Estou fazendo quiche para comermos hoje no torneio de baralho — explicou tia Matilde, engasgando um pouco.

— Ah. — Eu havia me esquecido do torneio.

— Você já almoçou? — perguntou meu pai, se afastando um pouco de Matilde.

— Já. — Sorri e fui até a geladeira pegar um copo de água. Eu me lembrei da festa de Juliana e aproveitei para falar com meu pai na presença da tia Matilde, assim ele não ia encher minha paciência.

— Pai, o Beto veio falar que daqui a duas semanas é aniversário da Juju. Pensei em fazer uma reuniãozinha aqui em casa pra comemorar.

— Usei a palavra reuniãozinha porque soava melhor do que festa. — Vai ser só para os amigos mais chegados, umas dez pessoas.

Ele ficou um tempo balançando levemente a cabeça, enquanto pensava.

— Tudo bem — disse ele, calmamente, e eu fiquei feliz.

— Valeu. Vou lá pro meu quarto tomar um banho, desfazer a mala e descansar um pouco. — Fiz questão de mostrar que não voltaria tão cedo para a sala.

Deixei a cozinha sorrindo, mas senti meu pai me segurar antes de eu subir a escada.

— Como foi a festa? — Ele estava visivelmente constrangido.

— Foi boa. — Balancei a cabeça. — O jantar também parece ter sido bom.

— É. — Ele sorriu, sem graça.

— Pai, fico feliz por você, e vou gostar muito se a tia Matilde virar minha madastra.

— Fala baixo. — Ele me repreendeu, olhando para trás.

— Desencana, pai. Vai lá e curte sua namorada.

— Ela não é minha namorada.

— Não mesmo?

— Ainda estamos nos conhecendo — disse ele, dando de ombros. Eu virei os olhos.

— Vocês já se conhecem há anos!

— Não nesse sentido. E fala baixo!

— Pai, não demora muito porque a tia Matilde não é mulher de se ficar cozinhando em banho-maria.

Dei um tapinha no ombro dele, sem saber se tinha entendido minha indireta, e fui para o meu quarto.

Fiquei o resto do dia no quarto, sentado na cama e vendo TV. Na verdade, a televisão estava ligada, mas eu não prestava a mínima atenção. Apenas viajava nos meus pensamentos, me lembrando da noite anterior na chácara do Juca e tentando não trazer Juliana para minha mente, quando Beto entrou no quarto.

— E aí, Cadu? Como foi o churrasco? — Ele me cumprimentou e se sentou na cadeira em frente ao computador. Levantei o controle remoto e desliguei a televisão.

— Foi bom. — Dei de ombros.

— Hum, não foi bem o que o Caveira me contou.

Rolei os olhos, imaginando as besteiras que Caveira tinha inventado para o Beto.

— Nada demais. Sabe como são os churrascos na chácara do Juca.

— Sei. — Ele balançou a cabeça. — Foram duas ontem, não é mesmo?

Dei uma gargalhada e ele começou a rir.

— Só estava tentando me divertir. Eu sabia que a Rosângela estaria lá, só não sabia se estaria disponível.

— E a outra? Quem é?

— Prima da Walesca. Mas com ela foi só um beijo, uns amassos.

— Esse Cadu está cada dia pior.

— Aprendi com o melhor professor no assunto — disse, apontando para ele. Beto concordou com a cabeça e parou de rir por um momento.

— E a festa da Ju? Está confirmada?

— Confirmadíssima. Falei com o velho hoje e ele não brecou. Acho que a tia Matilde está fazendo bem pra ele.

Beto levantou a sobrancelha e sorriu.

— Então o plano de vocês deu certo?

— Parece que sim. Eles estão se entendendo.

— Que bom! — Ele ficou um tempo quieto, balançando a cadeira para a frente e para trás. Percebi que queria falar algo e sabia o que era, por isso não estava com vontade de seguir adiante com aquela conversa, mas era inevitável. — Sobre o que eu te pedi...

Fiquei quieto esperando que ele continuasse, mas Beto permaneceu mudo.

— Meu quarto...

— É. Isso está confirmado também?

Respirei fundo, baixei os olhos e depois o encarei. Passei uma das mãos pelo cabelo e mordi o lábio inferior.

— Se é o que você e ela querem...

Um largo sorriso se abriu em seu rosto.

— Já andei conversando com a Ju sobre o assunto. Não exatamente quando, nem onde, mas estamos em processo de entendimento. Ela é maravilhosa, Cadu. Estou cada dia mais apaixonado e quero ficar com a Ju por muito tempo. Nem consigo acreditar que galinhei esses anos todos e nunca havia pensado em namorar antes. É tão bom!

Sorri, ou tentei sorrir, fingindo estar interessado nas confidências do meu amigo, mas na verdade queria voar no pescoço dele. Não, isso não. Só queria estar no lugar dele.

Beto continuou descrevendo como era maravilhoso estar com Juliana e listando suas qualidades. Fiquei ali ouvindo tudo, como um bom amigo, e me roendo de ciúmes e inveja, como um bom traíra. Me senti totalmente desprezível naquele momento e decidi mudar de assunto.

— Sobre a festa... O que você pensa em fazer?

Beto ia responder quando alguém bateu na porta, abrindo-a em seguida. Era Juliana, e meu coração disparou ao vê-la. Ela sorriu para mim e entrou no quarto, vendo Beto pela primeira vez. Juliana ficou um pouco sem graça e percebi que ela não esperava encontrar o namorado ali. Ele se levantou e foi abraçá-la.

— Estávamos falando sobre a sua festa de aniversário.

— Festa? — Ela cerrou os olhos para Beto.

— Meu pai liberou a casa — eu disse, tentando não sentir raiva dos dois abraçados.

Juliana pareceu entender e se sentou na cama abraçada ao Beto, os dois de frente para mim.

— Mas não vai ser uma festa, por favor! Nada muito grande.

— Não, apenas a gente, minhas irmãs, alguns poucos amigos. — Beto foi explicando e ela pareceu ficar aliviada.

— Vai ser tudo como você quiser. Você é a aniversariante, só queremos te deixar feliz no dia — falei, mais como uma alfinetada pelo que sabia que aconteceria ali no meu quarto. E então me dei conta de que estávamos no meu quarto, na minha cama e me senti sobrando, como sempre me sentia quando estávamos os três juntos.

— Quero só uma reunião com os amigos, para conversarmos, bebermos, comermos. Nada demais.

Nada demais... Nada demais? *E o que aconteceria no meu quarto?*, eu quis perguntar, mas segurei a vontade.

— Tinha acabado de perguntar pro Beto o que vocês planejavam para a festa, digo, reunião.

Ela me olhou e mordeu o interior da bochecha.

— Não sei... Posso ver com minha mãe se ela faz algo para servir. Ou comprar alguns salgadinhos, talvez seja mais prático.

— A bebida será por minha conta — disse o Beto. — Você traz a comida, eu trago a bebida e o Cadu entra com a casa.

E com o quarto, quis falar também, mas novamente fiquei na minha e guardei meus comentários. Tentava me acostumar com aquilo, mas não tinha como.

— O que acham de descermos e assaltarmos a cozinha? Deve ter um monte de coisa gostosa preparada para o torneio de baralho — sugeri.

Queria sair dali do quarto antes que me sufocasse com aqueles pensamentos todos rodando pela minha cabeça.

— Opa, é pra já! — comentou Beto, puxando Juliana pela mão.

Eu os segui, como um bom amigo.

CAPÍTULO 14

A SEMANA CORREU MARAVILHOSAMENTE bem para mim. Todos os dias meu pai chegava do trabalho, tomava um banho, se arrumava e ia até a casa da tia Matilde. Ele dizia que ia tratar de negócios, já que ela era gerente do banco onde estava aberta a conta do Instituto Escolar. Ele fingia que me enganava e eu fingia que acreditava, mas sabia, junto com Caveira, que estava mesmo nascendo um romance ali.

Eu não poderia estar mais feliz. Na verdade poderia, mas o fato de meu pai ter esquecido de implicar comigo já me deixava bastante aliviado. Eu não era mais o centro de suas atenções, e ele já não se importava mais com o que eu fazia.

— Eu e a Matilde vamos sair para jantar. Vamos... Hum... Ver alguns negócios — disse meu pai, colocando a cabeça dentro do meu quarto naquela noite de quinta-feira. Sorri.

— Pai, chega de me enganar. Vocês estão namorando? — perguntei, fechando o livro de Direito Civil. Já era hora de ele parar de fingir.

— Que é isso, Cadu?!

— Vamos parar com desculpas esfarrapadas. Sei que está acontecendo algo e estou muito feliz. Vai fundo, velho.

Sorri mais uma vez e voltei ao livro, para ele perceber que eu o apoiava e não ia ficar fazendo perguntas. Ele se despediu e saiu.

Terminei de ler um capítulo e fui tomar banho para ir com o Caveira até o Bar do Tavares encontrar o Beto. Meu coração pulava só de pensar na possibilidade de Juliana ir também. Desde domingo que eu não a via, e, como bom cafajeste que era, já estava com saudades.

Caveira me pegou depois de meia hora. Chegamos rapidamente ao Bar do Tavares, e o Beto já estava lá, sozinho. Senti um vazio por não ver Juliana, mas também estava aliviado por ela não estar ali. Não seria obrigado a assistir demonstrações de amor entre os dois e poderia ficar mais à vontade com meus amigos.

— Cadê a Juju? — perguntei, cumprimentando Beto e me sentando de frente para ele.

— Está em casa. Minhas irmãs foram encontrá-la, acho que vão dormir por lá.

— Opa, festinha de mulheres? — perguntou Caveira, e eu comecei a rir, mas Beto não gostou muito.

— O que é, Caveira? — disse ele, com a cara fechada.

— Sei lá, três mulheres na casa da Ju, três homens aqui. — Caveira deu de ombros e tomou um gole da cerveja que o Tavares tinha acabado de deixar na mesa.

— Você está falando da minha namorada e das minhas irmãs! — Beto foi taxativo.

Virei os olhos. Não aguentava mais aquelas brigas dos dois.

— Chega dessa discussão — reclamei, já sem paciência. Os dois se olharam, mas não falaram nada. — Você já encomendou a bebida pra festa da Juju? — perguntei ao Beto, tentando mudar de assunto.

Não era sobre isso que eu queria falar, mas não consegui pensar em nada melhor para acabar com aquele clima que pairava sobre a mesa.

— Já — respondeu Beto, secamente.

— Convidou as pessoas?

— Já. — Ele manteve a resposta curta. Virei os olhos novamente.

— Eu chamei uma gatinha por quem estou interessado. — Caveira se pronunciou. Beto olhou para ele quieto durante um tempo e depois começou a rir.

— O Caveira não tem jeito — disse ele, batendo seu copo de leve no do Caveira, como se fosse um brinde.

Respirei aliviado ao perceber que não havia mais resquício da pequena briga.

— Olha quem fala! Vai ter uma noite com a Ju no quarto do Cadu e fica falando de mim.

Olhei feio para o Caveira, mas Beto não percebeu porque seu celular tocou nesse momento.

— É a Ju — explicou ele, se levantando e indo para fora do bar, provavelmente para falar mais reservadamente. Encarei o Caveira.

— Tem que ficar colocando pilha, né? — briguei.

— Ih, sem estresse. Vai acontecer, é inevitável, então não enche.

Ele deu um gole na cerveja. Eu ia dar uma resposta, mas respirei fundo e também bebi um pouco da minha, para me acalmar.

— Sei disso, mas também não precisa pisar, né?

— Não estou pisando em você, apenas te trazendo pra realidade. Achei que já tivesse percebido que é uma canoa furada.

— Eu percebi, mas você também não ajuda.

Caveira apertou os olhos e apontou o dedo para mim.

— Errado. Eu ajudo, você que não se ajuda. Um monte de mulher atrás e você quer a do seu amigo. Grande homem você é.

Fiquei quieto. Sabia que ele tinha razão, mas não ia ceder.

— Não tem tanta mulher atrás de mim. — Dei de ombros.

— Ah, pobre Cadu. Tem sim. Tem a Rosângela, a prima da Walesca, a Talita, a Alice.

— Nossa, que pretendentes — disse, com deboche.

— Ei, a Alice é uma excelente pretendente. É a garota mais bonita da cidade.

— E irmã do Beto, que jamais admitiria qualquer coisa entre a gente. E com o detalhe de que eu gosto dela como se fosse minha própria irmã. Alice não conta.

— Ok, mas tem outras.

— Ah é, claro que tem. A Rosângela, uma garota fácil, de uma noite apenas, não aquela para levar a sério. A Talita, minha ex. Grande pretendente. E a Samantha, prima da Walesca, que mora em Belo Horizonte, por sinal outra cidade que não Rio das Pitangas.

— Ok, ok, não está mais aqui quem falou. — Ele levantou as mãos, como se se rendesse. Fiquei com remorso, afinal de contas ele estava tentando me ajudar.

— Desculpa. Não estou sendo uma boa companhia.

— Você tem que tentar tirar a Juliana da cabeça. Não dá pra pensar nela, esquece, já era.

— Estou tentando.

— Tente mais, ou pelo menos disfarce, antes que o Beto perceba. — Caveira olhou para a porta. — Ele está vindo, vamos mudar de assunto. — E começou a falar sobre o começo do namoro entre sua mãe e meu pai.

CAPÍTULO 15

Na sexta-feira, o professor de Direito Penal entregou a lista com as provas que precisaríamos analisar para expor nossa defesa no caso do cara acusado de matar o melhor amigo. Eu e o Beto olhamos tudo com calma, enquanto as outras duplas conversavam baixinho sobre seus argumentos.

— Vou lendo e você diz o que acha — disse Beto, pegando a lista da minha mão. — O crime foi na casa da vítima. Não houve arrombamento e aparentemente nada foi roubado.

— O que significa que muito provavelmente ele conhecia o assassino. Deixou que entrasse em sua casa. — Fiquei pensativo. — Com certeza a pessoa foi lá apenas para matá-lo.

— Ou para conversar ou resolver algum assunto pendente e acabou matando.

Concordei com a cabeça. Ele continuou lendo.

— A arma usada foi a do tal amigo, acusado de matar. Foi encontrada ao lado do corpo e só havia a impressão digital do dono e da vítima.

— Isso não prova a culpa total do cara. Ele pode ter emprestado sua arma para a vítima; eles eram amigos. Se ele tivesse matado, não deixaria a arma ali, ao lado do corpo. É óbvio que é uma armação para acusar nosso cliente. O assassino provavelmente usou luvas para não deixar sua impressão digital na arma.

Beto começou a rir e eu me espantei.

— O que foi? Falei alguma besteira?

— Não. — Ele balançou a cabeça, ainda rindo. — É que você está falando igual a um advogado mesmo. *Nosso cliente*.

— Estou tentando entrar no clima. O que mais?

— Impressões digitais do nosso cliente foram encontradas em toda a cena do crime, assim como fios de cabelo dele.

— Eram amigos, então nada mais normal do que ele ter ido lá algumas vezes e deixado as suas digitais.

— É. Na minha casa o que mais deve ter é impressão digital sua e do Caveira.

Concordei mais uma vez.

— Diz também que nosso cliente e a vítima estavam tendo problemas financeiros. — Beto foi explicando. — Eles tinham uma empresa de produtos químicos que no momento atravessava uma crise. O motivo do crime se baseia nisto: nosso cliente matou o amigo por causa dos problemas da empresa.

— Entendi. Bom, já dá pra começarmos a trabalhar.

Beto depositou o papel em cima de uma cadeira que estava ao seu lado.

— Isso tudo é besteira. Não vejo motivos pra alguém matar o melhor amigo.

Fiquei quieto alguns instantes.

— Não dá pra saber o que se passa na cabeça das pessoas.

Ele me olhou confuso.

— Pensei que fôssemos a defesa, e não a acusação.

Eu ia falar algo, mas o professor se postou diante da turma para dispensar todos. Beto se levantou rapidamente, me entregando o papel com as provas e acusações.

— Fique com isso, pra já ir estudando o caso. Provavelmente não vou fazer nada desse trabalho.

Concordei com a cabeça e guardei o papel dentro de um caderno. Deixei a sala atrás dele e fomos andando pelo corredor em direção ao estacionamento.

— Hoje não vai dar pra correr. Vou até Rioazul com a minha mãe depois do almoço, parece que um conhecido dela está hospitalizado. Nem sei que horas vamos voltar — disse Beto, entrando no meu carro.

— Não tem problema, a gente corre na segunda.

Dei carona para ele e fui para a minha casa. Encontrei a Ruth na cozinha, mexendo em uma panela no fogão.

— O cheiro está bom, como sempre — disse, dando um beijo na bochecha dela.

— Eu já terminei tudo por aqui. — Ela desligou o fogo e tampou a panela que estava mexendo. — Pode almoçar agora se quiser. Seu pai avisou que não vem pra casa tão cedo.

— Hum, ele foi almoçar com a tia Matilde?

— Não sei. Ele disse que ia comer algo perto do Instituto.

— Sei...

Ruth pegou sua bolsa e olhou para mim.

— Seu pai está mais feliz agora. É bom ele se envolver com alguém novamente.

— Eu que o diga, Ruthinha.

Ela balançou a cabeça e foi em direção à porta.

— Estou indo, Cadu. Bom fim de semana pra você.

Eu me despedi dela e me sentei para almoçar. Comi rapidamente, lavei o prato e fui para o quarto.

Joguei meus cadernos em cima da estante, me sentei na cama e fiquei parado, olhando para o nada e pensando na noite anterior no Bar do Tavares. O aniversário da Juliana se aproximava e com ele a noite que ela teria ali, no meu quarto, com o Beto. Tentava não pensar naquilo, para não sofrer, mas era impossível. Ao mesmo tempo, queria dar algo de presente para ela que fosse especial, algo que jamais esquecesse, mas não tinha a mínima ideia do quê. Apenas seu namorado poderia lhe dar algo que ela levaria para o resto da vida.

Meus pensamentos foram interrompidos pela campainha. Franzi a testa, tentando pensar em quem seria. Cheguei a pensar na possibilidade de não atender, não estava com vontade de receber visitas naquele momento, mas a insistência da pessoa apertando a campainha me fez levantar da cama e descer as escadas até a sala.

Olhei pelo olho mágico e meu coração disparou. Mal podia acreditar no que eu via do outro lado da porta. Rapidamente destranquei-a e abri com um sorriso no rosto.

— Oi, Juju — disse, dando um beijo em seu rosto e abrindo caminho para que entrasse.

— Oi, Cadu — disse ela, com aquele sotaque misturado que eu tanto gostava. Também me deu um beijo e entrou. — Vim te visitar, atrapalho?

— Claro que não! — Estava extasiado e acho que ela percebeu minha euforia. — Estava à toa lá no quarto, sem nada pra fazer. Entre aí. — Indiquei o sofá e ela foi até ele, mas não se sentou.

— Estava em casa e pensei que podíamos passar a tarde juntos, vendo um filme. — Ela mostrou um DVD que trazia nas mãos. Eu já podia imaginar do que se tratava.

— Qual é o filme agora? *O Homem da Máscara de Ferro*?

— Não. *A Vingança do Mosqueteiro*. — Ela deu um sorriso acanhado. — Mas também trouxe *O Homem da Máscara de Ferro* para vermos depois, se você aguentar.

— Por mim está ótimo. — Peguei o DVD das mãos dela. — Vai querer ver com pipoca?

— Acabei de almoçar.

— Eu também. Qualquer coisa a gente come depois, vendo o outro filme.

— Isso se você aguentar ver os dois.

— Claro que aguento!

Mal sabia ela que eu estava adorando ter uma desculpa para passarmos a tarde toda juntos. Não corria o risco de o Beto chegar, já que estava em Rioazul, e o Caveira provavelmente ficaria jogando basquete na universidade. Meu pai só chegaria no final do dia, como sempre, e eu teria a tarde toda sozinho com a Juliana.

Fui até o DVD e coloquei o primeiro filme. Eu me sentei na ponta esquerda do sofá maior, que ficava de frente para a TV, e Juliana se sentou ao meu lado, no meio do sofá. O filme começou, mas eu pouco prestava atenção. Com o canto do olho, observava Juliana, fascinada com as cenas que a televisão mostrava.

Ela fazia um ou outro comentário, e sua voz soava como música para meus ouvidos. Até que, depois de uns dez minutos de filme, ela pegou uma almofada no sofá e pôs no meu colo.

— Posso?

Balancei instintivamente a cabeça e levei alguns segundos para registrar o que ela queria, até que se deitou na almofada, enlaçando uma das minhas pernas com seu braço esquerdo enquanto segurava o controle do DVD na mão direita. Gelei, meu coração disparou e prendi a respiração. O frio no estômago me deixou completamente sem ação, e eu já não via mais nada do que se passava na TV. Meus olhos estavam fixos em sua cabeça, não sabia o que fazer. A sensação de tê-la ali era maravilhosa; fechei os olhos por longos minutos, tentando assimilar todo aquele turbilhão de sentimentos.

Juliana apertava bem de leve minha perna, e eu abri os olhos. Ela continuava com o olhar fixo na TV. Comecei a respirar devagar, tentando controlar o fôlego, e meu coração finalmente se acalmou. Minha mão esquerda estava apoiada no braço do sofá e a direita no encosto, mas a tirei dali e lentamente a coloquei em cima da cabeça da Juliana. Comecei a alisar seu cabelo e vi que ela fechou os olhos com meu gesto. Senti novamente o coração disparar e quase a puxei para perto, mas me controlei. Não podia fazer isso com o Beto.

Ela abriu os olhos e continuou vendo TV, mas eu passei o resto do filme observando a Ju, enquanto alisava seu cabelo.

Queria que o filme durasse eternamente, mas depois de um tempo ele terminou. Percebi isso quando Juliana ergueu o controle do DVD na direção da televisão. Ela baixou a mão e ficou alguns segundos quieta, eu ainda alisando seus cabelos, até que ela me encarou.

Ficamos olhando um para o outro durante um tempo, meu coração disparado dentro do peito. Vi que ia fazer alguma besteira se não levantasse dali imediatamente, mas era como se um ímã me prendesse ao sofá. Sem pensar em mais nada, resolvi que agiria como um amigo e não como um cafajeste.

— Melhor fazer a pipoca agora — comentei, parando de mexer em seus cabelos. Ela se levantou e concordou com a cabeça, sem falar nada.

Fui para a cozinha e parei em frente à pia. Apoiei minhas mãos na bancada de mármore e baixei a cabeça. Fiquei nessa posição por um momento enquanto me acalmava. Sabia que não conseguiria assistir a outro filme com Juliana sem fazer nada, e esse sentimento corroía meu peito. Levantei a cabeça, respirei fundo e me virei em direção à porta. Estava disposto a inventar alguma desculpa para que ela fosse embora antes que eu fizesse alguma bobagem, mas não foi preciso. Quando me virei, Juliana estava parada perto da porta, me olhando.

— Acho que vou indo. Está ficando tarde — disse ela. Não sei se percebeu minha angústia, mas não ia perguntar.

— Tudo bem. O filme fica pra outro dia — respondi, com a certeza de que tão cedo não assistiríamos a um filme juntos.

Juliana ficou parada me olhando até se virar e pegar sua bolsa e o DVD. Eu abri a porta e ela me deu um beijo rápido, indo embora. Quase me ofereci para levá-la em casa, mas não era uma boa ideia.

Fechei a porta, passei as mãos no cabelo e subi correndo para o meu quarto. Peguei o celular e liguei para o Caveira.

— Está podendo falar? — perguntei.

— Posso. Acabei de chegar na universidade para o basquete. Vai correr hoje?

— Não ia, mas estou pensando em ir. O Beto não vai, mas eu corro sozinho. — Correr seria uma boa forma de me acalmar. Fiquei em silêncio e o Caveira também. — Tem alguma festa aqui ou em Rioazul para irmos hoje? — perguntei e escutei uma gargalhada do outro lado.

CAPÍTULO 16

Acordei tarde e não encontrei meu pai em casa, apenas um bilhete falando que tinha ido almoçar na casa da tia Matilde e para eu ir lá quando acordasse. Como já passava de três da tarde e meu estômago não aceitaria comida depois da bebedeira em Rioazul, decidi ficar em casa mesmo.

Fiquei sentado na cozinha, olhando para o nada. Minha cabeça doía por causa da festa do dia anterior, mas também rodava com tudo o que estava acontecendo... Eu pensava como tinha chegado àquele ponto. Estava apaixonado pela namorada do meu melhor amigo, não fazia nada para que esse sentimento acabasse, não tinha a mínima chance com a Juju e agora tinha cedido o meu quarto — MEU QUARTO — para que os dois tivessem uma noite de amor, a primeira delas.

Eu era um idiota e me odiava cada dia mais. Caveira tinha razão: o certo era esquecer a Juliana. Mas como, se cada dia eu a amava mais?

Meus pensamentos foram interrompidos pelo barulho na porta. Estiquei o pescoço para ver meu pai entrar acompanhado da mãe do Caveira. Pelo menos alguém naquela casa estava se dando bem; fiquei feliz pelo velho.

— Olá, Carlos Eduardo — disse meu pai, entrando na cozinha. Tia Matilde entrou também e me deu um beijo na testa.

— Oi, tia, tudo bom?

— Tudo. — Ela se sentou na minha frente. — Acho que fica um pouco estranho você me chamar de tia agora que eu e seu pai estamos juntos.

— Eu sei, tia, é o costume. — Sorri, vendo que ela não tinha problemas em assumir o namoro. Reparei que meu pai ficou sem graça com o comentário, mas não falei nada sobre isso. — Vou tentar chamá-la de Matilde.

Ela sorriu de volta e olhou para o meu pai. Os dois se comunicaram um pouco com o olhar e ele saiu da cozinha, nos deixando a sós.

— Qual é a reclamação do velho desta vez? — Percebi que ele havia pedido a ela para falar comigo sobre alguma coisa.

— Você conhece mesmo o seu pai. — Ela manteve o sorriso no rosto e isso me tranquilizou. Matilde tinha uma aparência calma e uma fala mansa que parecia dizer *tudo vai ficar bem*. — Ele só está preocupado com você.

— Ele sempre está preocupado comigo, mas eu nunca dou motivos.

— Não é com isso que ele está preocupado. Ele disse que você tem enfrentado problemas do coração e não sabe como ajudar. Achou que, por eu ser mulher, talvez fosse mais fácil.

Arregalei os olhos. O que meu pai teria dito? Matilde percebeu e se adiantou.

— Se você não quiser conversar comigo, não tem problema, eu entendo. Imagino que prefira falar com o Murilo ou com o Beto.

Com o Beto seria impossível, com o Murilo... Levei alguns segundos para me tocar de que Murilo e Caveira eram a mesma pessoa.

— O que ele te falou? — Quis saber, temeroso do que poderia ouvir.

— Não me falou nada; apenas que você está sofrendo por um amor não correspondido. Mais nada. — Ela estenteu as mãos e segurou as minhas com ternura. — Pelo fato de eu ser mulher, posso tentar ajudar.

Suspirei e baixei a cabeça. Talvez fosse melhor mesmo conversar com alguém de fora, uma mulher, que poderia se colocar no lugar da Juliana e me ajudar. Respirei fundo e resolvi falar logo.

— Eu gosto de uma garota. Mas ela namora um amigo meu, um grande amigo meu. — É claro que na hora a Matilde sacou que era a Juliana, mas não falou nada, apenas balançou a cabeça, concordando e me incentivando a falar mais. — Só que eu acho que ela gosta de mim apenas como amigo. Já tentei esquecê-la, mas não consigo. E esta semana é aniversário dela e... Bem, o namorado vai dar a ela algo especial, que só ele pode dar. Estou com inveja, ciúmes. Queria que o dia dela fosse especial, mas comigo. Queria dar algo especial também, para ela se lembrar pelo resto da vida, mas sou apenas seu amigo.

Matilde ficou um tempo quieta, pensando. Ela deve ter sacado o *presente* do Beto para a Juliana, mas não fez nenhum comentário quanto a isso.

— Você quer algo especial, para ela se lembrar de você. Algo que possa superar o que o namorado vai dar?

— Quem sou eu para competir com o presente dele? — disse, com franqueza.

— Olha, Cadu, as mulheres não são apenas umas bobas que gostam de flores, bombons, jantares românticos e uma linda noite de amor. É claro que gostamos disso, mas gostamos também que os homens nos deem atenção.

Franzi a testa, não entendendo uma vírgula do que ela tentava me explicar. Definitivamente as mulheres adoram falar em código.

— Não entendi — disse, com sinceridade. Ela apenas sorriu.

— O que estou tentando explicar é que as mulheres gostam que os homens prestem atenção ao que elas falam, fazem, saibam do que elas gostam. Se você prestar atenção nessa garota, se você tentar conhecê-la, pode saber do que ela gosta, pelo que ela se interessa, o que é importante, e pode encontrar um presente que a agrade tanto ou mais do que o que o namorado dela vai dar. Ele pode dar algo especial, mas isso não é a única coisa que ela pode receber. Você conseguiu entender?

Balancei lentamente a cabeça. Acho que entendi. O que ela gosta... O que ela gosta? O que é tão ou mais importante para a Juliana do que uma noite nos braços do namorado que ela ama? O que a deixaria alegre? O que a faria a pessoa mais feliz do mundo?

De repente, dei um pulo e me levantei.

— Meu Deus, é claro! — Dei um largo sorriso e beijei a bochecha da tia Matilde. — É isso, é isso que vou fazer, muito obrigado! — E saí correndo da cozinha em direção à rua.

Fiquei com o dedo insistentemente na campainha da casa do Caveira. Estava parado ali um tempo, esperando que alguém atendesse à porta, e não ia desistir porque sabia que ele estava em casa.

— Jesus, que é isso? — perguntou ele, abrindo a porta enquanto enxugava o cabelo com uma toalha. — Estava saindo do banho, me vesti correndo achando que alguém tinha morrido.

Entrei e fechei a porta.

— Sua mãe é um gênio, sabia?

— Sabia, mas não fala isso na frente dela; vai se achar. — Caveira foi para o banheiro pendurar a toalha na porta do box. Fui atrás.

— Você ainda tem aquela fantasia de Carnaval?

— Que fantasia? — Ele se virou para me olhar e na mesma hora foi para o quarto. Ele se sentou na cama e começou a calçar o tênis.

— Aquela que eu, você e o Beto usávamos.

Caveira ficou pensativo.

— Cara, pra dizer a verdade não faço a mínima ideia. — Ele se levantou e colocou as mãos na cintura. — Eu acho que devo ter, mas não sei onde está.

— Pelo amor de Deus, Caveira! É muito importante.

— Para quê você quer isso? — perguntou, indo em direção aos fundos da casa, eu atrás.

— Não posso falar.

— Hum, quanto mistério. — Caveira destrancou a porta de um depósito de tralhas que tinha no fundo do quintal. — Se eu tiver ainda, deve estar guardada aqui, em algum lugar.

Ele acendeu a luz do depósito e ficou olhando as milhares de caixas que estavam lá dentro. Desanimei só de ver aquilo tudo. Levaria um bom tempo para encontrar, isso se a gente encontrasse.

— Será que sua mãe sabe onde está?

— Putz, se eu não sei, muito menos ela. — Ele olhou em volta. — Deixa eu ver aqui. — E começou a pegar várias caixas onde estava escrito *Murilo*.

Caveira ficou um longo tempo mexendo em algumas, e eu já estava desistindo quando ele gritou.

— Achei!

Olhei para aquele saco plástico embrulhando um monte de panos e forcei a vista. Era a fantasia que eu queria.

— Você pode me emprestar?

— Claro, pode levar. Não esquece os acessórios. — Ele me entregou uma caixa grande com o resto da fantasia. — Você não tem mais a sua?

— A minha não serve mais em mim.

— Entendi. Não vai mesmo me contar pra que você quer isso?

— Não, não posso contar. Você jamais entenderia.

Se contasse a verdade, o Caveira começaria um sermão sem fim e me repreenderia por querer agradar a Juliana.

— Já vi que vai fazer besteira. — Ele balançou a cabeça negativamente e suspirou. — Precisa lavar.

— Deixa comigo. — Acenei para ele e fui para casa feliz, terminar de elaborar meu plano para o presente da Juliana.

CAPÍTULO 17

Fiquei o resto do dia lavando a fantasia do Caveira, que estava com um cheiro danado de roupa guardada. Nunca fui muito bom em lavar roupa, mas aproveitei que tia Matilde estava em casa e pedi algumas orientações. Ela queria lavar sozinha, mas eu disse que o presente seria especial se eu fizesse tudo. Meu pai ficou nos rodeando e fazendo mil perguntas, que ficaram todas sem resposta. Ninguém podia saber o que eu estava tramando, não queria que a surpresa vazasse.

Terminei de lavar tudo, tomei um banho e fui me deitar. Nunca imaginei que lavar roupa pudesse cansar tanto. Estava quase cochilando quando meu celular tocou. Vi que era da casa do Beto e atendi logo.

— Fala, Beto.

— Não é o Beto — reconheci de imediato a voz do outro lado.

— Oi, Alice.

— Está ocupado?

— Não. O que manda?

— Vai à boate hoje?

— Vou.

— Posso ir com você? — perguntou ela, com uma voz dengosa, e eu gelei.

— Ir comigo? Ficou maluca?

— Calma, Cadu. — Ela começou a rir. — Estou pedindo carona pra mim e pra Emília.

Respirei aliviado ao saber que Emília estaria junto, mas franzi a testa.

— E o Beto? Não vai?

— Vai sim, mas antes vai sair pra jantar com a Ju.

— Ah... — respondi, com raiva de ter perguntado.

— Pois é, não vou junto pra não estragar o jantar romântico dos dois, então eu e a Emília precisamos de carona. Mas, se não pudermos ir com você, não tem problema.

— Podem sim, claro. Pego vocês às onze, ok?

— Combinado. Um beijo na boca. De língua! — disse ela, desligando em seguida.

Balancei a cabeça. Voltei a deitar, mas não consegui dormir. Na minha cabeça só vinha um filme do jantar romântico que o Beto teria com a Juliana antes de ir para a boate.

❦

Passei na casa do Beto, peguei a Alice e a Emília e fomos para a boate. Estava cheio ali na porta, mas, como já tínhamos convite, entramos rapidamente.

Várias pessoas ocupavam a pista de dança. Olhei em volta e não vi nenhum conhecido, mas a Alice logo encontrou suas amigas e me deixou no bar com a Emília.

— Se quiser, pode ir lá com suas amigas — falei próximo ao ouvido de Emília, para que ela escutasse.

— Não vou largar você aqui sozinho.

— Não tem problema.

— Vou ficar mais um pouco aqui, olhando as pessoas. Mas, se o Caveira chegar, eu saio na mesma hora.

Dei uma gargalhada e ela me acompanhou.

— Você foge dele como o diabo foge da cruz.

— Ele fica me enchendo o tempo todo. — Ela fez uma careta. — Não percebe que não tem a mínima chance.

— Talvez, se você desse um pouco de atenção, ele desistisse.

— Como? — Ela não entendeu.

— Ele fica atrás de você porque sabe que não tem chance. Se imaginar que você tem vontade de ficar com ele, sai correndo.

— Igual a você com a Alice?

Engasguei com a cerveja e a encarei, espantado.

— Até você?

— A Alice é minha irmã, ela me conta as coisas. — Emília levantou novamente os ombros e deu um gole no seu refrigerante.

— Eu fujo da Alice porque não quero confusão com o Beto.

— Hum, então é só isso?

Fiquei muito sem graça, não sabia o que falar. Não queria que ela entendesse errado.

— A Alice é minha amiga, apenas isso. Ela gosta de me provocar, confesso, mas é uma brincadeira.

— Não estou tão certa. — Emília me encarou e cerrou os olhos. — Se você acha que essa teoria tem fundamento, por que não faz igual ao Caveira? Corre atrás da Alice, quem sabe ela não desiste?

Fiquei quieto, pensando no que ela falou. Bebi um pouco de cerveja e depois me aproximei do ouvido da Emília.

— Não vou correr o risco.

Ela começou a rir e balançou a cabeça. Vi o Otávio, um colega do curso de Direito, se aproximando.

— E aí, Cadu? — Ele me cumprimentou.

— Tudo bom?

— Tudo. Curtindo a noite?

— Começando — disse. Estranhei ele estar ali porque nunca fomos de conversar muito, mas vi Otávio encarando a Emília e entendi o que ele queria. — Esta é a Emília, irmã do Beto. — Apresentei os dois e me virei para ela. — Otávio é da nossa turma de Direito.

Otávio deu um beijo no rosto da Emília.

— Eu já te vi por aí — disse ele, e os dois começaram a conversar animadamente. Levantei a sobrancelha e percebi que estava sobrando. Avistei o Caveira meio longe.

— Bom, gente, deixa eu ir ali falar com um amigo — disse, mas acho que nenhum dos dois prestou a mínima atenção. Balancei a cabeça e saí de perto.

— Quem é o babaca dando em cima da Emília? — perguntou Caveira.

— Com ciúmes?

— Não. — Ele deu de ombros e eu sabia que falava a verdade.

— Ele estuda comigo e com o Beto.

— Acho que o Beto não vai gostar de ver isso.

Ele apontou para a entrada da boate e vi o Beto aparecer com a Juliana. Meu coração disparou. Os dois nos viram e se aproximaram.

— Está cheio aqui — comentou Beto, olhando ao redor. Ele parou quando seus olhos estavam na direção do bar. — Aquele ali com a Emília é o Otávio? — disse ele, com raiva na voz, e olhei para o bar para ver o Otávio beijando a Emília.

— É — respondi, calmamente.

— Eu mato aquele desgraçado.

— Não começa, Beto. Olha o que conversamos. — Juliana repreendeu o namorado.

— Qual é, Beto, deixa as meninas se divertirem — disse Caveira, e achei que o Beto ia voar no pescoço dele, mas não fez nada. Abraçou Juliana e fechou os olhos, na tentativa de se controlar.

— Você não tem como impedir suas irmãs de ficarem com alguém — disse Juliana. — Já te falei pra deixá-las em paz.

Beto apenas balançou a cabeça e abriu os olhos, dando um beijo na testa de Juliana. Fiquei ali parado feito um idiota, invejando meu amigo, até Caveira abrir a boca.

— Não tem como mesmo. — Ele apontou em outra direção e nós viramos a cabeça.

Dessa vez era Alice que estava encostada em uma pilastra beijando um cara que eu não fazia ideia de quem era. Prendi a respiração e devo confessar que, nesse exato momento, senti um pouco de ciúme ao vê-la nos braços de outro, mas não sabia explicar que tipo de ciúme era, se de amigo, irmão ou homem.

— A Alice é nova demais! — gritou Beto, e Juliana olhou bem sério para ele, se afastando alguns passos.

— E eu? Sou ainda mais nova que a Alice.

Beto não falou nada, apenas respirou fundo e abraçou novamente a namorada.

— Nem é a primeira vez que ela fica com alguém — comentou o Caveira. Nessa hora o Beto lançou um olhar fulminante para ele, como se tivesse culpa de a Alice beijar outros caras, mas o Caveira fingiu não perceber.

Emília e Otávio se aproximaram da gente.

— Oi, cunhadinho — brincou Otávio, estendendo a mão para o Beto, que ficou encarando-o sério, deixando um silêncio constrangedor no ar.

Eu e o Caveira nos aproximamos do Beto rapidamente, para impedir qualquer movimento que ele pudesse fazer.

— Eu vou até o bar, vem comigo — disse o Caveira, puxando o Beto, sem dar tempo para ele responder.

— Fiz algo de errado? — perguntou Otávio.

— Não, claro que não — disse Emília, sem graça.

— Não repara não, Otávio. É que leva um tempo pro Beto se acostumar. — Tentei explicar. Ele balançou a cabeça e olhou na direção do bar.

— Acho melhor a gente dar uma volta até ele se acostumar — disse ele, rindo.

Fiquei feliz em ver que não estava se importando com a atitude do Beto. Os dois saíram, deixando Juliana e eu sozinhos.

— Não dá pro Beto continuar assim — disse Juliana, em um suspiro.

— Ele não vai se acostumar nunca.

— Vai, sim. Ou então ele pode procurar outra namorada.

Ela falou com tanta firmeza que prendi a respiração, sentindo meu coração disparar e uma certa alegria tomar conta de mim.

— Ele gosta muito de você.

Ela me olhou.

— Eu sei, Cadu, e uso isso para ajudar as meninas. Mas cansa.

Balancei a cabeça e fiquei encarando Juliana. Decidi mudar de assunto e aproveitar que estávamos os dois sozinhos.

— Juju, o que você vai fazer sábado que vem à tarde?

Ela me olhou sem entender.

— Acho que nada. Vou almoçar com meus pais e o Beto, é meu aniversário.

— Eu sei. Por isso perguntei, porque quero te dar seu presente.

— Meu presente? — Ela deu um sorriso. — Mas você já está emprestando a casa para a festa.

— Eu sei, mas também tenho um presente.

— Ok, pode ir lá em casa.

— Na verdade quero te levar a um lugar.

— Um lugar? Onde?

— É segredo. Aliás, não comenta nada com o Beto, ok?

— Que presente mais misterioso. — Ela viu Beto e Caveira se aproximando. — Combinado, sábado você passa lá em casa. Pode ser umas quatro e meia?

— Perfeito — concordei, sorrindo.

CAPÍTULO 18

Era um sábado ensolarado, com poucas nuvens no céu e temperatura agradável. Dirigi até o bosque que ficava na entrada de Rio das Pitangas e estacionei o carro embaixo de uma árvore, bem longe das famílias que estavam lá fazendo piquenique. Não queria ser interrompido enquanto dava meu presente para a Juliana.

Desci do carro e ela me acompanhou.

— Que presente tão misterioso é esse que precisa sair da cidade para me entregar?

Não respondi, apenas sorri e abri o porta-mala. Tirei uma caixa grande e a entreguei.

Juliana pegou a caixa, que estava um pouco pesada, e a depositou na grama. Ficou olhando para mim.

— Abra e me diga se gosta — pedi, já sabendo que ela iria gostar.

Juliana desfez delicadamente o laço que envolvia a caixa, retirou a tampa e ficou olhando o tecido azul-escuro. Lentamente, ela foi tirando peça por peça de dentro da caixa e vi algumas lágrimas escorrendo pelo seu rosto.

— Meu Deus! — Ela olhou para mim. — É o que eu estou pensando?

Balancei a cabeça, concordando. Eu me abaixei e sequei as lágrimas dela com a minha mão.

— É a fantasia de mosqueteiro que usei durante anos no Carnaval. É sua agora. Acho que vai servir.

Ela me deu um beijo no rosto e me abraçou bem forte. Fechei os olhos com o contato dos lábios dela.

— Sempre quis ter uma. — Ela ficou alisando a roupa.

— Também tem isto. — Tirei uma espada no estilo esgrima de dentro da caixa. Era feita de uma borracha dura. Peguei o chapéu e o coloquei na cabeça da Juliana. — Por que você não experimenta?

— Aqui? — Ela olhou em volta, assustada.

— Não tem ninguém por perto e eu não vou olhar. Você veste dentro do carro, vou deixar a tampa do porta-mala levantada, para bloquear a visão. Também tenho uma coisa para fazer enquanto você veste a roupa.

Juliana mordeu o canto esquerdo do lábio inferior, hesitante. Olhou novamente em volta e, por fim, pegou toda a roupa e entrou no carro.

Fui até o porta-mala e tirei a fantasia do Caveira de dentro de um saco plástico e comecei a vestir. Quando a Juliana saiu do carro e me viu, arregalou os olhos. Ela estava linda, e a roupa tinha ficado quase perfeita, apenas um pouco folgada.

— O que acha de um duelo? — perguntei, pegando a espada do Caveira e jogando para ela a minha, que agora era dela.

— Você pensou em tudo! — Ela sorria igual criança solta em uma loja de doces, e aquele sorriso me fez ter a certeza de que havia acertado no presente.

— Um mosqueteiro de verdade tem que participar de um duelo antes de entrar para a guarda do rei.

— Você sabia que eu já fiz aula de esgrima? — disse ela, maliciosamente.

Eu arqueei as sobrancelhas e tentei dar um sorriso de deboche.

— Não tenho medo de você. — Eu me aproximei dela. — *En garde* — disse, me posicionando como os espadachins que via nos filmes.

Juliana veio com a espada para cima de mim e me acertou facilmente. Eu a olhei com a cara fechada e parti para o ataque, mas era desajeitado e ela se movimentava com uma leveza de dar inveja. Conseguia escapar das minhas estocadas e veio em minha direção como uma raposa. Depois de alguns minutos de luta eu já estava cansado, enquanto ela parecia não derramar uma gota de suor.

— Chega — exclamei, jogando a espada no chão e me sentando encostado na árvore que fazia sombra para o carro.

Ela se sentou ao meu lado, feliz. Ficamos um tempo em silêncio, olhando para a frente, até ela se virar para mim.

— Obrigada, Cadu. Foi o melhor presente que eu poderia ganhar.

Sorri com o canto da boca e a encarei.

— E o presente do Beto? Achei que seria seu melhor presente.

Eu a olhei no fundo dos olhos e vi que ela se espantou. Mas que raio de pergunta era aquela? Por que eu tinha de agir como um idiota?

— Do que você está falando?

— Do presente que ele vai te dar. No meu quarto.

Juliana prendeu a respiração e olhou para baixo. Ela ficou quieta e eu me senti mal.

— Desculpa. Não deveria ter tocado nesse assunto.

— Eu não achei que você soubesse — sussurrou ela, e imaginei que estivesse envergonhada.

— Desculpa, fui um idiota. Não queria te deixar sem graça.

Ela não respondeu de imediato, apenas ficou olhando para a frente. Peguei sua mão e apertei com força contra o meu peito.

— Juju, mil desculpas. Não sei o que me deu para falar disso.

Ela balançou a cabeça e me olhou, ainda sem graça.

— Tudo bem. — Ela ficou quieta me encarando. — Nada vai se comparar ao que aconteceu aqui. Eu jamais esperava que isso um dia pudesse acontecer — disse ela, mostrando a roupa. Decidi ficar quieto e não estragar aquele momento.

— Fico feliz em saber que você gostou.

— Como você pensou nisso?

— Não sei, apenas veio na minha cabeça. Quis te dar algo que fosse especial, que fosse importante pra você. Isso é o mais perto que eu poderia chegar de especial.

Ficamos um tempo nos encarando e senti um frio percorrer a espinha. Ela se aproximou de mim.

— Foi especial — sussurrou, enquanto encostava os lábios no meu rosto.

Eu estava envolvido pelo momento, pelo perfume dela, e não pensei duas vezes. Com uma das mãos, trouxe o rosto de Juliana para mais perto do meu. Ficamos nos olhando um tempo, a respiração dos dois estava ofegante e meu coração disparado. Fechei os olhos e puxei o corpo dela para perto do meu. Ela não relutou e colocou as mãos em volta do meu pescoço.

Foi um beijo calmo, suave, intenso, o melhor beijo da minha vida. Juliana correspondeu, e meu coração batia descompassado dentro do peito. Entendi perfeitamente a frase "o tempo parou naquele instante". Eu era o cara mais feliz do mundo, e não queria que o momento acabasse jamais.

Depois de um tempo, Juliana me afastou, olhando para baixo.

— Acho melhor irmos embora — disse ela, se levantando.

Em me levantei e parei em frente a ela, segurando seu braço.

— Juju, eu...

— Não fale nada. — Ela fez sinal para que eu me calasse.

— Não, eu preciso falar — disse, ainda segurando seu braço. — Eu te amo. Te amo desde o dia em que te vi, desde que você voltou pra Rio das Pitangas.

— O quê? — Ela me olhou espantada.

— Sei que não devia dizer isso, não devia ter te beijado, mas venho segurando tudo faz muito tempo. Eu te amo, por isso dei esse presente pra você. Porque queria que fosse o melhor que você receberia. Porque estou morrendo de ciúme do Beto e do que vai acontecer hoje à noite no meu quarto. — Eu falava tudo rapidamente, de uma vez, pra não perder a coragem de continuar. — Eu te amo demais, mas não posso te amar porque você é a namorada do Beto. Tento tirar você da minha cabeça, mas não consigo. Só que não posso continuar te amando, porque o meu melhor amigo também te ama, e não quero machucar o Beto.

Ela abriu a boca para falar, mas desistiu. Caminhou até o carro e ficou encostada na porta. Eu me aproximei, mas não muito. Deixei-a quieta, processando o que eu havia falado. Depois de um longo tempo, ela me olhou.

— Foi tudo perfeito, especial, mas agora precisamos ir embora e voltar para a realidade.

Deixei a Juliana em casa. Fomos mudos até lá, e quando ela saiu do carro apenas acenou. Estávamos um pouco sem graça, e eu não sabia o que falar. Também não queria soltar alguma besteira e correr o risco de estragar o momento que tivemos, até porque o que eu tinha para dizer já havia sido dito. Mas, apesar de tudo, estava muito feliz.

Segui para a casa do Caveira, para devolver a fantasia e vertir minha roupa. Toquei a campainha e ele se assustou quando me viu parado na porta vestido de mosqueteiro.

— Desculpa, mas o Cardeal Richelieu não pode atender no momento — disse ele, em tom sarcástico.

— Quem? — Não entendi a piada.

— Cara, você parece ter saído de um livro dos Três Mosqueteiros.

— Seria porque estou usando uma roupa dessas? — brinquei e entrei.

— Onde diabos você estava?

Eu o olhei em silêncio. Fiquei um tempo pensando se contava ou não. Fui para o banheiro e ele me seguiu. Comecei a tirar a roupa quente e entreguei para ele.

— Isto está fedendo a suor. — Ele fez uma careta quando pegou a fantasia.

— É claro, o dia está quente demais.

— Você devia ter vergonha de me entregar uma roupa toda suja.

— Você me entregou a roupa com o maior cheiro de mofo!

— Você que quis a fantasia. — Ele deu de ombros.

Terminei de vestir minha roupa e peguei a fantasia das mãos dele.

— Vou lavar aqui, não se preocupe. Só não fui pra casa porque a Alice já deve estar lá.

— Fazendo o quê?

— Ela ia pra lá mais cedo arrumar algumas coisas da festa junto com a sua mãe.

— Ah. — Ele me seguiu até a área de serviço, joguei a fantasia dentro do tanque e abri a torneira. — Você não vai me contar aonde foi todo fantasiado?

Dei um sorriso com o canto da boca e o encarei. Minha felicidade era óbvia, porque ele deu um passo para trás.

— Fui dar meu presente pra Juju.

— Meu Deus! — Ele arregalou os olhos. — Não me diga que... Não, não diga nada. — Ele recuou mais ainda.

— Você perguntou.

— Você está maluco?

— Ei, nós somos amigos! — Fechei a torneira e peguei o sabão em pó, enquanto olhava para ele. — Não fiz nada demais. Bem...

— Ai, meu Deus, não fala nada. — Caveira tampou os ouvidos. — Eu não quero saber.

— Caveira, estou tão feliz! A Juju amou o presente.

— Não me interessa. — Ele continuava com as mãos nos ouvidos, mas eu sabia que me escutava.

— Eu dei um beijo nela. E me declarei — disse, como se fosse algo normal, que eu fazia todos os dias.

— Você o quê? — berrou Caveira. — Você está maluco?

— Ela me beijou também.

— Eu não quero saber, não me fala mais nada. Não quero me envolver nisso!

— Já falei tudo. E não estou te envolvendo em nada, estou apenas respondendo o que você perguntou.

— Você é maluco. Você é um imbecil! Como pôde fazer isso com o Beto?

— Eu não esperava que tomasse o rumo que tomou. Apenas queria dar algo especial pra ela.

— E por quê? Pra quê você precisa dar algo especial para a Juliana?

Fiquei mudo, olhando para ele. Não precisava explicar, ele sabia por que eu tinha a necessidade de dar um presente especial. Caveira ficou um tempo balançando a cabeça, como se reprovasse minha atitude, e, depois de um tempo quieto, arregalou os olhos.

— Meu Deus, diga que ela ainda é virgem!

— Você está doido? É claro que é, eu não fiz nada.

— Não fez nada? Você leva a menina sei lá onde, se enfia nessa fantasia ridícula, beija a garota, que por sinal é namorada do seu melhor amigo, caso tenha se esquecido, diz que queria dar algo especial, se declara e quer que eu não faça nenhuma dedução?

— Eu só a beijei, mais nada. Quem você pensa que eu sou?

— Eu pensava que você fosse um amigo confiável. Agora já não sei mais.

As palavras do Caveira foram duras para mim. Baixei a cabeça e fiquei fitando as bolhas de sabão que se formaram por cima da fantasia dentro do tanque. Senti um nó na garganta e também vontade de chorar. Encarei-o com os olhos já vermelhos e cheios de água.

— Eu ainda sou um amigo confiável. Só que foi mais forte do que eu. Também sou de carne e osso.

Passei pelo Caveira e fui em direção à porta da casa; não queria mais ficar ali. Ele segurou meu braço.

— Desculpa, cara. Foi mal.

— Eu não consegui resistir. Foi um beijo só!

— Você não devia ter ido atrás dela. Esquece, Cadu.

Não falei nada, apenas mordi minha bochecha e saí dali. Fui até o carro e dirigi para minha casa, que era praticamente ao lado da dele.

Cheguei em casa e encontrei Alice na cozinha com a Matilde.

— Onde é que você esteve? — perguntou Alice, se aproximando de mim. — Nós temos uma festa para organizar.

— Nós? — perguntei e dei um beijo em seu rosto.

Ela fez uma careta e me empurrou.

— Você está fedendo a suor! Vai tomar banho, antes que os convidados cheguem.

Eu ri do desespero dela.

— Alice, vêm umas dez pessoas só. Sem estresse.

Ela mostrou a língua. O timer do fogão alardeou pela cozinha, parecendo um despertador.

— As quiches estão prontas — disse Alice, indo até o fogão e abrindo a tampa do forno. Olhei para Matilde.

— Meu pai está em casa?

— No quarto.

— Hum. Alice te falou sobre hoje?

— Não se preocupe que não vamos atrapalhar a reuniãozinha de vocês. — Matilde tinha um sorriso tranquilizador nos lábios.

— Imagina, você não atrapalha. Só tenho medo que o velho desça e comece a dar sermão — expliquei, indicando a parte de cima da casa com a cabeça.

E era verdade; minha única preocupação aquela noite era meu pai, mas o fato de a Matilde estar ali me ajudava a ficar calmo.

— Fique tranquilo, seu pai não sairá do quarto. Qualquer coisa que precisar, estaremos lá em cima.

— Você é um amor — falei, dando um beijo na bochecha dela. Ia falar que a ideia sobre o presente para Juliana foi um sucesso, mas Alice estava na cozinha, então decidi agradecer Matilde outra hora.

— Vou lá tomar banho.

Saí da cozinha e Alice veio atrás.

— Cadu, espera. — Ela se aproximou e olhou para a cozinha e depois para a escada, como se quisesse se certificar de que ninguém estava nos escutando. — Não se assuste quando entrar no quarto — recomendou e saiu. Franzi a testa, tentando entender o que ela queria dizer.

Balancei a cabeça e subi o lance de escada pulando os degraus de dois em dois. Parei em frente ao meu quarto e escutei um barulho de televisão vindo do quarto do meu pai. Pensei em ir lá dar um alô, mas desisti porque ele sentiria o cheiro de suor e ia querer saber onde estive.

Abri a porta do meu quarto e segurei um grito que veio até a boca. Arregalei os olhos, perplexo. Meu quarto estava coberto de pétalas de rosas por todos os lados, inclusive em cima da cama. Fiquei um tempo ali parado, com a mão na maçaneta e admirando aquele show de horror. Bom, horror para mim, mas eu tinha certeza de que a Juliana ia se derreter quando o Beto a levasse para lá.

Entrei, fechei a porta e fiquei encostado nela por um tempo. Estava desnorteado, totalmente sem rumo. Praguejei e senti muita raiva! Raiva de mim, por ter cedido o quarto; da Alice, por proporcionar aquele espetáculo de rosas; da Juliana, por ter aceitado passar a noite com o Beto ali no meu quarto, e, é claro, do Beto, simplesmente porque eu queria estar no lugar dele.

Fui até o armário controlando as lágrimas, que teimavam em se acumular nos meus olhos, e tentando engolir o nó na garganta antes que virasse um choro. Peguei uma roupa e fui para o meu banheiro, fechando a porta. Entrei embaixo do chuveiro, sentei no chão do box com a água caindo em cima de mim e chorei feito criança.

CAPÍTULO 19

Demorei a sair do banheiro porque meus olhos estavam vermelhos. Fiquei sentado ali no chão, com a cabeça encostada na parede, tentando me acalmar. Não tive coragem de ir para o quarto enquanto não me sentisse melhor.

Quando vi que já estava com uma aparência razoável, saí do banheiro e passei rapidamente pelo quarto, tentando não olhar ao redor. Desci as escadas e encontrei o Otávio sozinho na sala, sentado no sofá.

— Está abandonado aí? — brinquei, tentando esquecer a cena lá de cima.

— A Emília quis vir antes pra ajudar. — Ele se levantou e me cumprimentou com um aperto de mão.

— Bebe alguma coisa? — perguntei, notando que ele não segurava nenhum copo.

— Ah, uma cervejinha seria legal.

Fui até a cozinha e peguei duas latinhas. Pedi algo para comer, mas Alice me expulsou dali e voltei para a sala.

— As meninas estão levando a festinha a sério — comentei, entregando uma das latinhas para ele. Sentei no outro sofá.

— Pois é.

Ficamos um tempo calados e resolvi quebrar o silêncio.

— Legal você estar com a Emília.

— Ela é uma garota muito bacana.

— É, sim. E já vou avisando que é bom você cuidar dela com carinho.

— Percebi que o Beto é bravo.

— Sim. Mas não falo apenas por ele. A Emília é como uma irmã pra mim, então você terá que se ver comigo também. E provavelmente com o Caveira.

Otávio sorriu, bebeu um gole da cerveja e ficou pensativo.

— Vejo que ela tem muitos defensores.

— Ela é uma garota especial. É doce, meiga, carinhosa. Não merece sofrer.

Ele respirou fundo, mantendo o sorriso nos lábios.

— Não se preocupe, já estava de olho nela faz tempo, desde uma festa em que a vi com o Beto. Até pensei que fosse namorada dele, aí fui investigando e descobri que são irmãos. Nunca tive chance de me aproximar, até a semana passada, quando a vi com você na boate. Fiquei em dúvida, não sabia se havia algo entre vocês, mas decidi arriscar.

Ele foi falando tudo como uma confissão, mas também com certo orgulho por ter conseguido conquistar a Emília.

— Fico contente em saber. Ela merece ser feliz.

A campainha tocou e eu fui atender. Era o Caveira. Ele entrou e olhou em volta.

— Onde estão as gatas?

— Tem três na cozinha. O resto ainda não chegou — brinquei.

Ele olhou Otávio, cumprimentou-o com a cabeça e foi até a cozinha. Voltou em alguns segundos.

— Três gatas que para mim não valem, não é mesmo? Uma é minha mãe, outra é apaixonada por você e a terceira é a namorada desse aí — disse, sentando no sofá ao meu lado e abrindo uma latinha de cerveja. Otávio me olhou espantado.

— A Alice gosta de você? — perguntou.

Censurei o Caveira com um olhar, mas ele não percebeu, ou fingiu que não.

— Besteira dele. E, por favor, não comente isso com o Beto.

— Não, jamais — disse Otávio.

※

A festa rolava fazia umas quatro horas, e eu já tinha bebido além da conta, mas continuava procurando algo que tivesse álcool.

Estava em pé em um canto da sala conversando com o Juca e a Walesca, quando vi a Juliana entrando na cozinha e fui atrás. Ainda não tínhamos tido a chance de conversar a sós.

— Está gostando da festa? — perguntei.

Ela abriu a geladeira e olhou em minha direção.

— Sim.

Depois sorriu, um pouco sem graça. Pegou uma garrafa de refrigerante e fechou a geladeira. Ficamos nos encarando.

— Juju, eu quero falar sobre hoje.

— Por favor, Cadu. — Ela olhou por cima do meu ombro, preocupada que alguém entrasse ali. — Não é o melhor momento.

Eu sabia que ela tinha razão, mas não me importei; apenas dei um passo à frente, me aproximando.

— Não me arrependo do que fiz. Mas, se você tiver ficado chateada, peço desculpas.

Ela ia responder algo, mas a Alice entrou na cozinha.

— Tem pouca gente, mas a festa está ótima!

Ela pegou a garrafa de refrigerante das mãos da Juliana e se serviu. Fui até a geladeira e peguei uma latinha de cerveja. Fiquei olhando as duas.

— Eu não queria algo muito grande — disse a Juliana, me olhando de canto de olho.

— Eu sei, mas está bom assim. — Alice sorriu. Juliana retribuiu o sorriso, me olhou e saiu da cozinha. Alice ficou parada de frente para mim. — Está gostando?

Apenas balancei a cabeça, vendo Juliana sair. Depois olhei para Alice, que estava linda, como sempre, em um vestido preto.

— E o seu namorado? Não vem?

— Namorado? Eu não tenho namorado. — Ela franziu a sobrancelha.

— O carinha da boate — eu disse, em tom sarcástico.

Percebi que já estava alterado pela bebida, mas não me importei e bebi metade da latinha. Alice deu uma gargalhada.

— Ele não é meu namorado. — Ela se aproximou mais de mim, encostando seu corpo ao meu. — Está com ciúme? — perguntou, sussurrando.

Fechei os olhos, respirei profundamente e aproximei minha boca de seu ouvido esquerdo.

— Não me provoque que hoje não respondo por mim — falei, baixinho.

Bebi o restante da latinha, fui até a geladeira e peguei outra. Olhei para Alice, que tinha um sorriso malicioso nos lábios. Sorri de volta e deixei a cozinha.

Quando entrei na sala, olhei ao redor, mas não vi o Beto, nem a Juliana. Encontrei Caveira vindo para a cozinha.

— Onde eles estão?

— Você já bebeu um bocado, hein? — Ele me ignorou. Segurei seu braço.

— Onde eles estão?

Caveira deu um longo suspiro.

— Por favor, não vai fazer um escândalo. — Ele olhou para cima. — Eles subiram.

Foi como se eu tivesse levado uma facada no peito. Senti lágrimas se formarem nos meus olhos.

— Eles subiram...

— Cadu, se controla — disse Caveira, olhando em volta.

— Eu não vou fazer nenhum escândalo, não se preocupe — respondi, virando goela abaixo o conteúdo da latinha que acabara de abrir.

Peguei o copo de uísque que estava na mão do Caveira e bebi de uma vez.

— Vai com calma.

— Estou calmo.

— Não foi isso que eu quis dizer.

Senti alguém bater nas minhas costas. Eu me virei e vi Alice ali, parada.

— Vocês podem dar licença?

Caveira saiu e foi para a cozinha. Fiquei encarando Alice.

— Pode passar. — Saí da sua frente, mas ela continuou parada me olhando. — O que foi?

Alice se aproximou e colocou uma das mãos na minha cintura.

— Pensei que você cobraria pedágio — disse ela, em tom malicioso.

CAPÍTULO 20

Acordei, mas não consegui abrir os olhos. Meu corpo estava cansado, e parecia ter uma banda de rock dentro da minha cabeça. Ela doía demais; era como se um martelo batesse a cada dois segundos.

Com muito custo, abri os olhos e reparei no ambiente ao meu redor. Não era o meu quarto e comecei a piscar para clarear a vista, tentando descobrir onde estava. Demorou alguns instantes para eu reconhecer o quarto do Caveira. Tentei me levantar, mas a sensação era de que meu cérebro chacoalhava dentro da minha cabeça. Desabei de uma vez no travesseiro, fazendo a mim mesmo o juramento que sempre se faz durante uma ressaca: nunca mais eu bebo.

— Que noite, hein?

Ouvi a voz e me assustei ao olhar para baixo e ver o Caveira deitado em um colchonete longe da cama.

— O que você está fazendo aí?

— Bom, estou no meu quarto — disse ele.

— Não, no chão. Por que não dormiu aqui e eu aí?

— Você desabou na cama quando chegamos e não saía daí por nada neste mundo. Então não tive muita escolha. Pensei em dormir em outro quarto, mas fiquei com medo de você passar mal durante a noite.

Apertei os olhos, amaldiçoando a cerveja, o uísque e o que mais que eu tenha ingerido na noite anterior.

— Ressaca? — Caveira sabia que era uma pergunta idiota.

— O que estou fazendo no seu quarto?

— Você ficou de dormir aqui ontem, não se lembra? Você me disse que não ia dormir no seu quarto depois de tê-lo emprestado ao Beto.

— Ah, sim. — Graças a Deus tinha planejado dormir ali. Meu pai não ia gostar muito de ver o filho naquele estado. Mas senti um frio na barriga quando Caveira comentou do Beto e do meu quarto. — Como viemos pra sua casa? Que horas saímos da festa? O que exatamente aconteceu ontem?

Eu nunca tinha passado por uma "amnésia alcoólica" antes. Claro que já exagerei algumas vezes na bebida, como todo jovem irresponsável, mas no dia seguinte sempre me lembrava de tudo o que havia feito e falado. Só que desta vez não me lembrava de muita coisa, e confesso que estava com medo do que o Caveira tinha para contar. Era uma sensação horrível.

— Você não lembra? — Ele estava espantado de verdade quando balancei a cabeça negando, e esse não era um bom sinal. O Caveira se sentou no colchonete, como se isso o ajudasse a contar melhor os acontecimentos da noite anterior. — Por onde começo? — Ele fez um olhar pensativo e eu me desesperei.

— Por favor, Caveira, não me fala que eu fiz uma grande besteira!

— Se você acha que ficar com a Alice Gomes é uma besteira...

Então era verdade! Eu me lembrava vagamente da Alice falando algumas coisas no meu ouvido, dos braços dela em volta do meu pescoço. Mas pensei que poderia ter sido um sonho de bêbado ou coisa da minha imaginação.

— Cara, então é verdade? Eu fiz isso mesmo?

Caveira balançou a cabeça, rindo do meu desespero.

— Na verdade ela que ficou com você, já que estava tão bêbado que não conseguiria beijar nem uma porta.

— O Beto vai me matar — sussurrei.

— Vai mesmo. Ontem acho que ele não viu, porque teria te matado lá na festa. Seria mais fácil, pensando no seu estado.

— Estou numa enrascada. — Acho que ainda sussurrava porque não tinha certeza se o Caveira me escutava.

Nessa hora a porta do quarto se abriu de maneira brusca e eu me sentei na cama, enquanto Caveira se levantou num pulo. O Beto estava ali parado, ainda com a mão na maçaneta, olhando furioso para mim. Eu podia ver a raiva em seus olhos.

— Eu vou te matar! — berrou ele, avançando na minha direção e me segurando pela gola da camisa da noite anterior.

Caveira foi rápido e logo tentou puxá-lo, sem muito sucesso.

— Achei que tínhamos um pacto! — Beto gritou, me olhando bem fundo nos olhos.

Eu estava desesperado e só pensava em me livrar daquelas mãos, mas a raiva deu a ele uma força extraordinária. Caveira pedia para ele me largar, enquanto tentava, em vão, me soltar.

— Calma, eu posso explicar — pedi, um pouco engasgado.

— Então comece a se explicar. — Ele não me soltou.

— Eu, eu...

O que iria falar? Que estava tão bêbado que não me lembrava de ter beijado a irmã dele? Com certeza ia ser pior.

— Fala, seu traidor, pode se explicar!

— Eu, eu...

— O Cadu é apaixonado pela Alice — gritou Caveira.

Eu e o Beto olhamos espantados para ele e logo depois o Beto me olhou de volta.

— Como é que é? — Ele franziu a sobrancelha, e achei que iria morrer de verdade naquela hora.

— O Cadu é apaixonado pela sua irmã. Já faz um tempo e ontem ele não conseguiu resistir. — Enquanto o Caveira falava, eu só queria mandá-lo parar.

— Isso é verdade?

Beto me soltou e comecei a ver que minha vida não corria tanto risco assim, mas sabia que mais tarde iria desejar ter morrido antes, de coma alcoólico.

— É verdade. Estou te falando — disse o Caveira, fazendo sinal por trás do ombro do Beto para eu confirmar. O Beto só me olhava, desconfiado.

— E aí, Cadu? É verdade ou não é? — O grito do Beto foi tão intimidador que concordei na hora com a cabeça. — Você está falando que é apaixonado pela minha irmã já faz um tempo?

Eu não estava falando nada, quem tinha dito aquilo era o Caveira, mas a situação não me dava muitas opções.

— É... — gaguejei. — Desculpa, cara. Aconteceu.

— Sei. — Beto me olhou sério por um longo tempo. Longo até demais. — E quais são suas intenções com a Alice?

— Intenções?

Minha cabeça ainda latejava, meu raciocínio estava lento e eu só queria vomitar. O que ele queria dizer com aquela pergunta? Eu não tinha intenção nenhuma com a Alice.

— Ele quer namorar a Alice. Namorar sério — o Caveira respondeu por mim, e agora eu queria matá-lo.

— O quê?

Eu e o Beto falamos juntos e depois ele me olhou, voltando a me segurar pela gola da camisa. Eu dei um sorriso sem graça e concordei novamente com a cabeça. O olhar furioso ainda estava ali.

— Você quer namorar Alice? Namorar a minha irmã? Namorar sério?

Era pergunta demais para mim, e todas as respostas eram NÃO, mas eu estava de ressaca, com a cabeça doendo muito, só querendo a morte, então agi como um covarde para me livrar logo daquela situação. Concordei com tudo, disse sim e fosse o que Deus quisesse.

Depois daria um jeito de explicar para o Beto, quando ele estivesse mais calmo. Como se esse momento fosse chegar... doce ilusão! Só que naquela hora não pensava em nada.

— Você quer namorar a Alice. — Ele falou para si mesmo, mais calmo. Finalmente me soltou e eu dei um suspiro de alívio. — E se a Alice não quiser?

Era tudo o que eu desejava, mas sabia que ela iria querer.

— Eu posso entender e...

Antes que eu continuasse, Caveira me interrompeu e me olhou como se eu tivesse dado a resposta errada.

— Ele vai entender, mas não vai desistir. O Cadu gosta demais da Alice e pretende lutar por ela.

Pela primeira vez, o Beto olhou demoradamente para o Caveira, e eu também olhei, perguntando com os lábios, sem emitir som, se ele estava louco.

— Eu falei com a Alice antes de vir aqui e ela implorou para eu não quebrar a sua cara. — Beto virou novamente para mim e acho que dei outro sorriso sem graça. Tive certeza de que a situação tinha fugido totalmente do meu controle, se é que alguma vez esteve sob controle. — Ela disse mais ou menos a mesma coisa, que gosta de você já tem algum tempo.

— Aí, Beto! Deixa os dois serem felizes juntos — disse o Caveira, mas o Beto ignorou o comentário.

— Isso já tinha acontecido antes?

— Não, cara! — respondi rapidamente, talvez rápido até demais. — Pelo amor de Deus, sempre respeitei sua irmã e o nosso pacto.

— Entendo. — Ele balançou a cabeça. — Em outra época eu quebraria a sua cara e jamais voltaria a falar com você, mas agora eu sei o que é gostar de verdade de alguém, então estou disposto a relevar. Isso se você for mesmo levar minha irmã a sério.

— Eu vou, eu vou.

Estava me sentindo péssimo por tudo aquilo. Mentia descaradamente para o meu melhor amigo, desejava a namorada dele e ainda perdia todas as chances que poderia ter com a Juliana. *Mas que chances, Cadu? Acorda!*

— Bem-vindo à família! — o Beto abriu os braços. Atrás dele, o Caveira comemorava.

— Você está falando sério? — Eu estava espantado, assombrado, embrulhado e enjoado.

— É claro! — Beto me deu um forte abraço, o que fez com que eu me sentisse ainda pior. — A partir de hoje você e a Alice estão namorando.

CAPÍTULO 21

Eu estava sentado na cozinha com o Caveira, tomando um café horrível que ele havia preparado e pensando na conversa com o Beto.

— Não acredito que isso esteja acontecendo.

— É melhor assim.

— É um sonho, não é? Não, é um pesadelo. É isso, um pesadelo, e eu vou acordar a qualquer momento.

— Cadu... — Caveira deu um longo suspiro. — Cara, é melhor que isso tenha acontecido.

— Melhor como? Pra quem?

— Pra você.

— Não vejo como.

Dei um gole no café, mas estava intragável. Empurrei a xícara para longe e encostei a cabeça na parede, fechando os olhos.

— Agora você não enxerga que pode ser bom, mas é. Veja bem, você tem uma motivação para esquecer a Juliana.

— Motivação?

— Sim, a Alice Gomes! Cara, ela é uma gata, isso você não pode negar.

— Eu sei que ela é bonita, mas eu não amo a Alice.

— Claro que não. Você começou a namorá-la tem o quê? Trinta minutos? É claro que você não ama a garota, mas daqui a um tempo você vai olhar pra trás e vai me agradecer.

— Tenho minhas dúvidas. — Esfreguei o rosto com as duas mãos. — Olha, sei que estou sendo um chato, mas é que tudo aconteceu rápido demais.

— Nem tão rápido. A Alice tem dado mole pra você há muito tempo.

— Se isso tivesse acontecido uns meses atrás talvez eu não achasse ruim.

— Claro que não. Quem em Rio das Pitangas não quer namorar Alice?

— Eu. — Suspirei. — O único que ela quer namorar.

— Você acha que não quer por causa da Ju, mas você pode esquecê-la com a Alice.

— Espero que você esteja certo.

— Estou, vai por mim. Além do mais, você queria o quê? Ficar esperando eternamente pela Juliana?

Fiquei quieto pensando nas palavras do Caveira, enquanto tamborilava os dedos na mesa.

— Você está certo. — Balancei a cabeça. — Só preciso organizar minhas ideias.

— Não tem que organizar nada, seja prático. A Juliana ama o Beto, o Beto ama a Juliana. Não tem lugar para você nessa história. A Alice ama você, então tente corresponder.

— Nossa, você sabe ser sutil.

— Você não precisa de sutileza neste momento. — O Caveira se levantou. — Acho melhor você tomar um banho, porque os nossos pais vão passar aqui daqui a pouco para almoçarmos.

༄

Estava parado em frente à casa do Beto fazia mais de quinze minutos. Ele combinou de irmos ao Trem Bão, um encontro de casais: ele, Juliana, eu e Alice.

Estava com a cabeça encostada no volante, olhos fechados, e toda hora me perguntava o que fazia ali até escutar uma batida na janela do lado do passageiro. Levantei a cabeça assustado e vi Alice. Abri a porta e ela entrou, se sentando ao meu lado.

— Você está bem?

— Estou um pouco cansado.

— Eu vi você parado aqui fora há um tempão, mas achei que ia entrar.

— Não tive coragem.

Eu suspirei e passei uma das mãos no cabelo. Não estava com vontade de enfrentar o pai da Alice, ainda não sabia o que ele achava do meu envolvimento com a sua filha, se é que ele já estava sabendo.

Ficamos quietos, eu olhando para a frente, mas com o canto do olho percebi que ela olhava firmemente para mim. Não sabia o que falar, embora muita coisa precisasse ser dita.

— Alice, acho que seria bom conversarmos sobre ontem. — Consegui dizer, com grande esforço.

Alice sorriu maliciosamente.

— Você não se lembra de ter ficado comigo, não é mesmo?

Virei o rosto em sua direção, espantado.

— O quê? Não, eu me lembro.

— Duvido um pouco, mas tudo bem. Você estava muito bêbado, Cadu. Nunca te vi daquele jeito, o que aconteceu?

— Nada. Eu não sei... Acho que misturei, não percebi a hora de parar. Desculpa se fui grosseiro ou se fiz alguma coisa que te chateou.

— Não fez nada, não. Na verdade, você não estava em condições de fazer muita coisa.

— Imagino que sim. — Baixei os olhos, completamente envergonhado. — Não sei o que dizer.

Ela ficou um tempo em silêncio, como se pensasse em algo para falar.

— Cadu, tenho que pedir desculpas por ter te metido nisso. Não imaginei que o Beto ficaria tão furioso, afinal de contas, a gente só ficou.

— Eu tinha um pacto com ele. — Eu me encostei no banco, com a mão esquerda na cabeça e os olhos fechados. — Traí a confiança do meu melhor amigo.

— Mas você não fez sozinho. E foram só uns beijos, nada demais.

Gostei de ouvir aquilo, porque até aquele momento eu não sabia o que realmente havia acontecido entre a gente. Continuei com os olhos fechados.

— Não é questão de ser um beijo ou algo mais. A questão é que ele confiava em mim.

— Ele ainda confia.

— Será?

— O Beto gosta demais de você.

— Eu também gosto dele pra caramba. É como se fosse meu irmão de verdade.

— Então ninguém melhor do que você pra ser meu namorado.

Tive que rir do comentário da Alice.

— É sério. Eu falei isso para o Beto — disse ela.

— E ele?

— Acho que foi aí que começou a aceitar. Mas pensei que acabaria com você, só que fiz ele prometer que não.

— Também pensei que ele ia quebrar a minha cara. Acho que se o Caveira não estivesse lá ele teria feito isso, porque eu não saberia o que dizer.

— Ele me contou a conversa de vocês.

Abri os olhos e virei novamente o rosto para a Alice.

— Ele te falou tudo? — Ela balançou a cabeça e eu suspirei. — Alice, desculpa. Não devia ter mentido.

— Eu sei, não precisa falar nada. Sei que você nunca foi apaixonado por mim. Sei que o Caveira que falou isso e sei que foi pra te ajudar.

— O Beto percebeu?

— Acho que não.

— Desculpa. — Estava realmente me sentindo mal porque gostava da Alice, era uma garota legal.

— Não tem que pedir desculpas, a gente não fez nada demais, já disse. Eu queria ficar com você e me aproveitei do fato de estar bêbado. Eu que tenho que te pedir desculpas.

Fiquei um instante pensando, tentando me lembrar da noite anterior, mas, como poucos flashes vinham à minha cabeça, eu não sabia o que era real.

— Você fez de propósito? Quero dizer, não fui eu que te agarrei?

— Sim, fiz de propósito — disse ela, como se fosse uma confissão. — Já queria ficar com você faz um tempão e você sabe disso. Sabia que nunca ficaria comigo sóbrio, então tive que aproveitar a oportunidade. Afinal, um beijo só não mata.

— Sempre achei que você fazia isso como um joguinho.

— Não é joguinho. Eu gosto de você.

Fechei os olhos novamente e parecia que minha cabeça ia começar a rodar. Agora eu começava a entender tudo. Alice tinha planejado direitinho seu *ataque* e conseguiu o que queria. Mesmo assim eu não sentia raiva dela.

— Não sei o que falar. Não sei o que fazer sobre tudo isso.

— Você está com raiva de mim? — perguntou ela em um tom de voz tão meigo que era impossível sentir raiva naquele momento.

— Não, não estou. — Virei o corpo de frente para a Alice, encostando meu ombro direito no banco. Peguei suas mãos. — Não estou com raiva de você, de verdade. Talvez esteja um pouco atordoado com tudo o que aconteceu, um pouco surpreso com o que você fez, mas não com raiva. Eu gosto de você, Alice, gosto muito. Não da maneira que você queria, mas eu gosto.

— Eu sei. — Ela baixou os olhos e eu levantei seu rosto, segurando seu queixo.

— Não quero te ver triste. E vou manter a minha palavra, nós estamos juntos.

— Não quero que você fique comigo apenas por causa do Beto.

— Eu não estou com você por causa do Beto. — Parei de falar e suspirei. — Bom, acabei aceitando o namoro mais por causa do Beto, não tem como negar. Mas acho que pode dar certo.

— Você está falando sério? — Alice deu um sorriso e percebi o brilho em seus olhos.

— Estou. Acho que não será difícil me apaixonar por você.

Eu realmente queria me apaixonar por ela, porque gostar da Juliana estava me fazendo muito mal. Precisava esquecer a namorada do meu melhor amigo.

Alice voou no meu pescoço e me deu um forte abraço. Retribuí, rindo, e a afastei um pouco. Olhei fundo em seus olhos e coloquei uma das mãos em sua nuca, trazendo lentamente seu rosto para perto do meu. Fechei os olhos e a beijei intensamente.

CAPÍTULO 22

Cheguei com a Alice ao Trem Bão. O lugar estava cheio, e uma banda tocava forró animadamente, enquanto casais se espremiam na pista tentando dançar. Fiz uma careta, mas a Alice não percebeu. Ela procurava o Beto e a Juliana.

— Lá no fundo da varanda — disse, ao meu ouvido, e olhei na direção que indicava. Vi o Beto de pé, acenando para nós.

A Alice pegou minha mão e foi me conduzindo até a mesa. Percebi vários olhares masculinos em sua direção e me senti orgulhoso por estar ali ao seu lado. A inveja em vários rostos era evidente, e meu ego foi nas alturas. A Alice estava simples, com uma blusa branca, uma sandália de salto e calça jeans. No rosto não usava nenhuma maquiagem, ela sempre falou que já usava o bastante para uma vida nos desfiles e concursos de que participava. O que a tornava encantadora era isto: não precisava de nenhuma produção, nenhuma maquiagem ou roupa para ficar linda. Era naturalmente linda.

— Até que enfim — disse o Beto, me dando um abraço.

Olhei um pouco sem graça para a Juliana, que evitou meu olhar. Era a primeira vez que nos encontrávamos depois da festa. Eu me sentei em frente a ela, enquanto a Alice se sentava ao meu lado.

— Oi, Juju — disse, e ela me olhou. Senti meu coração pequeno enquanto ela exibia um sorriso frio para mim, e fiquei confuso.

— Isto aqui está cheio demais — comentou Alice. Pus o braço em volta dos ombros dela, enquanto Beto servia um copo de cerveja para mim. — Nós vamos dançar, não vamos? — perguntou Alice para mim.

— Dançar forró? Você só pode estar brincando!

— Ah... — Alice fez beicinho e dei um beijo em sua testa.

— Eu não sei dançar isso. Na verdade, eu não sei dançar nada.

— Mas eu quero dançar. — Ela ainda mantinha a voz dengosa, de um modo gostoso de ouvir.

— Eu danço com você, irmãzinha. Se você não se importar de dançar comigo — disse Beto, me salvando.

— Não. Se a Ju não se importar.

Juliana balançou negativamente a cabeça. Alice e Beto se levantaram e foram para a pista. Eu os acompanhei com os olhos e me virei para Juliana, sorrindo.

— Vai dançar depois? — Fiz a pergunta e na mesma hora notei sua expressão furiosa.

— Que palhaçada é essa?

— O quê? — Não entendi a pergunta, nem a atitude dela.

— Você é um babaca, sabia?

— Opa! O que está acontecendo, Juju?

— Não me chame de Juju. — Ela cerrou os olhos. — E você ainda tem coragem de perguntar? Essa palhaçada de você com a Alice. De dizer que nunca gostou dela e agora está aí namorando a menina. Eu sei que você falou pro Beto que sempre foi apaixonado por ela.

— Ei, vamos com calma. — Levantei as mãos, me defendendo. — Eu não disse nada para o Beto, quem falou foi o Caveira. E ele inventou essa história porque o Beto ia me trucidar.

— O que você quer dizer com isso?

Não queria abrir o jogo com Juliana. Não queria falar que estava com Alice porque era um covarde em admitir para o irmão dela que eu não a amava. Mas decidi jogar limpo, não tinha escolha.

— Alice já sabe de tudo, então vou falar a verdade. Eu fiquei com ela ontem porque estava muito bêbado. Para ser sincero, não me lembro de termos ficado.

— Você é pior do que eu imaginava. — Ela ainda estava furiosa.

— Ela mesma admitiu que me agarrou!

— Mesmo assim. Como você pôde fazer isso? Ainda mais depois de... — Ela parou de falar e olhou para baixo.

— Depois de quê?

Ela ficou em silêncio ainda olhando para baixo. Parecia que ia chorar, mas se controlou. Depois de um longo tempo, me olhou.

— Depois de ontem à tarde. Depois de ter me beijado e falado aquilo tudo — sussurrou, e senti uma faca atravessando meu peito.

— Você quer dizer que... que aquilo significou algo para você? — perguntei, chegando meu corpo para a frente. Toquei uma de suas mãos, que estava em cima da mesa, e ela não recuou.

— Sim. — Ela olhou para baixo. — Sempre gostei de você.

Eu não podia acreditar que estava ouvindo aquilo. Meu coração disparou e eu esbocei um sorriso, mas na mesma hora senti uma tristeza imensa. Parecia que o bar todo rodava.

— Meu Deus, não sei o que dizer. — Olhei para Alice e Beto dançando na pista. Estava tudo errado. — E você só me fala agora?

— Você queria que eu fizesse o quê? — disse ela, bem alto, e algumas pessoas olharam para nós.

— Juju, eu... Meu Deus, não sei o que falar.

— Eu gosto de você desde que era criança, e nestes anos todos não consegui te esquecer.

— E por que você foi namorar logo o meu melhor amigo? Mas que droga!

Bati a mão que estava livre na mesa, enquanto mantinha a outra segurando a de Juliana. Agora eu estava com raiva. Não dela, mas daquela situação toda.

— Por causa da Alice. Porque pensei que você não gostava de mim. — Juliana deu um longo suspiro. — Sempre soube que você não gostava de mim, não era tão idiota. E a Alice me falava de você. Eu sabia que ela gostava de você, e ela é minha amiga. Voltei para cá e ainda fiquei sabendo que você tinha acabado um namoro de sete meses e ido para Florianópolis, onde tem uma garota com quem sempre fica nas férias. Jamais imaginei que teria alguma chance. Fui conhecendo o Beto nas férias e aconteceu. Ele é um cara legal e me fez sentir especial.

— Eu sei, ele te ama. — Estava me sentindo arrasado com as palavras dela. Era tudo o que eu sempre quis escutar, mas não daquela forma e não naquele momento.

— Sim. E eu tentei amar o Beto. Mas nunca consegui esquecer você. Não dá, é mais forte do que eu.

— Juju, eu gosto de você. Muito. Por isso que acabei ficando com a Alice.

Ela cerrou os olhos e me encarou com a raiva voltando para seu rosto.

— O que uma coisa tem a ver com a outra?

Apertei ainda mais a mão de Juliana.

— Ontem, quando vi que você e o Beto sumiram... Nossa, fiquei doido. Não podia pensar em vocês juntos, lá no meu quarto, depois de ter passado a tarde com você. Eu não aguentei segurar a barra e enchi a cara mesmo, me embebedei para não sofrer, pelo menos naquele momento. E então...

— Então a Alice aproveitou a oportunidade.

— Mais ou menos isso. E o resto você já sabe.

Ela ficou quieta novamente, olhando Beto dançar com a irmã. Sem me olhar, voltou a falar.

— O Beto me levou para o seu quarto, mas não aconteceu nada.

— O quê? — Eu me espantei.

— Eu não consegui. — Percebi uma lágrima escorrer pelo canto do seu olho. — Não podia me entregar para ele amando você, ainda mais no seu quarto, não era certo. Ficamos lá um tempão conversando e eu consegui explicar para ele que ainda não estou pronta. Depois ele me levou em casa, e eu não te vi mais na festa.

— Provavelmente eu já estava na casa do Caveira.

Esperava que sim, porque não lembrava onde poderia estar, se com Alice ou não, nem queria imaginar isso, embora tentasse confiar nas palavras dela de que nada havia acontecido.

— Fui para casa, fiquei lá pensando um tempão. Hoje acordei decidida e fui até a casa do Beto. Ia terminar tudo.

— Você ia? — Baixei a cabeça e coloquei as mãos na cabeça. — Não sei se quero ouvir mais...

Uma dor alucinante cortava meu peito, e pensei que ia passar mal.

— Assim que cheguei lá, encontrei a Alice eufórica. Ela me contou que vocês tinham ficado, que o Beto havia conversado com você e que agora ela era sua namorada. Fiquei péssima e com muita raiva de você. Não consegui acreditar que estava disposta a terminar o namoro com o Beto, que sempre foi um amor comigo, para ficar com um canalha como você.

Levantei o rosto e dessa vez foi Juliana quem percebeu as lágrimas nos meus olhos. Segurei suas mãos.

— Pelo amor de Deus, Juju, você tem que acreditar em mim. Tudo o que falei ontem é verdade, o que demonstrei para você. Eu te amo desde que voltei de Floripa, assim que te vi.

— Agora é tarde, Cadu. Você está com a Alice e eu com o Beto, e não quero ver nenhum dos dois sofrendo.

— Eu sei.

Baixei novamente a cabeça e depois de algum tempo senti alguém tocar meu ombro.

— Você está bem?

Reconheci a voz de Alice. Provavelmente tinha voltado da pista com Beto. Enxuguei disfarçadamente as lágrimas e olhei para ela.

— Na verdade, não. Preciso ir embora — disse, me levantando de uma vez.

— Eu vou com você — disse Alice.

— Precisa de ajuda? — perguntou Beto, preocupado, e me senti ainda pior.

— Não, valeu — disse para ele, e não tive coragem de olhar para Juliana.

Parei em frente à casa de Alice e ela me olhou com a sobrancelha franzida.

— O que você está fazendo aqui? — perguntou ela, indignada.

— Vim te deixar em casa — respondi, sem entender sua reação.

— Eu vou para a sua casa.

Eu a olhei, sério.

— Não vai, não.

— Você não está passando bem, não vou te deixar assim e simplesmente ir para minha casa como se nada estivesse acontecendo.

Suspirei, olhei para a frente e depois a encarei.

— Eu já estou melhor.

— Mesmo assim. — Ela se aproximou e colocou a mão no meu ombro. — Quero ficar com você até ter certeza de que realmente está bem.

— Estou bem — disse, sem muita convicção.

Claro que eu não estava bem, mas não queria Alice comigo naquele momento.

— Você está me dispensando.

Eu a olhei, espantado. Parecia que ela lia meus pensamentos.

— Não estou te dispensando. Apenas não vejo necessidade de você ir lá pra casa. Imagina o que o Beto vai falar.

— Ele não vai falar nada. Eu sou sua namorada e você não está bem.
Balancei a cabeça e a puxei para meus braços.

— Alice, coopera. Não quero confusão com seu irmão. Só estou precisando descansar um pouco, coisa que não consegui fazer hoje o dia todo. — Eu a apertei e beijei seus lábios de leve.

— Ok — disse ela, quando a soltei. — Mas, se você não melhorar, me liga.

— Ligo sim. — Eu sorri e ela saiu.

Esperei que entrasse em casa e liguei meu carro.

CAPÍTULO 23

Fiquei feliz ao ver que estava sozinho quando entrei em casa. Provavelmente meu pai estava com a Matilde, e foi bom encontrar a casa vazia. O que eu menos precisava naquele momento era meu pai me enchendo de perguntas. Fui para a cozinha, peguei um copo de água, mas não consegui beber. Minha garganta estava travada, parecia que eu tinha levado uma surra, e minha cabeça estava a ponto de explodir. Sentia um aperto no peito, e meu coração estava totalmente partido. Juliana me amava. Esperei muito tempo para ouvir isso da sua boca e agora era tarde demais. Mal podia acreditar.

Deixei o copo em cima da pia e fui para o meu quarto. Eu me sentei na cama, agora aliviado ao saber que nada havia acontecido ali entre o Beto e a Juliana. Precisava fazer algo, tomar uma atitude, mas não tinha muito o que fazer. Pensei em ligar para o Caveira, mas sabia que ele me mandaria esquecer a Juliana e ficar com a Alice.

Fiquei um tempo sentado, depois me levantei e andei de um lado para o outro. Não conseguia ficar parado, mas ao mesmo tempo não tinha nada para fazer, não estava aguentando aquela angústia. Olhei para o telefone e tomei uma decisão. Liguei para a casa da Juliana, achando que teria uma pequena chance de ela já ter voltado. E acertei: por sorte ela mesma atendeu o telefone.

— Juju, sou eu.

— Você ficou doido? — sussurrou ela.

— Ele está aí?

— Está na sala conversando com o meu pai. — Ela ficou um tempo muda e depois voltou a falar com a voz normal. — Pronto, vim para a cozinha. O que você quer?

— Você sabe o que eu quero — falei, com determinação. — Nós precisamos conversar.

— Você só pode estar maluco.

— Maluco? Depois de você me falar aquilo tudo quer que eu fique quieto?

— Cadu, já disse, esquece.

— Preciso conversar com você ou então vou realmente enlouquecer.

Juliana ficou um tempo quieta, provavelmente decidindo o que fazer. Eu apertava o telefone contra a orelha, como se isso me ajudasse a ficar mais perto dela.

— Ok. Vem aqui em casa daqui a meia hora.

— Estarei aí. — Desliguei e fiquei naquela meia hora andando de um lado para o outro no meu quarto.

Encontrei Juliana sentada na varanda. Ela estava no escuro, em um sofá de bambu com almofadas que sua mãe havia comprado quando voltou para Rio das Pitangas. Fiquei parado na sua frente.

— Você quer conversar aqui?

— Não sei. — Ela se levantou. — Acho melhor no meu quarto. Meus pais estão no quarto deles; pedi que minha mãe levasse meu pai pra lá.

Concordei com a cabeça, sem querer saber o quanto sua mãe estava por dentro dos últimos acontecimentos.

Juliana entrou e eu a segui. Ela não acendeu nenhuma luz e pediu que eu tomasse cuidado com os móveis. Entramos em seu quarto e, assim que acendeu a luz, avistei a fantasia de mosqueteiro em cima de sua escrivaninha. Não falei nada.

Ela fechou a porta e me olhou. A vontade era de envolvê-la nos braços e beijá-la, mas me controlei.

— Nem sei por onde começar — disse, para quebrar o gelo. Dei um passo para a frente e ela se afastou. — Na verdade, sei sim. O que não sei é como resolver essa situação.

— Não tem nada para ser resolvido. Já está tudo resolvido.

— Não está, não.

— Está sim. Eu estou com o Beto, você está com a Alice.

— O que você quer dizer com isso? Que devo desistir de você?

— Você tem alguma ideia melhor? — Ela me olhou com cara de quem me desafiava a resolver aquela situação.

Dei uma longa respirada, passei as mãos pelo meu cabelo. Ela estava certa, não tinha como resolver, mas eu não podia ficar quieto, sem tentar algo. Devia existir uma solução; eu só precisava encontrá-la.

— Eu gosto de você e você gosta de mim. Nós não podemos ficar separados.

— O que você quer, Cadu? Terminar com a Alice? Chegar para o Beto e falar para ele cair fora porque você é apaixonado por mim e eu por você e que ele está sobrando?

A ideia era essa, mas é claro que não soava bem escutar isso tudo da boca de Juliana.

— Eles vão entender — eu disse, sem muita convicção, dando de ombros.

— Vão mesmo? Você vai realmente arriscar sua amizade com o Beto por minha causa? — Ela me lançou outro olhar desafiador que fez um frio percorrer pela minha espinha. É óbvio que eu não estava preparado para responder a essa pergunta. — Eu não quero que você faça isso. Não quero que você estrague sua amizade com ele por minha causa.

— Mas eu gosto de você. Ele vai ter que entender.

— Ele não vai entender, e você sabe disso. — Ela tomou coragem e se aproximou de mim. Pegou delicadamente minha mão. — Eu jamais vou me perdoar se vocês brigarem por minha causa, não quero isso. Não quero ficar entre vocês.

— Juju, eu gosto de você, eu quero você. Não tem outra coisa que eu pense desde que te vi.

Eu a puxei para perto, mas ela ficou com as mãos no meu peito, tentando me empurrar. Eu tinha mais força que ela e eu a prendi pela cintura.

— Cadu, me escuta. Não faça nenhuma besteira. Eu posso te esquecer e você pode me esquecer.

— Pode mesmo? Porque eu não posso. Já tentei e não consegui. Estou tentando desde que te vi pela primeira vez, e cada dia que passa te amo mais.

Ela mordeu o lábio inferior e olhou para baixo.

— Eu quero que você me esqueça. Quero que tente gostar da Alice — ela sussurou.

Eu afrouxei meus braços, mas não a soltei.

— Quer mesmo? — perguntei, franzindo a testa. Ela apenas balançou a cabeça, concordando. — Não estou sentindo firmeza nesse seu desejo.

Ela olhou para mim.

— O que você quer? Eu não vou terminar o namoro. E não quero que você termine. Quero gostar do Beto e quero que você goste da Alice.

Ela falou tudo muito rápido, com a voz carregada de tristeza. Eu sabia que não era o que ela queria de verdade, mas não havia escolha. Mesmo sabendo que era o que devíamos fazer, ainda tinha esperança de que a Juliana corresse para os meus braços.

— Você está me pedindo para desistir de você. — Eu a soltei e ela deu um passo para trás. — Não tenho como desistir de você, Juju. Não vou desistir de você.

Eu a puxei de uma vez e a beijei, mas, diferente de ontem, dessa vez Juliana conseguiu me afastar antes de ceder ao beijo.

— Por favor, não torne tudo mais difícil. Eu não vou terminar meu namoro, e se você falar para o Beto que eu gosto de você, vou negar.

Ela virou o rosto para longe de mim e percebi que tentava esconder as lágrimas.

— Você não pode estar falando sério.

— Eu já disse, Cadu. Me esquece que eu vou fazer o mesmo.

— É isso que você quer?

Juliana não respondeu com palavras, apenas balançou a cabeça. Tive vontade de beijá-la de novo, mas desisti. Uma raiva começou a crescer dentro de mim, raiva por ela desistir tão fácil e não me deixar lutar por ela. Saí do quarto, deixando a porta aberta, e não olhei para trás. A partir daquele momento eu estava decidido a esquecer Juliana.

※

Cheguei em casa e encontrei meu pai na sala assistindo televisão.

— A irmã do Beto te ligou — disse ele. Parei e o olhei.

— Alice?

— Sim.

— O que você falou?

— Que você não estava em casa. Por quê? Era para ter falado algo diferente?

— Não. — Suspirei. Alice devia estar preocupada e provavelmente agora estava ainda mais, sabendo que eu tinha saído. — Acho que esqueci meu celular aqui — disse, colocando as mãos por cima dos bolsos.

— Esqueceu sim, eu o ouvi tocar lá em cima.

Ameacei subir a escada quando meu pai me chamou. Virei para trás e o encarei.

— Alice me chamou de sogrinho.

Segurei o riso.

— Estou namorando a Alice — disse.

— Hum. Ela não é amiga da Juliana?

— É. — Dei de ombros.

— Não estou entendendo.

— Pai, a Juju está com o Beto. A Alice gosta de mim, então resolvi dar uma chance a ela.

— E desistiu da Juliana?

— Não tinha outra opção.

— Bom, fico feliz por você. Espero que essa menina te ajude a esquecer a Juliana.

Concordei e fui para o meu quarto. Peguei o celular e vi algumas chamadas não atendidas da Alice, do Beto e do Caveira. Liguei primeiro para a Alice.

— Você saiu?

— Não. Fiquei em casa — menti.

— Mas seu pai falou que você não estava aí.

— Ele se enganou. Tinha acabado de voltar da rua e não me viu no quarto, então achou que eu tivesse saído, mas na verdade estava tomando banho.

— Ah. — Não consegui perceber se ela acreditou na mentira.

— Está melhor?

— Estou sim, obrigado pela preocupação.

— Ok — disse ela, e percebi que minha mentira não havia colado.

— Quero te ver amanhã — eu disse, tentando me redimir. — Mas não sei como você está de provas.

— Vou estudar à tarde, mas à noite estarei livre.

Percebi a empolgação na sua voz e fiquei feliz.

— Então à noite a gente sai pra comer uma pizza.

— Combinado — disse ela.

— Um beijo.

— Outro.

Desliguei e liguei para o celular do Beto.

— E aí, sumido, onde se enfiou? — perguntou ele, e eu me senti um crápula.

— Lugar algum. Estava tomando banho.

— Ah, entendi. Era só pra saber se você estava melhor.

— Estou sim.

— A gente se vê amanhã, então.

— Ok, eu passo aí pra te pegar antes da aula.

— E não esquece que temos que estudar Direito Tributário à tarde.

Revirei os olhos.

— Esqueci que tem prova na quinta.

— Eu já estudei um pouco na semana passada.

— Melhor, assim você me ensina tudo.

Nós nos despedimos e fiz uma careta pensando na prova de quinta. Detestava Direito Tributário tanto quanto Beto amava a matéria. Resolvi ligar para o Caveira.

— Fala, Caduzão, soube que você passou mal hoje.

— Não passei mal; apenas não estava me sentindo bem.

— Foi o peso de ter uma namorada como Alice Gomes? — perguntou Caveira, e soltou uma gargalhada.

Comecei a rir. Só mesmo o Caveira para me fazer rir em um momento desses.

— Não, preciso conversar com você, mas não hoje.

— Ih, lá vem bomba.

— Mais ou menos, mas você vai ficar feliz com as decisões.

Nunca fui de me abrir muito, mas precisava compartilhar tudo que me aconteceu com alguém.

— Sei não, vindo de você, boa coisa não pode ser.

— Amanhã a gente se fala e você tira suas próprias conclusões.

CAPÍTULO 24

Na segunda-feira, após a aula, encontrei Ruth na cozinha ao entrar em casa.

— Oi, que cheiro bom é esse? — perguntei, dando um abraço em minha antiga babá.

— Estou assando lombo com batata.

— Uau, lombo com batata em plena segunda-feira?

Espantei-me porque durante a semana a Ruth costumava fazer comidas simples e deixava os lombos para o fim de semana.

— Pedi para seu pai convidar dona Matilde e o filho dela para almoçarem aqui.

— Ah, agora entendi.

Fiquei feliz em saber que o Caveira iria na minha casa. Queria falar com ele logo, mas ia estudar com o Beto durante a tarde e encontrar Alice à noite, então aquele almoço foi providencial. Eu me sentei em uma das cadeiras ali da cozinha e fiquei vendo Ruth arrumar as coisas.

— Fico feliz pelo seu pai. Desde que sua mãe ainda morava aqui que não o via tão animado.

— É, o velho está apaixonado.

Ela parou de fazer o que estava fazendo na pia e me olhou.

— E você? Como está?

— Não poderia estar mais feliz com esse namoro. Ele esqueceu de implicar comigo, como imaginava que aconteceria se ele arrumasse alguém.

— Ele merece ser feliz.

— Concordo. — Levantei e peguei meus cadernos. — Lembra da Alice, irmã do Beto?

— Sim, aquela bonequinha?

Ri do modo como Ruth se referiu a Alice. Ela sempre gostou de todos da casa do Beto.

— Estamos namorando.

Ruth me olhou com os olhos arregalados e a boca aberta de espanto, para depois virar um sorriso imenso.

— Não acredito, que notícia ótima! Alice é uma bela garota, e vocês fazem um casal tão bonito.

— É, vamos ver se dá certo. — Fui para a porta da cozinha. — Vou lá pra cima. Quando o Caveira chegar, fala pra ele ir lá no meu quarto.

❧

Caveira entrou no meu quarto um tempo depois que subi. Eu estava em pé em frente à mesa do computador, separando o material de Direito Tributário para estudar com o Beto.

— Vamos, desembucha logo que o almoço está quase pronto — disse ele, se sentando na minha cama.

Ergui uma sobrancelha e o encarei.

— Você quer saber mesmo?

Fiz suspense para deixá-lo curioso e parei de mexer no material de Direito.

— Ih, acho melhor eu ir embora. — Ele ameaçou se levantar, mas parou. — O que você fez desta vez?

— Por que você sempre acha que eu fiz algo?

— Porque você sempre faz. Qual foi a besteira agora?

Dei um longo suspiro e me encostei na mesa do computador, cruzando os braços.

— Ontem, quando fui ao Trem Bão, descobri que a Juliana é apaixonada por mim.

Caveira levou alguns segundos processando a informação enquanto ia abrindo a boca em câmera lenta, espantado.

— Você o quê? Meu Deus, essa história está cada vez pior — disse ele, se levantando rapidamente.

— Calma. Está tudo bem.

— Como tudo bem? Que droga, o que o Beto falou?

— Ele não sabe.

— Não sabe? — Caveira cerrou os olhos. — Como assim?

— Ele foi dançar com a Alice, e a Juliana acabou confessando tudo. Que é apaixonada por mim desde pequena, que voltou com a esperança de me reencontrar, mas que soube da Talita e da Valéria, lá de Floripa, e encontrou o Beto e decidiu me esquecer. Mas que depois da tarde de sábado ela decidiu terminar o namoro. Não aconteceu nada entre eles na festa, mas ontem ela descobriu sobre meu namoro com a Alice — disse de uma vez, mas tentando dar tempo pro Caveira assimilar tudo.

— Sei. — Ele parecia desconfiado. — E o que foi que você fez? Não, não me diga, não quero saber.

— Fiquei atordoado, claro. Vim embora na mesma hora.

— Eu disse que não queria saber.

— Aí de noite fui conversar com a Juju com calma, sem o Beto e a Alice por perto. — Ignorei seu comentário.

— Já disse que não quero saber. — Caveira se aproximou de mim, apontando um dedo para o meu peito. — Não quero me envolver nessa história mais do que já estou envolvido. Não quero ser seu cúmplice.

— Não existe isso de ser cúmplice.

— Claro que existe. — Ele levantou as mãos para o alto. — Quando o Beto ficar sabendo de tudo, ele não vai me perdoar por ter sido seu cúmplice. Isso sem contar o que ele vai fazer com você quando souber o que anda fazendo com a namorada dele.

— Caveira, calma. Está tudo resolvido.

Ele se sentou na cama.

— Acho que não quero ouvir mais nada. — Ele colocou a cabeça entre as mãos.

— Eu vou continuar com a Alice e ela vai continuar com o Beto.

Caveira levantou rapidamente a cabeça e me olhou, atordoado.

— Não entendi. Ela não te ama? A Juliana?

Suspirei novamente e puxei a cadeira para me sentar em frente a ele.

— Ela disse que gosta de mim, mas que não vai terminar com o Beto. Vai tentar me esquecer e quer que eu faça o mesmo com a Alice.

— Garota sensata — disse ele, apontando para mim.

— Estou com muita raiva dela.

— Opa, estamos progredindo. — Ele deu um sorriso de zombaria.

— Estou falando sério. Ela não quer que eu lute por ela.

— Ela está certa.

— Claro que não, Caveira! Eu amo a Juliana, e ela me ama. Por que não podemos ficar juntos?

— Acho que você sabe a resposta.

— Ela disse que, se eu falar pro Beto que ela gosta de mim, vai negar tudo.

— Cada vez gosto mais dela.

— Eu quero lutar por ela, estou disposto a enfrentar tudo.

— Está mesmo?

Quando o Caveira disse isso, parei de falar e o encarei.

— O quê?

— Você está mesmo disposto a lutar pela Juliana? Está disposto a arriscar sua amizade de anos com o Beto por causa de uma garota?

As perguntas dele me deixaram mudo, foram quase as mesmas palavras de Juliana na noite anterior. Eu realmente não sabia a resposta.

— Não sei. Quando estou com a Juliana, não penso em outra coisa. Mas, quando encontro o Beto, parece que a coragem vai embora.

— É o que estou dizendo. Não vale a pena estragar uma amizade dessas por ninguém.

— Mas eu gosto demais dela.

— Você aprende a esquecê-la.

— Será?

— Você vê outra solução?

— No momento, não. — Fiquei um tempo olhando para a frente. — Estou com raiva dessa situação toda porque agora ainda tem a Alice no meio.

— Olha, Juliana está certa. — Ele colocou a mão no meu ombro. — Com o tempo você vai esquecê-la e ela também vai te esquecer.

— Será? E se eu não conseguir?

— Você está namorando a Alice!

— Beleza não é tudo.

— Eu sei, mas ajuda.

— Tenho medo de não conseguir.

— Cadu, não complica. Você primeiro tem que tentar, e não estou sentindo muita firmeza nisso.

— Porque talvez eu não queira esquecer a Juliana — sussurrei.

— O quê? Eu não ouvi isso. Você não falou que estava com raiva dela?

— Mas nem por isso deixei de gostar da Juju.

Caveira se levantou, um pouco impaciente.

— Você está me irritando, sabia? Faz o seguinte, alimente essa raiva, encontre a Alice mais vezes e se apaixone por ela. Não tem como não se apaixonar pela Alice. Esquece a Juliana e todos vamos viver felizes pra sempre. — Ele foi andando em direção à porta do quarto. — É por isso que não me apaixono. Amor só serve para sofrermos e agirmos como idiotas.

Ele saiu do quarto sem deixar que eu falasse algo. Fiquei pensando em suas palavras até Ruth me chamar para o almoço.

❧

Durante o almoço, meu pai e Matilde nos comunicaram que iam passar a Semana Santa, que seria na semana seguinte, em Congonhas, onde a irmã dela tinha uma pousada. Eu e o Caveira olhamos para eles e depois nos olhamos, e vi um sorriso no canto da boca dele que já dizia tudo: festa nas nossas casas durante o feriado.

Nossos pais fizeram mil recomendações, pediram que ficássemos os dois em uma das casas, que decidíssemos em qual delas, e ainda tentaram nos convencer a ir com eles. Sem chance.

— Não posso acreditar que vamos ter quatro dias de casa livre! — comemorou Caveira, entrando no meu quarto depois do almoço.

— Fala baixo — eu disse, fechando a porta rapidamente. — Ou você quer estragar tudo?

— E aí, como vai ser a divisão? Que dia a festinha vai ser aqui e que dia será na minha casa?

— Não sei, você acha que já tive tempo de pensar nisso? — Eu me sentei na cama, e o Caveira ficou andando de um lado para o outro, todo empolgado. — Eles vão viajar quinta de manhã e voltam domingo.

— Temos três noites...

Fiquei um tempo pensativo enquanto Caveira ia falando quem convidar, quantas latinhas de cerveja comprar, se ia fazer uma reunião para poucas pessoas ou uma festa de arrombar.

— Acho que vou querer uma das noites com a casa livre só pra mim — disse. Ele me olhou espantado.

— Opa! É o que estou pensando?

— Não sei o que você está pensando. Mas acho que vou aproveitar e chamar a Alice pra vir um dia aqui, ver um filme, ficarmos a sós.

— Ah, eu sabia. Aê, Cadu!

— Para de pensar besteira. — Franzi a sobrancelha. — Você acha que quero trazer a Alice aqui pra quê?

— Quer mesmo que eu diga?

— Você acha que eu sou maluco? Se eu avançar o sinal com a Alice, o Beto me mata.

— Vocês são namorados agora, não vão ficar apenas de mãozinhas dadas namorando no sofá da casa dela, com o pai sentado em uma poltrona olhando pra vocês.

Comecei a rir e balançar a cabeça.

— Só estou pensando no que você falou e acho que vai ser bom ficar um tempo sozinho com a Alice, sem o Beto por perto.

— Certo, como se o Beto fosse deixar você carregar a irmã dele pro seu covil.

Eu não tinha pensado nisso.

— Uma coisa de cada vez, Caveira. Primeiro eu convenço a Alice a vir ficar comigo aqui, depois vejo como disfarçar isso para o Beto.

— E você acha que ela vai vir?

— Não sei. — Dei de ombros. — Alice sabe que eu não tentaria nada que ela não quisesse.

— O problema é se ela quiser.

Eu ia falar alguma coisa, mas fui interrompido por uma batida na porta e o Beto entrando no quarto.

— Reunião aqui? — perguntou ele, jogando os cadernos em cima da cama.

— Beto, você não sabe da novidade! — Caveira começou a contar sobre os planos para a Semana Santa.

— No sábado da Semana Santa vai ter o Baile Garota Pitangueiras, lá no clube — disse o Beto.

— E daí? — perguntou Caveira.

— E daí que a Alice ganhou no ano passado e este ano vai ter que ir para entregar a faixa à nova vencedora. Na verdade eu também vou com a Ju, já compramos uma mesa. — Ele olhou para mim. — E já reservamos o seu lugar.

— Claro, eu vou — disse.

Eu lembrava do baile do ano passado, quando namorava a Talita e ela concorreu. Ficou com muita raiva por Alice ter vencido e não ela.

— Hum, não tem problema, a gente vai ao baile no sábado. Esse baile no Pitangueiras é sempre bom, várias gatinhas competindo para ver quem é a mais bonita — comentou Caveira, com os olhos brilhando, e eu e o Beto rimos.

— Então fica assim: festa na sua casa na quinta e na do Cadu na sexta, ou vice-versa.

Caveira me olhou, segurando um sorriso.

— Ainda não sei se vou fazer festa aqui — falei, um pouco sem graça.

— Por mim, tanto faz. A gente sempre arruma algo pra fazer.

— É isso aí, Beto. — Caveira foi para a porta. — Deixa eu ir jogar meu basquete enquanto vocês estudam. Vão correr hoje?

— Vamos.

CAPÍTULO 25

Eram cinco e meia da tarde e meu cérebro estava moído.

— Não aguento mais — disse, fechando o caderno e baixando a cabeça.

Estava sentado no chão com o caderno apoiado na cama, e Beto estava em uma cadeira.

— Falta pouco para terminar esse capítulo. — Beto tentou me animar, em vão.

— Chega por hoje. Não entra mais nada aqui — repliquei, batendo de leve na testa com o dedo indicador.

— Você que sabe. — Ele fechou o caderno. — Eu já sei a matéria mesmo.

— Bem que você podia fazer a prova por mim.

— Ah, sim, claro, e você faz a minha e eu sou reprovado.

— Obrigado pelo incentivo.

Ele levantou e se aproximou.

— Olha, não é difícil. É apenas uma questão de entendimento.

— Eu sei que não é difícil. O problema é que não gosto e aí fica complicado aprender sobre Direito Tributário.

— Amanhã a gente estuda mais. — Ele deu de ombros. — Aí na quarta eu vejo onde você está tendo mais dúvidas.

— Ok. — Eu me levantei do chão. — Vamos correr agora?

— Já? — Ele olhou para o relógio.

— Está na hora de sempre. Além do mais, vou comer uma pizza com a Alice depois.

— Hum, boa ideia, vou avisar a Ju. — Ele tirou o celular do bolso, mas eu o impedi de ligar.

— Sabe o que é? É que eu quero ir sozinho com a Alice.

Beto estranhou.

— Por quê?

— Porque sim. — Dei de ombros. — Porque quero ficar sozinho com a minha namorada.

— Sei... Você sabe que se tentar qualquer coisa com ela é um homem morto, não sabe?

— Você está doido? Estou namorando a Alice faz um dia, não estou pensando nisso!

— Não? E por quê? Não acha a Alice atraente?

Dei um longo suspiro e o encarei.

— Não é isso, Beto. Alice é muito atraente, mas nós estamos juntos há pouco mais de vinte e quatro horas. Apenas quero curtir um tempo sozinho com ela, precisamos disso, todo namoro precisa. Não dá pra você estar junto toda vez que eu encontrá-la. Precisamos ir nos conhecendo.

— Vocês já se conhecem.

— Como amigos. Como namorados é diferente. Precisamos de intimidade e liberdade.

— Intimidade para quê?

Eu já estava ficando sem paciência com o interrogatório, mas mantive a calma.

— Beto, se coloca no meu lugar. Imagina se a Juju tivesse um irmão e toda vez que vocês fossem sair o cara fosse junto.

Ele ficou quieto, pensativo. Depois de um tempo, concordou.

— É, é um pé no saco.

Ergui a sobrancelha e balancei a cabeça.

— Você sabe que eu tenho o maior respeito e carinho pela Alice e por toda a sua família. Não faria nada para magoar todos vocês.

— Ai de você! Se você fizer Alice sofrer, se terminar o namoro, se der uma de engraçadinho e levar minha irmã pra cama, eu te mato!

— Definitivamente, acho melhor nossas conversas agora serem apenas sobre Direito e coisas banais. Não dá mais pra falar sobre namoradas com você.

Beto se espantou com meu comentário.

— O que você está insinuando?

— Beto, por favor, né? Poucos dias atrás você pediu meu quarto pra passar a noite com a Juliana e agora vem com esse moralismo com a Alice? Por que a sua namorada pode e a sua irmã não?

Terminei de falar e só vi o Beto voar para cima de mim, segurando a gola da minha camisa.

— Não se atreva.

Eu o empurrei com força e o olhei sério.

— Não estou pensando em levar sua irmã pra cama. Como falei, mal comecei o namoro. Não precisa se preocupar com isso. — Peguei minhas coisas e olhei para ele. — Se quiser correr, estou indo pra universidade.

❧

Saímos da minha casa e fomos até a pista da universidade calados. Beto ligou o iPod e começou a correr, enquanto eu pegava meu celular.

— Oi, Alice, sou eu.

— Oi, Cadu, onde você está?

— Na universidade, vou começar a correr. — Olhei em direção ao Beto, mas ele estava longe, concentrado na corrida. Eu me virei de costas para ele. — Devo passar aí umas sete horas, vou correr uns quarenta minutos e depois tomar banho aqui.

— Sem problemas, estarei pronta.

— Tem mais uma coisa. — Suspirei, esfregando a testa. — Tem como você me esperar do lado de fora? Quero evitar um encontro com seu pai.

Alice começou a rir.

— Está com medo dele?

— Não. — Menti. — Depois eu o encontro, não hoje.

— Tudo bem, estarei lá fora às sete.

Desliguei o celular, cronometrei quarenta minutos no relógio, apertei o play do iPod e comecei a correr.

Beto só voltou a falar comigo quando terminamos a corrida. Enquanto eu bebia um pouco de água, ele se aproximou.

— Desculpa pelo ataque.

— Não esquenta.

Percebi que ele estava realmente arrependido.

— Estou atravessando uma fase difícil, meus nervos estão à flor da pele. Foi tudo de uma vez, o namoro da Emília com o Otávio e agora o seu com a Alice. Não estou acostumado a ver minhas irmãs namorando e é tudo muito estranho.

Eu sabia do que ele falava, mas quis provocar um pouco.

— É, você conhece bem as intenções dos homens com as mulheres.

Ele me olhou com uma leve pontada de raiva.

— Não estou falando disso.

— Espero que não mesmo, afinal, pensei que você me conhecesse.

Beto respirou fundo, bebeu um pouco de água e depois me olhou.

— Sei que não devia agir assim com você. Eu que sempre fui o sacana com as meninas, não você.

— Eu não magoaria Alice, você sabe disso.

— Sim, sei.

— E por que age dessa forma?

— Não sei. — Ele deu de ombros. — É difícil ter duas irmãs.

— Imagino que sim, mas você também tem que pensar que nem todos são como você é.

— Como eu era, corrigindo.

— Que seja. — Agora foi minha vez de dar de ombros.

Caveira apareceu próximo das arquibancadas e gritou nos chamando. Fomos até ele.

— E aí, correram muito?

— Quarenta minutos — respondeu Beto. — Vou lá tomar banho.

Beto saiu e o Caveira ficou observando-o.

— O que ele tem?

— Está um pouco estressado com os namoros das irmãs.

— Sério?

— Não gostou nem um pouco quando eu disse que queria sair sozinho com a Alice hoje pra comer uma pizza.

Caveira soltou uma gargalhada e o Beto olhou para trás.

— Ele acha que as irmãs dele vão continuar virgens o resto da vida? Isso se elas ainda forem.

— Fala baixo! — eu disse alto, percebendo que Beto ainda nos olhava.

— Você anda muito estressado também. — Ele deu um tapinha no meu ombro e foi atrás do Beto.

Peguei minha mochila e também fui para o vestiário.

Estacionei em frente à casa do Beto e quase tive um ataque cardíaco ao ver Alice parada na porta ao lado do pai.

— O que seu pai está fazendo aqui fora? — perguntei para o Beto, que olhou em direção à porta da sua casa e começou a rir.

— Deve ter vindo conhecer o novo namorado da filha.

Saímos do carro e eu parei em frente a Alice, com o Beto se posicionando atrás de seu pai. Percebi que ele queria ver minha reação do melhor ângulo possível.

— Boa noite, Carlos Eduardo Campos.

— Boa noite, senhor Gomes. — Quase gaguejei.

— O que aconteceu com o tio?

Arregalei meus olhos com essa pergunta e dei um sorriso sem graça.

— Acho que agora fica um pouco estranho te chamar de tio.

— Como quiser. — Ele balançou a mão, em descaso. — Vim aqui fora para duas coisas. A primeira é dizer que não quero mais minha filha esperando pelo namorado do lado de fora de casa. Alice é uma menina de família, de respeito, e não qualquer uma para ficar se esgueirando no escuro como se estivesse saindo escondida.

— Pai! — berrou Alice.

Gelei com esse comentário e vi o Beto ali atrás, sorrindo de satisfação.

— Desculpa, senhor Gomes. Eu realmente não tive essa intenção. Como o Beto veio comigo, pensei que não haveria problema. Mas isso não vai se repetir.

Ele ficou um tempo quieto me analisando.

— Bom, o segundo assunto é que você está convidado para almoçar aqui no sábado. Minha esposa vai fazer algo especial e contamos com a sua presença. — Não soou como um convite, e sim como uma intimação.

— Sim, claro, estarei aqui — disse, sentindo meu estômago revirar com aquele péssimo primeiro encontro como namorado da Alice.

— Não voltem tarde — disse ele, e entrou.

Beto continuou sorrindo para mim.

— E você pensou que eu fosse o problema. — Ele sorriu mais uma vez e entrou.

Fiquei ali, olhando para a porta que estava sendo fechada.

— Vamos logo, Cadu, antes que meu pai resolva voltar. — Alice me puxou para o carro.

꧂

Entramos no Pizzaiolo, um restaurante em Rio das Pitangas bastante encantador e acolhedor. Estávamos mudos desde o episódio na porta da casa de Alice.

Sentamos em uma mesa na varanda, com as folhas das árvores fazendo uma rômantica cobertura sobre a gente. O banco formava uma espécie de U em volta da mesa, de modo que Alice e eu ficamos sentados bem próximos, lado a lado.

Pedi uma pizza de calabresa e refrigerante para nós dois. Quando o garçom se afastou, Alice me olhou.

— Desculpa pelo meu pai. — Ela estava completamente sem graça.

— Você não tem que pedir desculpas. Eu que preciso pedir, ele está certo.

— Ele foi muito seco com você.

— Ele está agindo como pai amoroso. Só está pensando no seu bem.

Eu a puxei para perto de mim e beijei sua testa. O garçom trouxe os refrigerantes e se afastou.

— Estou envergonhada com a atitude dele.

— Que é isso? Não fique. Como disse, ele está certo. Foi péssimo da minha parte pedir que você me esperasse do lado de fora. — Eu me afastei um pouco, para olhar seu rosto. — Agora esqueça isso.

— E o almoço de sábado? Se você não quiser ir, não precisa.

Eu sorri para ela.

— Eu quero ir. Vou ficar feliz por estar com a sua família.

Ela sorriu de volta e pareceu relaxar. Tirei uma mecha do cabelo cor de areia que caía sobre seu rosto e levantei seu queixo para beijá-la. O beijo da Alice não despertava em mim as mesmas sensações que o da Juliana, eu não sentia um calafrio percorrer a espinha nem meu coração disparar. Mas eu gostava de beijá-la, era diferente quando ela estava em meus braços. Não tinha como negar que sentia uma forte atração por Alice.

— O que o Beto quis dizer sobre ele ser o problema? — perguntou ela, quando nos afastamos.

— Nada demais. — Dei um gole no refrigerante, tentando ganhar tempo. — Beto ainda não se acostumou com o fato de você ter um namorado.

Alice virou os olhos.

— Ele está te perturbando?

— Não sei se perturbar seria a palavra certa. Ele só está tentando te proteger.

— Ai, meu Deus, o que ele falou?

Alice tinha os olhos arregalados para mim e uma expressão aflita.

— Calma, ele não falou nada. Apenas coisas que um irmão mais velho falaria.

— Ele não pode agir assim!

— Ele só está tentando te proteger.

— Eu já sou bem grandinha.

— Beto e eu somos amigos há muito tempo. Não se preocupe, eu sei lidar com ele.

— Por isso mesmo, ele te conhece, sabe como você é.

— Ele só tem medo de você se machucar. — Dei de ombros, bebendo mais um pouco de refrigerante.

— Ele tem medo de você fazer comigo o que ele fazia com as meninas antes de a Ju aparecer.

Concordei.

— Em parte, mas ele sabe que eu não sou assim.

— Já vi que o Beto vai encher nossa paciência sempre. Vou ter que falar com a Ju.

Levantei a sobrancelha.

— Falar com a Ju?

— É, pra conversar com meu irmão, dar um jeito nele.

— Fica calma. Ainda estamos no começo do namoro, daqui a pouco ele se acostuma.

Ela suspirou e ficou olhando para seu copo na mesa, ainda intocado.

— E você? Já se acostumou?

Eu não esperava aquela pergunta. Fiquei alguns segundos quieto. A verdade é que namorar a Alice não era tão difícil quanto eu imaginava que seria.

— Já. — Puxei Alice de modo que ficamos abraçados, seu rosto encostado no meu peito. — Já me acostumei e estou gostando de ser seu namorado. Agora desencana de tudo, viu?

Ela me encarou sorrindo, com um brilho diferente nos olhos.

— Espero que você possa gostar de mim um dia.

— Eu gosto de você.

— Você entendeu o que eu quis dizer.

A pizza chegou, interrompendo nosso namoro.

CAPÍTULO 26

A prova de Direito Tributário foi marcada para quinta-feira, entre uma e seis da tarde. O professor decidiu fazer fora do horário do curso porque seria uma prova longa. E foi.

Deixei a sala por volta de cinco e meia com a cabeça estourando. Encontrei o Beto no corredor, sentado em um banco, folheando seu caderno. Assim que me viu, ele se levantou.

— E aí? Como foi?

— Um desastre. — Eu e ele nos sentamos.

— Sério?

— Acho que sim. — Esfreguei meu rosto com as duas mãos. — Vamos correr, preciso esquecer essa prova.

Eu me levantei e ele acompanhou.

— Liguei pra Juliana, ela e a Alice vão vir nos encontrar para sairmos depois.

Concordei com a cabeça e senti um medo percorrer meu corpo. Iria rever Juliana, e na presença da Alice. Desde domingo não a via, e desde segunda não encontrava Alice, tentando me dedicar aos estudos para a fatídica prova.

— Hoje é dia do Bar do Tavares — comentei, já sonhando com a picanha na chapa e uma cerveja estupidamente gelada.

— Elas vão conosco. — Beto deu de ombros.

Corremos durante uma hora e tentei não pensar em nada, apenas me concentrar nas músicas do meu iPod, mas Juliana não saía da minha cabeça, e, conforme a hora ia passando, a expectativa aumentava. Nosso último encontro não foi dos melhores, e eu esperava que ela não estivesse ressentida.

Mas que diabos, eu tenho que esquecê-la, e, afinal de contas, estou com raiva por ela não ter me deixado lutar para ficarmos juntos.

Todos os pensamentos foram embora quando vi Juliana se sentar ao lado das nossas coisas, acompanhada da Alice. Acenei de longe, com o coração disparado. Pelo menos agora tinha a desculpa da corrida para isso. Tentei olhar a Juliana com raiva, mas era impossível. Percebi que ela ficou com os olhos voltados para o Beto o tempo todo, como se me evitasse. Talvez fosse melhor assim.

Terminei de correr e comecei a andar até onde as meninas estavam, quando reparei que o Caveira já havia se juntado a elas.

— Oi. Vou tomar um banho e conversamos melhor — disse para Alice, após dar um selinho nela.

— E aí, meninas, vamos para o Tavares? — perguntou Beto, enquanto beijava Juliana.

Virei o rosto para não ver aquela cena, mas isso não impediu meu coração de arder.

— Como assim? — disse Caveira, bem alto. — O Tavares é uma coisa nossa, encontro de homens!

Beto e eu o olhamos, espantados com aquela reação, e as meninas ficaram um pouco constrangidas.

— Qual é, Caveira? É apenas a Ju e a Alice.

— Isso não tem nada a ver, Beto. — Ele olhou as duas. — Desculpa aí, mas é que não dá pra ficar levando mulher sempre, quinta é o nosso dia.

— Não tem problema — disse Juliana, sem graça.

— Viu? Ela entende — disse Caveira, e saiu na direção do vestiário.

— O que deu nele? — perguntei, sem entender.

— Acho que está com ciúme — respondeu Alice, rindo.

— Ciúme? — Ainda estava espantado.

— É, vai ver ele pensa que estamos roubando vocês dele. Temos que arrumar uma namorada pra ele — sussurrou Alice, ainda rindo.

— Uma namorada para o Caveira? Essa é boa. — Comecei a rir.

— Se Beto arrumou uma, por que o Caveira não pode arrumar? — comentou Alice, deixando o irmão sem graça. Ele ignorou o comentário.

— Era só o que faltava, o Caveira tendo ataque de ciúme. — Beto virou os olhos.

— Não tem problema, de verdade. Vão lá com ele — disse Juliana, e nossos olhos se encontraram. Esbocei um sorriso, mas ela virou o rosto para o Beto. Essa atitude despertou um pouco de raiva em mim.

— Mas vocês são nossas namoradas. Eu quero sair com você — disse o Beto, se aproximando um pouco da Juliana, mas sem encostar nela por causa do suor.

— Nós vamos para outro lugar, certo, Ju? — disse Alice, decidida.

— Ei, ei, ninguém vai a lugar algum. Vocês vão pra casa. — Beto começou a ficar furioso.

— Ah, qual é? Não vai ficar dando uma de ditador. — Alice também se mostrou furiosa.

— Espera, gente. — Tentei acalmar os ânimos. — Vocês podem sair, sem problemas.

— Que é isso, Cadu? Está maluco?

— Beto, eu confio na minha namorada.

Ele me olhou, espantado. Depois se virou para Juliana, um pouco sem graça.

— Você também devia confiar em mim. — Ela estava magoada. — Ou você acha que vou te trair na frente da sua irmã?

Ele não soube o que responder. Eu o puxei para o vestiário, imaginando que a conversa não terminaria bem.

— Esperem para nos despedirmos direito, então — eu disse, puxando Beto pelo braço.

Choveu demais na sexta-feira à noite e acabei ficando em casa. Alice não gostou muito, mas eu estava adorando e torcendo para que o dilúvio continuasse no sábado e o almoço fosse adiado infinitamente. É claro que meu desejo não foi realizado.

O sábado amanheceu com o céu nublado, mas nenhuma gotinha caía dele. Para minha falta de sorte, o almoço estava de pé.

Fui para a cozinha tomar o café da manhã e encontrei meu pai, que tinha acabado de chegar da rua com pão francês quentinho para mim. Ele raramente comia de manhã.

— Bom dia — disse, ao me sentar à mesa.

— Bom dia, Carlos Eduardo. A Matilde nos convidou para almoçarmos na casa dela hoje.

— Vou almoçar na casa do Beto — respondi, enquanto servia café em uma xícara. — A mãe da Alice vai fazer algo especial e vou ser apresentado à família como namorado dela.

— Hum... E por que você diz casa do Beto e não casa da Alice?

— Força do hábito. — Dei de ombros e peguei um pão e a manteiga.

— Fica muito estranho, sendo a Alice sua namorada.

— Só tem você aqui. — Eu ri.

— Como está o namoro?

— Só faz uma semana, não dá pra tirar nenhuma conclusão.

— E a Juliana? — Ele ficou me olhando sério, e eu sabia o que ele estava perguntando.

— Como falei, estou com a Alice faz uma semana. — Dei uma mordida no pão, tentando parecer indiferente.

— Você ainda gosta da Juliana — comentou ele, balançando a cabeça.

— Impossível esquecer alguém em uma semana.

— Mas você está tentando?

Eu o encarei. Parecia o Caveira falando. Virei os olhos.

— Pai, o que é isso? Um interrogatório?

— Só estou preocupado com você, meu filho.

— Não precisa se preocupar. Estou bem, meu namoro está bem e tudo vai ficar bem.

— Assim espero. — Ele se levantou. — Convide a Alice para almoçar aqui amanhã. É o mínimo de retribuição pela gentileza de hoje.

Concordei com a cabeça e fiquei feliz por ele ter saído da cozinha. Parecia que meu velho pai estava de volta, me aporrinhando com mil perguntas.

Depois do café, fui para o meu quarto. Fiquei navegando na internet até meio-dia, quando fui tomar um banho e me arrumar para o almoço. Meu estômago revirava, mas não tinha como fugir. Embora eu conhecesse toda a família da Alice desde pequeno, agora era uma situação diferente e, para completar, o encontro com o pai dela na segunda não tinha sido muito bom.

Estacionei em frente à casa da família Gomes e respirei fundo. Saí do carro e andei lentamente até a porta da casa, na esperança de acordar na minha cama e ver que tudo não passava de um sonho. Corrigindo: um pesadelo. Mas sabia que uma hora teria de enfrentar todos ali e decidi me conformar com a ideia de que o melhor era fazer isso logo.

Toquei a campainha, me sentindo estranhamente nervoso. Emília atendeu e deu um sorriso, que não serviu para me tranquilizar.

— Olá. Preparado? — perguntou ela.

— Nunca. — Dei um beijo em seu rosto e entrei.

Ficamos ali no hall em frente à escada. A casa deles era bem grande e tinha várias salas embaixo, além da cozinha e um lavabo, e cinco quartos em cima.

— O Otávio ainda não chegou.

— Ele vem? — O comentário da Emília me surpreendeu.

— Vem. Aproveitei o almoço para oficializar seu namoro com a Alice, ou o que quer que seja isso hoje, para apresentá-lo à família, assim ele não sofre sozinho.

— E você me diz isso só agora? Se soubesse teria chegado junto com o Otávio. Ou depois dele!

— Eu fiquei de avisá-lo quando você chegasse. Achei melhor você chegar antes, pois a família já te conhece.

— Ah, que beleza! — Levantei as mãos. — Onde está a Alice? E o Beto?

— Alice está lá em cima, vou avisá-la que você chegou. O Beto acho que está no quarto, mas ele não vai te ajudar muito. Meu pai está na sala te esperando.

Arregalei os olhos e senti meu coração disparar de nervosismo.

— Ele está me esperando? — perguntei, espantado.

— Sim, ele disse que quer conversar com você antes de a Alice aparecer — comentou Emília, como se fosse a coisa mais normal do mundo.

— O que ele quer conversar?

— Sei lá. Vai até a sala e descobre sozinho.

Ela deu de ombros e depois vi um sorriso em seu rosto, indicando que estava gostando do meu sofrimento. Minha vingança era saber que a conversa com o Otávio certamente seria pior.

Respirei fundo novamente, tentando me encher de coragem, e fui até a sala para encontrar o pai de Alice sentado, lendo jornal. Assim que me viu, ele dobrou o jornal e se levantou, me cumprimentando com um aperto de mão. Ele se sentou novamente na poltrona que ocupava e eu me acomodei no sofá, que no momento parecia me engolir de tão grande.

— Como vai?

— Vou bem, e o senhor?

— Bem, bem. — Ele tamborilou os dedos no braço de madeira da poltrona. — Então você e Alice estão juntos. — Ele não perguntou e eu fiquei sem saber o que falar. — Quais são as suas intenções com minha filha?

Eu já havia escutado a mesma pergunta, mas da boca do Beto.

— Eu gosto muito da Alice e tenho o maior respeito por ela e por toda a sua família.

Resolvi ir com calma, me defendendo. Afinal, a defesa é o melhor ataque, e eu queria que ele me visse como alguém em quem podia confiar, e não como um inimigo. Esse papel eu podia deixar muito bem para o Otávio.

— É bom mesmo, meu rapaz. Alice ainda é muito nova para essas coisas de namoro, mas sabe como são os jovens de hoje.

Ele começou um discurso sobre a juventude querer parecer moderna e os perigos disso, e mais um monte de coisa que eu não registrei porque estava nervoso demais.

— Alice é uma boa menina — comentei, quando ele terminou de discursar, apenas para falar algo porque não sabia exatamente o que dizer.

— Sim. E eu sei que você também é um bom rapaz. Confesso que fiquei um pouco espantado e temeroso quando soube que Alice havia arrumado um namorado, mas ao saber que era você meu coração se acalmou um pouco. Não tenho nada contra você, meu rapaz, muito pelo contrário, sempre foi amigo do meu filho, vi você crescer. Acredito que a Alice estará bem ao seu lado e você saberá respeitá-la.

— Sim, sim, claro — respondi logo.

— Sei que vai. Do contrário, terá algumas contas a acertar comigo e com o meu filho.

Ele levantou os olhos e eu me virei na direção em que ele olhava para encontrar o Beto parado, encostado e nos observando.

— Ele sabe muito bem disso. — Beto se aproximou e me cumprimentou com aquele sorriso vitorioso no rosto.

— Você sabe que não tem com o que se preocupar — eu disse para o Beto, mas foi o pai dele quem respondeu.

— Sim, sabemos disso. Sabemos que podemos confiar em você e que irá respeitar minha filha. Minha preocupação é com o outro, o da Emília.

— Otávio é um cara legal — eu disse, com pena do Otávio. Imaginei que a conversa dele não seria das mais agradáveis.

Alice apareceu na sala, interrompendo o que seu pai iria falar.

— Oi. — Ela se aproximou de mim e me deu um beijo rápido na boca. Meu rosto deve ter ficado muito vermelho, porque senti as bochechas arderem. — Vem — disse ela, me puxando pela mão.

— Aonde vocês vão? — A voz grossa do pai fez Alice parar.

— Vamos apenas para a sala de TV. O guarda-costas pode ir junto — disse ela, apontando o Beto.

Eu poderia rir, se a situação ainda não estivesse um pouco tensa.

— Sem brincadeiras, Alice — disse seu pai, sério. — Podem ir.

CAPÍTULO 27

O ALMOÇO CORREU MELHOR DO QUE eu esperava, pois as atenções ficaram voltadas para o Otávio. Tinha sofrido à toa, mas eu não sabia que ele estaria por lá, e me senti vingado pelo fato de a Emília não ter me contado antes. Juliana não apareceu em momento algum da tarde. Ficamos na sala vendo TV até o começo da noite.

Deixei Alice e fui para casa me arrumar para voltar a encontrá-la algumas horas depois no Trem Bão. Eu me ofereci para buscá-la, mas ela ia antes encontrar Juliana, e Beto pegaria as duas.

Cheguei ao Trem Bão e já estava lotado. Uma banda tocava sucessos do rock nacional e internacional e várias pessoas se acotovelavam na pista de dança interna do bar. Avistei Beto, Juliana e Alice em uma mesa no fundo na varanda, onde sempre sentávamos.

Eu me sentei ao lado de Alice e olhei para Juliana, que desviou o olhar na mesma hora.

Logo depois, Emília e Otávio chegaram. Enquanto eles se ajeitavam, Alice aproveitou para ir falar com algumas amigas que estavam em uma mesa próxima. Beto e Otávio saíram para buscar duas cadeiras, e Emília falava distraidamente ao celular. Eu estava sozinho em pé ao lado de Juliana, para ajeitarmos as cadeiras, e não perdi a oportunidade. Segurei sua mão delicadamente, mas impedindo que ela se soltasse.

— Precisamos conversar — disse, sério.

— Você está maluco? Alguém pode ver. — Ela olhava para os lados.

— Precisamos conversar — repeti.

— Nós já conversamos — sussurrou ela, vigiando Emília, que não prestava a mínima atenção em nós.

— Não aceito aquilo como conversa.

— Para com isso, Cadu. Chega, eu quero ficar com o Beto.

— Quer mesmo? — Cerrei os olhos.

Ela hesitou por um momento, mas viu o namorado se aproximando.

— Quero. Eu gosto dele e já estou te esquecendo.

Aquelas palavras feriram meu coração. Não sei se ela falou da boca pra fora ou se era verdade. Eu não queria nem podia aceitar que Juliana estivesse me esquecendo.

Fiquei encarando-a até o Beto se sentar e ela se jogar nos braços dele, dando um beijo longo e, aparentemente, apaixonado. Eu me controlei e fiquei feliz quando Alice voltou. Embora não a amasse, quando estava ao seu lado me sentia calmo. E, não posso negar, sentia uma forte atração física por ela. Tinha todo o *pacote* para me apaixonar, mas não conseguia. Dizia o tempo todo para mim mesmo que ainda era cedo demais, mas a verdade é que não queria esquecer Juliana, não podia, nem conseguia. Era mais forte que tudo. Só que, ao ver as demonstrações de amor dela para o Beto, minha raiva voltou com força total.

— Vamos dançar? — perguntou Alice, com os olhos brilhando.

— Eu não danço muito bem — respondi, dando um longo gole na cerveja e desviando o olhar da Juliana.

— Não me importo com isso. Só quero dançar com você. — Seu jeito era meigo e seus olhos brilhavam. Não tinha como falar não.

Eu me levantei, e a Alice me acompanhou até a pista de dança. A banda tocava uma música não muito rápida, o que me ajudou. Alice dançava com uma leveza que me deixou com inveja. Ela se mexia de um jeito sensual, e os homens em volta começaram a olhá-la. Eu me senti orgulhoso da minha namorada e a puxei para perto, beijando-a para mostrar a todos que ela já estava comprometida. Ficamos um tempo dançando abraçados até que a levei para longe da pista. Eu me encostei na parede e a abracei pela cintura, enquanto ela colocou os braços em volta do meu pescoço.

— Meu pai pediu pra eu te convidar pra almoçar amanhã lá em casa — disse em seu ouvido por causa do barulho da banda.

— Eu vou sim — sussurrou ela. — Foi ruim hoje?

— Não. Eu gostei. — Fui sincero.

Eu a abracei forte e comecei a beijar seu pescoço. Senti Alice estremecer e meu coração acelerou. Deixei me perder em seus beijos, em uma tentativa de esquecer Juliana.

Já não pensava mais no meu grande amor quando senti um toque no meu ombro. Abri os olhos e vi o Beto parado atrás da Alice, de braços cruzados.

— Muito bonito — disse ele, sério, mas depois sorriu e eu relaxei um pouco. Fiquei com medo de ele fazer uma cena ali por eu estar agarrando sua irmã.

Alice o olhou com raiva.

— O que foi? — perguntou ela, sem paciência. — Vai falar que não posso beijar meu namorado?

— Não vim aqui pra brigar. Quero falar com o Cadu.

Alice levantou uma das sobrancelhas e me olhou.

— Ei, não é nada sobre você! — Beto se defendeu.

— Eu vou pra nossa mesa — disse ela, e me deu um beijo rápido.

Fiquei observando Alice desaparecer entre as pessoas que dançavam ali perto.

— Vamos lá pra fora. Aqui não dá pra conversar direito. — Beto indicou a saída e eu fui na frente, tentando imaginar o que ele queria.

— E aí? — perguntei, quando cheguei do lado de fora do bar.

— Você pode levar a Alice pra casa?

— Claro. — Estranhei a pergunta. — Você já está pensando em ir embora?

— É... Não vou direto pra casa. — Ele olhou para os lados, deu um sorriso malicioso e falou mais baixo. — Vou com a Ju até o Mirante.

Gelei por dentro. O Mirante é um lugar fora de Rio das Pitangas, em uma montanha onde se vê toda a cidade. É mesmo um mirante, mas muito grande, com uma vista linda. À noite vários carros de namorados estacionam ali pra ficar mais à vontade. Senti raiva por dentro só de pensar no Beto e na Juliana a sós lá.

— A Juju não é garota de ir para o Mirante — disse, em tom ríspido.

— Ah, qual é, Cadu? Toda garota de Rio das Pitangas vai para o Mirante ficar com o namorado. E não vai acontecer nada, só quero ficar sozinho com minha namorada sem ninguém por perto. Ela não quer ir lá pra casa, o que eu posso fazer?

Fiquei calado; não havia nada que pudesse falar. Ela era namorada dele e queria ir, quem era eu para impedir? Fiquei um tempo tentando pensar qual seria a reação do Beto se eu falasse que iria levar a irmã dele para o Mirante. Mas a verdade é que eu não precisava ir até lá: eu tinha minha casa. Agora, com meu pai ficando às vezes na casa da Matilde, tinha a casa toda só para mim. E, mesmo que ele estivesse lá, meu pai tem o sono tão pesado que posso entrar com uma garota, levá-la ao meu quarto e ele nem vai perceber. Já na casa do Beto havia tanta gente que era difícil ser discreto.

— Sem problemas. Levo Alice pra casa — disse, desanimado. Ainda bem que ele não percebeu.

— Valeu.

Voltamos para a mesa, e Beto logo disse alguma coisa no ouvido de Juliana, que ficou ruborizada com o que quer que ele tenha falado. Não gosto nem de pensar.

Eu me sentei ao lado de Alice e me virei para que ela ficasse de costas para mim. Eu a puxei, abraçando sua cintura, e afundei meu rosto em seu pescoço, tentando me distrair no seu perfume. Mas com o canto do olho eu observava cada movimento do casal ao meu lado.

Não demorou muito para que Juliana e Beto se levantassem e se despedissem de nós. Meu coração se despedaçou conforme ela foi se afastando.

— Você está bem? — perguntou Otávio. Eu o encarei um pouco espantado.

— Como?

— Você está um pouco pálido.

— Estou bem, sim. — Esbocei um sorriso e abracei Alice mais forte.

— O Beto é engraçado. Ele pode ir para o Mirante com a Juliana, mas eu não posso dar um beijo mais acalorado no meu namorado que ele já reclama — comentou Alice, fazendo uma careta.

Eu, Emília e Otávio começamos a rir do modo como ela falou.

— Ele só fica preocupado com vocês — disse.

— Poxa, você é o melhor amigo dele, deveria confiar mais. Você não é um qualquer que eu conheci numa festa.

— Hum, isso foi uma indireta pra mim? — perguntou Otávio, e Alice ficou um pouco sem graça.

— Não, que é isso? Desculpa.

Ela estava envergonhada e eu senti a necessidade de abraçá-la, para reconfortá-la. Ela me agradeceu com o olhar.

— Estou só implicando. — Otávio riu.

— Ei, irmãzinha, ele não pode nos vigiar sempre — disse Emília, piscando. — Nas horas em que ele está com a Juliana, não tem como saber onde estamos.

— Opa, vamos com calma. Eu pretendo andar na linha — falei, e Alice me olhou.

— Eu sei. — Ela olhou para Emília e Otávio. — Com o Cadu eu estou em segurança, como diz o Beto.

— O problema sou eu — disse Otávio, achando graça da situação. — Mas, depois daquele almoço à tarde, também pretendo andar na linha.

— E você vai conseguir? — perguntou Emília, de um jeito malicioso, dando um beijo atrás da orelha do namorado, que fechou os olhos por um breve momento.

— Vocês estão vendo. Ela é uma tentação e fica provocando — disse Otávio, para mim e para Alice.

— É, o nosso problema é esse. Não temos culpa se o Beto foi arrumar duas irmãs atraentes e maravilhosas — comentei, e percebi que Alice gostou do que falei.

Ficamos mais um tempo no Trem Bão e depois fui levar Alice em casa. Otávio se ofereceu para levá-la, mas neguei porque percebi que ele e a Emília pretendiam dar uma esticada não se sabe para onde. Bem, eu iria levar a Alice para casa mesmo se o Otávio fosse no mesmo horário deixar a Emília.

Estacionei em frente à casa e dei uma olhada. Estava tudo escuro.

— Acho melhor você entrar logo.

— Está com medo do meu pai? — Ela riu.

— Não é medo. É precaução.

— Sei.

— Não quero que ele comece a colocar empecilhos no nosso namoro.

— Você está certo. — Ela me deu um beijo e abriu a porta, mas segurei seu braço.

— Amanhã eu passo aqui pra te pegar ao meio-dia.

— Não precisa.

— Claro que precisa!

— Alguém aqui de casa pode me levar. — Ela deu de ombros.

— Eu faço questão de vir te buscar. — Sorri, segurei Alice pela nuca e a puxei para perto de mim, dando-lhe um intenso beijo de boa-noite. — Durma bem e sonhe comigo.

— Você também — sussurrou ela, e saiu do carro.

Fiquei observando Alice subir os poucos degraus que havia em frente à sua casa, abrir a porta, acenar e entrar. Suspirei e fui para casa, sabendo que não sonharia com ela, mas sim com Juliana e Beto no Mirante.

CAPÍTULO 28

Caveira entrou de supetão no meu quarto no domingo, abrindo a cortina e me sacudindo.

— Você está doido? Isso é jeito de acordar um ser humano? — perguntei, me sentando na cama e esfregando os olhos.

— Você me paga!

— O que foi que eu fiz?

Eu o encarei espantado e senti muita raiva em seus olhos. Tentei pensar em algo que poderia ter feito a ele, mas não consegui me lembrar de nada.

— Você sabe quem veio falar comigo hoje na igreja?

— Igreja? Desde quando você vai à igreja?

Tudo isso era confuso demais, e cheguei a pensar que estava sonhando.

— Isso não vem ao caso.

— Espera aí, não estou entendendo nada. O que eu te fiz? E, afinal de contas, o que você foi fazer na igreja domingo de manhã?

— Fui buscar minha mãe, ela foi à missa de manhã. E sabe quem eu encontrei? A Juliana.

— Sim, e daí?

— E daí que ela veio falar comigo. Veio falar de você.

Senti meu coração disparar dentro do peito.

— O que ela disse? — perguntei, feliz.

— Ela não falou nada que te interesse. Ela veio desabafar comigo, você pode acreditar nisso?

— Desabafar? O que ela falou?

Minha curiosidade tinha sido aguçada. Me acomodei melhor na cama de tanta ansiedade para saber o que Juliana havia contado.

— Já falei, não interessa. O que vem ao caso é a atitude dela. Ela veio desabafar comigo, você está entendendo?

— Na verdade, não.

— Eu não sou amigo dela pra ela vir desabafar. Eu sou amigo do Beto, o namorado dela! — disse ele, bem alto. — Eu já falei mil vezes que não quero ser seu cúmplice nessa história e agora ela me transforma em cúmplice dela também.

— Vai ver ela sentiu segurança de te falar porque você sabe de tudo.

— Aí que está o problema — disse ele com firmeza, apontando o dedo indicador para mim. — Não quero saber. Prefiro não saber. Eu não quero me envolver nessa história mais do que você já me envolveu.

— Ei, não te envolvi em nada, você descobriu tudo por conta própria.

— Maldita hora. — Ele se sentou na beira da cama, ficando de costas para mim. Baixou a cabeça entre as mãos. — Beto não merece isso.

— Eu sei. Mais do que qualquer um, eu sei. — Eu me levantei e fui para a frente dele. — Não pense que fico feliz com isso tudo.

— Você. — Ele se levantou, com o dedo novamente apontado para mim. — A culpa é sua, sabia? Você não faz nada para isso acabar. Você não tenta gostar da Alice e ainda fica perseguindo a Juliana.

— Eu não estou perseguindo a Juliana. — Dei um passo para trás, com as mãos levantadas em defesa.

— Eu sei que você foi atrás dela ontem.

— Eu não fui atrás dela ontem! Só disse que a gente precisava conversar.

— Está vendo? Você não tem mais nada pra conversar com ela.

Fiquei quieto, pensando no que Caveira falou.

— Ela disse que eu fui atrás dela? O que mais ela falou?

— Não interessa. Só posso te falar duas coisas: primeiro, ela pediu pra você não ficar atrás dela. Esquece a menina que ela está em outra. Segundo, eu não quero mais ninguém vindo desabafar no meu ouvido, e isso se aplica a ela e a você. Entendido?

— Entendido — eu disse, bem desanimado.

— Bom, bom. Agora se arruma que o almoço pra sua namorada... — Ele se aproximou. — Sim, você tem uma namorada, caso tenha esquecido. O almoço está quase pronto.

— Falou, papai. — Debochei. — Vou tomar um banho e buscar a Alice.

※

Nosso almoço foi mais agradável do que o da casa da Alice, e o fato de lá em casa todos estarem felizes por ela ser minha namorada ajudou. Matilde a tratou como nora, e meu pai ficou encantado por ela. Ele nunca tivera muita convivência com a Alice, mas deixou claro que estava muito contente com o nosso namoro.

Alice estava muito feliz com aquela receptividade toda, e eu fiquei contente por ela, mas não conseguia tirar a conversa com o Caveira da cabeça. Principalmente quando eu o olhava, e aí me vinha a Juliana à cabeça.

Depois do almoço, meu pai e a Matilde ajeitaram as coisas na cozinha e ficaram na sala vendo TV, esperando Ivone e Manuel chegarem para o tradicional jogo de cartas. Eu, Alice e Caveira fomos para o meu quarto.

Caveira colocou um CD do Aerosmith e se sentou na cadeira da minha mesa de estudos. Alice ficou olhando os livros da minha estante, aparentemente um pouco sem graça. Eu a puxei e a fiz se sentar na cama, me encostei em um travesseiro na cabeceira e ajeitei Alice para que ela ficasse deitada com as costas em meu peito, abraçando-a.

— No fim de semana depois da Semana Santa vou fazer um desfile em Belo Horizonte — comentou ela. — Vocês vão, não é?

— Um monte de mulher bonita é comigo mesmo — disse Caveira, todo empolgado.

— Eu vou, com certeza — disse, abraçando ainda mais Alice.

— Vai ser no sábado, com uma festa depois. É o lançamento da nova coleção de uma estilista de lá que conheci nos desfiles e concursos de que já participei, e ela ligou hoje cedo pra confirmar a minha presença.

— Hum, desfile, festinha, mulheres. Que paraíso!

— Caveira, você só pensa nisso? — perguntei, jogando uma almofada nele.

— Tem coisa melhor?

— Não, tenho que concordar.

— Então está combinado — falou Alice, empolgada, se levantando e ficando sentada no meio da cama. — O Beto, a Ju, a Emília e o Otávio também vão.

— Só casal? Vou segurar vela de três casais? — Caveira começou a desanimar.

— Você arruma uma garota lá. — Dei de ombros.

— Ou uma aqui. — Vi os olhos de Alice brilharem quando ela fez esse comentário.

— Ah, sim, claro, em duas semanas vou arrumar uma garota que os pais deixem ir para Belo Horizonte comigo. Esse não é o tipo de garota que quero arrumar.

— Hum, então você quer arrumar alguém? — Provoquei.

— Eu não disse isso. Só quis dizer que o tipo de garota que iria sem pensar duas vezes mal me conhecendo eu não tenho interesse em levar. Não é quem você leva para uma viagem com os amigos e sim com quem você se diverte aqui na cidade mesmo.

— Ou em Rioazul. — Eu ri e ele me lançou um olhar sério. — Estou só te enchendo, entendi o que você quis dizer.

— Ei, Caveira, não tem ninguém que você gostaria de levar? Ninguém em quem você esteja de olho? — perguntou Alice, com cara de quem já tramava algo.

Caveira ficou alguns instantes quieto, parecendo decidir se contava ou não para nós seus planos de conquistas amorosas.

— Tem a Rafa, acho que você conhece, ela estuda no seu colégio.

— A Rafa loirinha?

— Ela mesma.

— Sim, ela é da outra turma, mas eu a conheço.

— Já andei jogando meu charme pra ela — disse Caveira, com voz de sedutor.

— Não acredito que você já foi fazer drama de órfão pra menina! — disse.

— Você ainda usa essa cantada? — Alice se espantou. — Cuidado que daqui a pouco todas as meninas de Rio das Pitangas já vão saber dessa história e ninguém mais vai cair nela.

— Enquanto der certo, vou usando. — Ele deu de ombros.

— Bom, se você conseguir fazer a Rafa cair na sua lábia, posso conseguir que ela vá conosco.

— Como? — perguntou Caveira, todo eufórico, e trouxe a cadeira para mais perto de Alice.

— Peço para meus pais conversarem com os pais dela. Se eles falarem que só o meu irmão está indo, não deve ter problema.

— Mas seus pais não vão saber que nós vamos? — perguntei.

— Ainda não decidimos sobre isso. Talvez saibam de você e do Caveira, mas não do Otávio.

— Mas seu irmão vai estar lá — disse o Caveira.

— É, é nisso que estamos apostando. Acho que meu pai não vai se importar de ir um monte de casal sabendo que o Beto vai estar lá. Mas ainda não estamos convencidos disso.

— Ele sabe que em mim pode confiar — eu disse, puxando Alice novamente para meus braços.

— É... Como eu falei, o problema é o Otávio.

— Quem mandou a Emília namorar aquele carinha? Se ela tivesse me escolhido, não teria problema — eu disse Caveira, se levantando.

— Falou, gostosão. — Alice riu dele. Caveira ficou um tempo quieto nos olhando.

— Quem sabe não é uma boa mesmo?

— Ei, Caveira, a menina vai na boa, não pense besteira! — Eu o alertei.

— Não estou pensando besteira. Sei que a Rafa não é esse tipo de garota, e foi isso que me chamou atenção nela.

— Então veja se ela curte você e eu começo a mexer os pauzinhos para ela ir para BH conosco.

— Falou. — Caveira se aproximou e beijou Alice na testa. — Vou lá jogar basquete.

Ele foi saindo, mas Alice o chamou.

— Nós vamos na sexta, viu?

— Melhor ainda. — Ele saiu do quarto.

— Esse Caveira... — disse e abracei Alice mais forte. — Aproveitando essa história de ficar sozinho... Semana que vem meu pai vai para Congonhas com a Matilde e eu pensei em fazer um jantar para você aqui.

— Um jantar? — perguntou ela, e eu a virei de frente para mim, fazendo-a ficar deitada com o queixo no meu peito.

— É. Não sou um *expert* na cozinha, mas sei me virar e quero fazer algo para você. Aproveitar também para ficarmos um tempo a sós, só você e eu.

— Sem o Beto junto.

Ri e a puxei para mais perto do meu rosto.

— Não apenas o Beto, mas todo mundo. São raros os momentos em que estamos a sós, como agora. Mas é só mesmo um jantar, sem maldade alguma. Não sei se o Beto vai encrencar. — Fiz uma careta.

— Ei, ele não precisa saber de todos os meus passos.

Levantei as sobrancelhas.

— Como não?

— Não vou ficar pedindo permissão toda vez que quiser te encontrar, não rola! Eu invento algo, falo que a gente vai sair. Provavelmente ele vai estar com a Ju, nem vai saber mesmo.

— Então combinado?

— Sim — sussurrou ela, e eu a deitei na cama e fiquei por cima dela, beijando-a.

Era a primeira vez que eu ficava sozinho com a Alice no meu quarto. Na verdade, era a primeira vez que ficávamos sozinhos em um lugar tranquilo e confortável que não fosse o meu carro, embora eu nunca tenha agarrado Alice lá dentro.

Comecei beijando-a calmamente, não queria apressar nada. Estávamos juntos havia pouco tempo e eu ainda tinha a cobrança do Beto e do pai dela. Ficamos um tempo apenas nos beijando, até que os beijos ficaram mais intensos e eu senti um arrepio percorrer minha espinha. Estávamos os dois ofegantes, e a atração que eu sentia por Alice estava mexendo comigo, mas sabia que precisava me controlar.

Passei uma das mãos em sua barriga por baixo da blusa que ela usava, sentindo a maciez de sua pele, enquanto com a outra segurava sua nuca. Ela estremeceu e eu sorri. Olhei seus olhos, que brilhavam, e ela sorriu de volta.

— Eu vou com calma, para nos conhecermos aos poucos — sussurrei, e ela balançou a cabeça, segurando a respiração.

Dei um beijo em seus lábios e desci meu rosto para a barriga, levantando um pouco a blusa e beijando em volta do seu umbigo. Ela se contorceu e soltou uma risada nervosa.

— Cócegas? — perguntei, maliciosamente, levantando o rosto. Ela apenas negou com a cabeça, um pouco constrangida. Voltei a me deitar sobre seu corpo, agora com a cabeça perto da dela. Apoiei os dois cotovelos na cama, um de cada lado de seu corpo. — Alice... — Eu a encarei. — Você já fez isso antes?

Ela me olhou e mordeu o lábio inferior.

— Não — sussurrou.

Dei um beijo em seus lábios e deitei de lado na cama, virando-a de frente para mim. Ficamos os dois nos olhando.

— Eu imaginei. — Uma de minhas mãos percorria o braço de Alice que estava esticado, e a outra estava na cama, segurando sua mão. — Por isso quero ir com calma.

— Você está com medo do Beto.

— Não é só isso. — Eu a olhava e via amor em seus olhos, e me sentia culpado. — Nós temos pouco tempo de namoro, não quero precipitar nada. Acho que tem que ser com calma pra que tudo seja especial pra você. E, como eu disse, para nos conhecermos melhor e aos poucos.

— Eu sei. — Ela ficou com as bochechas vermelhas. — Mas sei também que o Beto atrapalha.

— Não vou negar que sim. Tento não ficar pensando nele quando estamos juntos, mas respeito seu irmão, sua família e você. Eu também te desejo, e muito. — Fui sincero. Segurei seu queixo. — Você me atrai demais, mas não vou ser cafajeste e desrespeitar sua família.

— Entendi. — Ela sorriu. — E fico feliz de ver que não podia ter encontrado alguém melhor.

Sorri de volta e a abracei. Ficamos o resto da tarde curtindo a companhia um do outro, namorando inocentemente e conversando sobre nossas vidas. Naquela tarde, eu não me lembrei da Juliana.

CAPÍTULO 29

Fomos todos para a boate na quarta-feira para começar o "esquenta" para a Semana Santa. Voltei para casa quase às cinco da manhã e encontrei meu pai na cozinha, terminando seu café.

— Você já está acordado? — perguntei, um pouco espantado.

— Não quero pegar a estrada cheia. — Ele se levantou e colocou o prato e a xícara dentro da pia e me olhou. — Isso são horas de chegar?

Virei os olhos e me controlei. Não iria começar uma discussão minutos antes de ele viajar.

— Bom, vou lá para o meu quarto.

Fui saindo da cozinha, mas ele me chamou. Parei próximo da porta, contando até dez e esperando o sermão.

— Matilde deixou claro para o Murilo que é para ele vir pra cá. E nada de festas nas casas.

— Não vou fazer festa, não tenho paciência pra ficar arrumando a casa depois.

Não menti, porque realmente não iria fazer festa. Pelo Caveira não podia falar nada, mas aí já era problema dele com a Matilde.

— Vou acreditar — disse ele, e achei que estava liberado, mas antes de sair ainda fez outra recomendação. — E nada de trazer a namorada para passar a noite aqui. Não quero confusão com a família Gomes.

Virei os olhos novamente, não sei se ele percebeu.

— Pai, você sabe que eu respeito a Alice. Só de você falar nisso é capaz que o Beto venha lá da casa dele e me encha de porrada.

— Está bem, está bem. Vou confiar em você.

Eu me despedi dele e subi antes que viessem mais recomendações que não estaria disposto a cumprir. Não levaria Alice para dormir na minha casa, isso estava fora de cogitação, mas não deixaria de fazer o jantar. Sem segundas intenções, porque ali o campo era minado.

Entrei no quarto e meu celular tocou. Franzi a testa enquanto pegava o aparelho, e vi que era o Caveira.

— O que foi? — perguntei, estranhando ele me ligar. Acabáramos de nos ver na boate.

— Cara, minha mãe está aqui arrumando as coisas pra viajar.

— Meu pai também está de pé.

— Eles são doidos!

— Meu pai falou que não quer pegar a estrada cheia — eu disse, enquanto ia tirando a roupa.

— Minha mãe veio com sermão de *nada de festas, nada de bagunça, fique na casa do Carlos Eduardo*.

— Meu pai falou mais ou menos a mesma coisa.

— Ela sonha, né? — Caveira deu uma risada e eu balancei a cabeça, pensando na festa que ele daria na sexta-feira.

— Olha, agora vou dormir, estou pregado.

— Eu também, só queria compartilhar esse momento família com meu irmãozinho.

— Não enche, Caveira.

— Passo aí pra te pegar à uma da tarde e vamos ao Senzala.

— Ok, mas eu vou ao supermercado depois do almoço, então não sei se seria melhor eu ir com o meu carro e você com o seu.

— Não tem problema, eu vou com você.

— Combinado.

Desliguei o celular, tomei um banho rápido e fui para a minha cama.

※

O celular me despertou ao meio-dia. Queria continuar dormindo, mas precisava me levantar e ligar para minha mãe. Tomei um banho para terminar de acordar e peguei o telefone. Ela não demorou a atender, e, depois dos cumprimentos, resolvi ir direto ao assunto.

— Mãe, lembra da Alice, irmã do Beto?

— Muito pouco. Por quê?

— Bom, estamos namorando — eu disse, sentindo minhas bochechas arderem. Devem ter ficado vermelhas na mesma hora.

Minha mãe riu do outro lado, provavelmente imaginando como eu estava sem graça de lhe falar isso.

— Que bom, fico feliz por você. Deve ser uma boa garota, vem de uma boa família.

— Sim, sim. Vamos ver se dá certo. — Decidi cortar o papo, antes que ela começasse a falar coisas que uma mãe não deve ficar falando para o filho. — Hoje Alice vem jantar aqui e quero fazer algo especial. Pensei naquele seu fettuccine.

— Ah, agora entendi sua ligação.

— Nem começa, mãe. Estou sempre te mandando e-mails.

— Não é a mesma coisa que ligar.

Dei um longo suspiro.

— Você sabe que eu prefiro e-mails.

— Não sei a quem você puxou com essa timidez toda. Sabe, não é bom ficar guardando os sentimentos.

Virei os olhos enquanto ela continuava com seu discurso sobre *se abrir mais para a família*.

— Olha, mãe, não vou ficar falando sobre isso pelo telefone. — Cocei minha testa. — Só quero uma receita, nada demais.

— Sei, sei.

Ela ficou um tempo em silêncio, não sei se pensando se devia falar mais alguma coisa, ou se me dava ou não a receita. Por fim, consegui anotar os ingredientes que precisava comprar e desliguei, prometendo que iria ligar mais vezes, mesmo nós dois sabendo que isso não aconteceria.

❦

Caveira apareceu na hora marcada. Entrei no seu carro com a lista de compras no bolso e logo percebi que ele estava com a cara fechada.

— O que aconteceu?

— Não vai rolar festinha amanhã lá em casa. — Ele tinha raiva na voz.

— Por quê? — Estranhei.

— Porque o povo idiota da Chácara Celeiro vai dar uma festa amanhã, então ninguém vai lá em casa.

A Chácara Celeiro era uma antiga fazenda de cana-de-açúcar da região, que estava abandonada. Foi comprada por dois empresários de Belo Horizonte, que a transformaram em um local para festas.

— Entendi. Por que não faz hoje?

— Não dá, já tinha combinado com a galera para amanhã. E hoje você não vai porque tem o jantarzinho romântico com a Alice.

Comecei a rir e o Caveira me olhou com mais raiva ainda, enquanto estacionava em frente ao Senzala.

— Sem essa. Nós nem vamos fazer falta na sua festa. O que está atrapalhando de verdade?

— Hoje vou sair com a Rafa — disse ele, tão baixo que quase não escutei.

— Ah, então tá explicado. — Saí do carro e o acompanhei para dentro do restaurante. — A coitada vai cair nas suas garras?

— Só vamos jantar.

Caveira deu de ombros, mas eu sabia que estava ansioso para encontrar a Rafaela. Eu o conheço desde criança e sei que, para ele, ela é diferente das outras garotas. Nos servimos no excelente buffet do Senzala e nos sentamos em uma mesa afastada.

— A festinha na sua casa fica pro próximo feriado.

Ele não riu do meu comentário e me olhou sério.

— O que acha de eu levar a Rafa pra jantar com você e a Alice?

— Não, não. — Barrei logo. — Eu vou cozinhar apenas pra Alice. Não rola um jantar a quatro.

— Hum. — Ele se aproximou de mim por cima da mesa e falou baixo. — Segundas intenções?

— Está louco? O Beto me mata!

— Ele não precisa saber. — O Caveira deu de ombros novamente. — Ou vai dizer que você não tem vontade?

Fiquei quieto por algum tempo e olhei para os lados antes de responder.

— A Alice mexe comigo, sinto uma forte atração por ela, mas não é amor.

Caveira virou os olhos e pousou o garfo no prato. Apontou o dedo indicador para mim, o que estava virando uma rotina, e falou sério.

— Para com essas besteiras e esquece a Juliana. Sua namorada é a Alice, então trate de pensar apenas nela.

— Foi você quem tocou no nome da Juju, eu não falei nada.

— Nem precisa, sei o que você está pensando.

— Não estou pensando em nada, a não ser no jantar de hoje. Vê se não me enche. — Agora foi minha vez de falar sério.

— O que eu faço com você? — Ele levantou as mãos, como se perguntasse ao céu.

— Não faz nada, mamãe — brinquei.

Estacionei às sete em frente à casa da Alice. Quando saí do carro para tocar a campainha, vi o Beto fechando a porta.

— Fala, Cadu. — Ele me cumprimentou com um aperto de mão. — Veio buscar minha irmã?

— Vim. — Olhei para a casa, mas não vi sinal da Alice. — Já está saindo?

— Vou encontrar o Caveira no Tavares pra tomar uma gelada antes de ele ir jantar com a Rafa. Ele parece estar um pouco nervoso.

— É, quem diria que um dia ele ficaria nervoso ao sair com uma garota?

— E você, vai furar no Tavares?

— Hoje vou.

— Vai jantar onde com a Alice?

Encarei o Beto e congelei. Não sabia o que dizer, nem sabia se Alice havia falado algo sobre o jantar. Decidi jogar limpo, mesmo sabendo que ele ficaria bravo.

— Lá em casa. Fiz fettuccine para ela. — Tentei dar meu melhor sorriso, mas não adiantou muito.

— Você vai levar Alice pra jantar na sua casa? — Ele cerrou os olhos. — Só vocês dois? Na sua casa vazia?

— Calma aí. — Levantei as mãos como se fossem uma barreira à minha frente. — É só um jantar, nada mais que isso.

— Você pensa que eu nasci ontem? — Ele se aproximou de mim com o indicador levantado. — Eu te mato se você tocar um dedo na minha irmã.

— Eu sei muito bem disso, e não estou planejando nada, se quer saber. É só um jantar. Não estou com segundas intenções, não penso em tocar num fio de cabelo da Alice.

— Espero mesmo que não.

— Olha, eu só fiz um jantar pra agradar minha namorada. Ela vai lá em casa, janta, a gente conversa um pouco, quem sabe até não encontramos vocês em algum lugar depois?

Beto suspirou e ficou um tempo quieto, tamborilando os dedos no teto do meu carro.

— Tudo bem, não precisa ir nos encontrar depois. Sei que estou sendo um chato, mas não consigo pensar na minha irmã nos braços de qualquer cara.

Esperei que continuasse, mas ele não falou mais nada, então decidi me impor um pouco.

— Eu não sou qualquer cara e nós já conversamos várias vezes sobre isso. Não dá pra você ficar sempre pegando no meu pé. Estou tentando fazer o namoro dar certo, mas desse jeito não há quem aguente, e olha que eu sou seu amigo.

— Desculpa, cara.

— Você tem que confiar em mim, não pode me ver como um galinha safado como você era. Eu não quero o mal da Alice, nem pretendo fazê-la sofrer, mas realmente não dá pra continuar assim.

Ele ficou mais um tempo quieto e me olhou.

— Eu sei, eu sei. Alice e Emília vivem me falando isso, a Ju também já me deu muitos sermões... Mas é mais forte do que eu. — Ele suspirou e me olhou. — O pior é que eu confio em você.

— Então, pronto, para com essa conversa toda vez que eu quero ficar sozinho com a Alice.

— Tudo bem, vou tentar. — Ele me abraçou rápido e se afastou. — Sei que a Alice não poderia ter um namorado melhor.

Beto se despediu e entrou no seu carro. Eu sabia que depois do Tavares ele iria encontrar a Juliana, mas tentei não pensar nisso. Olhei novamente para a porta da casa e ia até lá quando vi Alice saindo, segurando algo nas mãos.

— Fiz mousse de chocolate para a sobremesa — disse ela, mostrando a pequena travessa. — Tive que tirar um pouco pra deixar aqui em casa ou meu pai ia desconfiar. Demorei muito?

— Não, estava aqui conversando com o Beto, já ia te chamar.

— Nossa, ele ficou me interrogando pra saber aonde íamos. Fingi que não sabia — disse ela, enquanto entrava no carro.

— Falei pra ele que você vai pra minha casa.

— Você pirou? — disse Alice, alto.

— Calma. — Eu a olhei rapidamente e sorri. — Conversamos numa boa e acho que finalmente ele vai parar de pegar no meu pé.

— Tomara.

※

Em menos de dez minutos chegamos em casa. Alice já parecia mais confortável ali e provavelmente não pensava mais no irmão. Ela ficou na sala, mexendo no aparelho de som, enquanto eu fui para a cozinha, guardar a mousse na geladeira. Aproveitei para tirar o vinho, um Parcela #7 que peguei na adega do meu pai. Não entendo nada de vinhos, mas ele tem uma adega climatizada e eu sei que os vinhos que ele guarda mais embaixo são os melhores. Escolhi aleatoriamente um ali, na dúvida entre argentino, chileno e francês.

Coloquei a comida para aquecer enquanto abri a garrafa de vinho. Servi um pouco e provei. Era bom, embora eu não soubesse julgar a qualidade da bebida. Servi outra taça e levei para Alice, que estava sentada no sofá com a cabeça encostada em uma almofada e os olhos fechados.

— Não sabia que você gostava de música clássica — eu disse, quando ela abriu os olhos.

— Fiquei com preguiça de escolher um CD e deixei tocar o que já estava aí. — Ela indicou o aparelho com a cabeça.

— É do meu pai — expliquei. — O jantar está pronto.

Acompanhei Alice até a mesa e não a deixei me ajudar em nada, embora ela insistisse muito. Fui até a cozinha e trouxe a travessa com o fettuccine.

— Espero que esteja bom — comentei, um pouco receoso. Sentei em frente a ela.

— Não sabia que você cozinhava.

— Na verdade, não cozinho. Liguei hoje pra minha mãe e ela me explicou detalhadamente como se faz esse fettuccine, é receita dela.

Servi um pouco para Alice e fiquei esperando sua reação. Ela provou e me olhou surpresa.

— Está muito bom!

— Bondade sua — disse, fingindo um pouco de embaraço, mas por dentro estava feliz com o elogio.

— É sério. Está uma delícia.

Eu me servi e comecei a comer. E não é que estava bom mesmo?

— Minha mãe ficou feliz quando soube que estamos juntos — comentei, sentindo meu rosto queimar de vergonha. Alice me olhou, também ruborizada.

— Ela nem deve se lembrar de mim.

— Muito pouco. — Fui sincero. — Mas ela fica feliz sabendo que estou feliz.

— E você está? — perguntou, com um misto de alegria e expectativa.

— Estou. — Sorri. — É estranho, devo confessar, mas estou. Eu me sinto bem ao seu lado.

— Que bom. — Ela retribuiu o sorriso e segurou minha mão em cima da mesa. — Espero que um dia você possa se apaixonar por mim.

— Alice...

— Não diga nada. — Ela levantou a mão. — Eu não devia ter tocado no assunto.

Ficamos um tempo comendo em silêncio e percebi que ela estava constrangida. Eu não sabia o que falar. Decidi optar pelos assuntos banais.

— Fico feliz em ver que está comendo com gosto — disse, enquanto ela repetia o fettuccine.

— É que está bom mesmo. E tenho que aproveitar que posso comer à vontade, sem ninguém me enchendo. — Alice fez uma careta e eu franzi a testa. Ela percebeu e se explicou. — Lá em casa minha mãe fica regulando comida pra mim. Diz que uma modelo tem que ser magra e blá-blá-blá, como se eu fosse virar uma top model internacional. Puxa, eu não quero seguir essa carreira!

— Bom, então aproveite e coma à vontade. Se bem que você pode fazer isso, é bem magrinha.

— Pois é, nem tendência a engordar eu tenho! Comer um pouco a mais não vai me matar.

— Pra mim, você é perfeita — eu disse, com sinceridade, porque realmente ela era.

— Perfeita também não, estou com um pouco de celulite.

Dei uma gargalhada, quase engasgando com o vinho.

— Mulheres... Nunca estão satisfeitas.

— Mas é verdade, você nunca reparou?

— Alice, eu nem sei o que é celulite, jamais conseguiria ver alguma em uma mulher.

Ela sorriu.

— A Ju que é perfeita, não tem nem uma pra contar história, já viu?

Senti meu coração disparar ao escutar o nome da Juliana. Não estava mais pensando nela e Alice a trouxe ali para a mesa.

— Se não reparei em você, vou reparar nela? — comentei, tentando me esquivar.

— É verdade. — Alice sorriu.

Terminamos de comer e levei tudo para a cozinha. Peguei a mousse na geladeira e o resto do vinho que sobrou na garrafa.

— Vem comigo. — Eu a chamei e me encaminhei para o quintal de casa.

— Aonde vamos? — Alice franziu a testa.

— É surpresa.

Saí no quintal e acendi uma vela que havia deixado ali. O quintal de casa ficou bastante abandonado depois que minha mãe foi embora. Ruth ainda cuidava de uma pequena horta que minha mãe fez, mas o resto era apenas cimento.

— Nossa! — Alice exclamou, e vi felicidade em seus olhos.

Eu havia levado um colchão para lá e colocado no canto, com algumas almofadas e um edredom.

— O que acha de comermos a sobremesa aqui enquanto vemos o céu? — perguntei, e ela pulou no meu pescoço.

— Você é o máximo, sabia? — ela disse, me dando um longo beijo.

Eu me sentei, colocando as almofadas encostadas na parede, e puxei Alice para perto. Ficamos comendo mousse e bebericando o vinho enquanto observávamos as estrelas. A noite estava linda, com o céu sem nuvens e uma lua cheia de dar gosto.

— Olhe! — Alice apontou e eu vi uma estrela cadente no céu.

— Faça um pedido — disse ela, e me olhou.

Fechei os olhos e pedi para esquecer a Juliana e me apaixonar pela Alice, embora soubesse que meu pedido seria difícil de realizar.

— O que você pediu?

— Não posso dizer, ou então não se realizará — disse, sorrindo.

— E você?

— Meu pedido já se realizou — respondeu ela, e eu a puxei com vontade para perto de mim.

Coloquei Alice sentada no meu colo, de frente para mim, e comecei a beijá-la com desejo. Ela apertou minhas costas e, antes que eu percebesse, tirou minha camisa.

— Você está me provocando — disse, e ela apenas sorriu.

Alice me beijava enquanto acariciava meu peito e minha barriga e senti um calor percorrer meu corpo. Virei-a, colocando-a deitada no colchão, e beijei sua barriga. Fui levantando a sua blusa até chegar ao limite do sutiã. Alice não falou nada e eu continue a levantar, tirando-a. Ela me olhou com paixão nos olhos e eu beijei seus lábios.

— Vai chegar uma hora em que você vai ter que me parar — sussurrei, e ela balançou de leve a cabeça. — Estou falando sério. Você mexe demais comigo, mas não quero precipitar nada.

— Tudo bem. — Ela fechou os olhos.

CAPÍTULO 30

Eu estava em um grande campo com uma grama curta e verde. Vestia minha fantasia de mosqueteiro e, ao longe, avistei uma jovem em um longo vestido rosa-claro. Era um vestido de época e ela estava de costas, mesmo assim eu soube quem era. Seus longos cabelos castanhos com cachos nas pontas não deixavam dúvida. Eu me aproximei devagar e parei perto dela, que não se mexeu.

— Juju — sussurrei.

Ela se virou lentamente e sorriu para mim. Deu um passo à frente e abraçou forte meu pescoço. Retribuí, sentindo meu coração acelerar. De repente, seus braços começaram a ficar quentes, cada vez mais, a ponto de me queimar.

Acordei suando e sentindo a luz do sol bater no meu rosto. Achei estranho, pois nunca dormi com a cortina aberta. Pisquei algumas vezes para me acostumar com a claridade, e percebi que suava por causa do edredom que me cobria. Nesse momento, notei que estava no quintal da minha casa. Olhei para o lado e vi Alice adormecida em meus braços.

— Alice, acorda! Você dormiu aqui!

— Ai, meu Deus! — Ela se levantou em um pulo, um pouco assustada e nervosa. — E agora?

— Calma — eu disse, me sentando no colchão. Peguei meu celular e vi a hora. — Ninguém deve ter percebido sua ausência, ainda não são nem sete horas.

— Meu pai já deve ter levantado. — Ela mordeu o lábio inferior. — Hoje é Sexta-feira Santa!

— Ele acorda sempre antes das sete, não importa o dia. Provavelmente já viu minha cama vazia.

Cocei minha testa enquanto tentava pensar em algo, mas nada vinha à minha cabeça. Alice me olhou, entrou na minha casa e voltou com sua bolsa na mão. Tirou dali o celular.

— Não falei? Já tem algumas chamadas dele para o meu celular.

— E agora? Não tenho nenhuma ideia.

— Ele vai me matar — disse ela, desanimada, se sentando ao meu lado.

— Te matar? Ele vai *me* matar. Vai me trucidar. E depois o Beto vai terminar de me matar pra ter certeza de que estou bem morto.

— Mas não aconteceu nada entre nós!

— Eles vão acreditar nisso? — perguntei, já vendo o pai da Alice me obrigando a subir ao altar com sua querida filha.

Ficamos alguns instantes quietos, cada um pensando em um destino mais trágico para si mesmo, quando Alice deu um grito.

— Já sei! — disse ela, com um sorriso nos lábios. Pegou o celular e começou a ligar. — Vou pedir pra Ju falar que dormi lá.

Senti um nó na garganta. Não queria que a Juliana soubesse que Alice havia dormido na minha casa.

— Será que ela não vai contar pro Beto? — Quis tirar a ideia da cabeça da Alice, embora não tivesse muitas opções.

— Não, eu confio nela. — Alice fez um sinal para eu me calar e começou a conversar com a Juliana. — Ju, te acordei? Desculpa. Sim, está cedo, mas preciso de um grande favor seu. — Alice se levantou.

— Posso inventar lá em casa que dormi aí? — Ela se afastou um pouco, mas eu continuava escutando a conversa. — É que peguei no sono e acabei dormindo na casa do Cadu. — Ela sorriu para mim e eu retribuí o sorriso, mas estava apreensivo. Alice franziu a testa. — Ju? Está aí? Ah, pensei que a ligação tivesse caído, você ficou muda. — Alice me olhou e se virou de costas, como se isso me impedisse de ouvir o que ela falava. — Não, não aconteceu nada. — Ela disse um pouco mais baixo, mesmo assim eu escutei. — É claro que tenho certeza que não aconteceu nada! — Ela me olhou e eu baixei o rosto e fiquei mexendo no meu celular, fingindo que não prestava atenção ao que ela falava. — E aí, posso inventar?

Meu celular começou a tocar e vi pelo visor que era o Beto.

— Seu irmão — avisei Alice.

Ela prendeu a respiração por alguns segundos e entrou em casa, para que eu pudesse atender à ligação. Demorei um pouco para que ele pensasse que eu estava dormindo.

— Alô? — Fiz voz de sono.

— Onde está minha irmã? — perguntou ele, bravo.

— Beto? — Tentei dar uma de desentendido, para ganhar tempo.

— Quem mais poderia ser? Onde ela está? Nem tente inventar nenhuma desculpa porque aqui ela não dormiu.

Nesse momento, Alice apareceu na porta da cozinha com o polegar para cima. Respirei aliviado.

— Nem aqui, se é isso que você está pensando. Ela dormiu na casa da Juju.

— Na casa da Ju? — Beto ficou quieto. — Mas ela não tinha combinado de dormir lá.

— Eu a levei pra lá ontem, ela pediu.

— Aconteceu alguma coisa? — Ele ainda estava bravo. Suspirei.

— Não vou conversar sobre meu namoro com você nervoso desse jeito.

— O que você fez com ela?

— Eu não fiz nada!

— Vou descobrir e, se você tiver magoado minha irmã, vai se ver comigo.

Ele desligou e Alice se aproximou.

— Como foi?

— Ele acha que eu fiz algo pra você.

— Bom, acho que em parte ele está certo — disse ela. — Combinei com a Ju de inventar que eu e você tivemos uma pequena briga, por isso eu quis ir para lá.

— Ele vai me interrogar pra saber o motivo.

— Você não precisa dizer nada.

Concordei, embora soubesse que seria difícil.

— Vou te levar na casa da Juju.

— Não precisa. Ela vai vir aqui me pegar e me levar pra casa. Provavelmente o Beto já ligou pra confirmar se estou lá.

Balancei a cabeça, concordando. Eu me levantei, peguei minha camisa e a vesti.

— Então hoje você não vai à festa na Chácara Celeiro comigo? — perguntei, abraçando Alice.

— Melhor não, nos encontramos lá.

Dei um beijo nela e a acompanhei até a porta. Juliana já havia chegado, mas eu não saí de casa. Não queria vê-la nessas condições.

❧

Acordei assustado, com Caveira me sacudindo.

— Você está bem?

Eu me sentei na cama, pisquei os olhos e depois esfreguei meu rosto para acordar direito.

— Estou bem — disse, olhando o Caveira parado na minha frente. E me dei conta de que ele estava no meio do meu quarto. — Como você entrou aqui?

— Peguei a chave reserva que seu pai me emprestou — disse ele, levantando na mão um chaveiro com algumas chaves que reconheci sendo de casa. — O que aconteceu, cara? Estou tocando a campainha faz séculos.

— Longa história. — Suspirei. — Que horas são?

— Quase uma e vinte.

— Da tarde? — Arregalei os olhos, espantado por ter dormido tanto.

— Da madrugada que não é. Sério, o que aconteceu? Fiquei lá embaixo tocando a campainha e nada. Liguei pra cá e também no seu celular e você não atendeu, fiquei preocupado. Então me lembrei que seu pai tinha me dado uma cópia das chaves, pensando que neste fim de semana eu ficaria aqui.

Eu me encostei na cabeceira da cama. Caveira se sentou na cadeira da minha escrivaninha e ficou me olhando.

— Você não vai acreditar. Quase me meti em uma enrascada. — Dei um sorriso com o canto dos lábios para criar um suspense. — Alice dormiu aqui.

— O quê? — Caveira se levantou, espantado. — Você está falando sério? Vocês dois...?

— Não, não. Não aconteceu nada.

— Você é maluco! Como ela dormiu aqui? E o Beto?

— Calma, já está tudo resolvido. Estávamos lá no quintal e acabamos pegando no sono.

— Espera aí. — Ele se aproximou. — O que vocês faziam no quintal?

— Nada demais, só observávamos as estrelas.

— Sei, conta outra. Eu não sou burro.

— Isso não importa. — Balancei a mão para ele. — Como ia dizendo, pegamos no sono e fui acordar só hoje com o sol na minha cara.

— Vocês dormiram no quintal? — Ele estranhou.

— Eu tinha levado um colchão pra lá.

— Ahá! Sabia que vocês não estavam vendo estrelas coisa nenhuma. Ou então estavam, mas em outro sentido.

— Como você é engraçadinho.

Eu me levantei e fui para o banheiro lavar o rosto. Foi bom sentir a água gelada na minha pele.

— Mas e aí? Foi bom? — Ele me seguiu.

— Eu já disse que não aconteceu nada.

— Sim, sim, claro, vocês ficaram a noite toda um do lado do outro vendo estrelinhas no céu.

— Eu realmente não vou contar detalhe nenhum da minha noite; só posso dizer que não aconteceu o que você está pensando.

Voltei para o quarto e me sentei na cama. Caveira se sentou novamente na cadeira.

— Ok, ok. Mas e aí? Como a Alice escapou dessa?

— Bom, ela inventou que dormiu na casa da Juliana. Beto ligou pra cá cedinho, logo depois que acordamos.

— E ele acreditou?

— Alice pediu pra Juliana confirmar e ela confirmou.

— Coitado do Beto. Enganado direitinho.

— O que você queria que eu fizesse? Contasse a verdade?

— Não, ele não te perdoaria.

— Ele jamais acreditaria que não aconteceu nada.

— É, nem eu acredito.

Joguei um travesseiro no Caveira, que não parava de rir.

— Agora sério, vamos almoçar que as paredes do meu estômago já colaram umas nas outras.

— Você pensou em ir ao Senzala? — perguntei.

— Sim, por quê?

— Sobrou fettuccine que fiz pra Alice. Podemos almoçar por aqui mesmo.

— Beleza, assim vejo se você já pode casar — brincou ele.

— Deus me livre! — Desci para a cozinha e Caveira me acompanhou. — Ei, já ia me esquecendo. Como foi sua noite com a Rafa?

Ele ficou quieto por alguns instantes.

— Foi boa.

— Só boa?

— Se você não me conta o que aconteceu aqui, eu também não te conto da minha noite.

— Nossa, que comparação! — Tirei a travessa de fettuccine da geladeira e coloquei no micro-ondas. Peguei alguns pratos e me sentei à mesa, em frente ao Caveira. — Vamos lá, me conta como foi.

Ele deu um sorriso de orelha a orelha.

— Foi bom. Ela realmente é uma garota legal.

— Hum... Estão namorando?

— Calma lá! Acabei de sair com a menina.

Suspirei e balancei a cabeça.

— Pensei que você queria uma namorada para levar para Belo Horizonte.

— Não precisa ser necessariamente uma namorada. — Ele deu de ombros.

— Namorar não é tão ruim quanto parece.

— Ah, sim, sua cara sempre está boa quando fala da Alice.

— Meu namoro é complicado.

— Porque você quer.

— Você está mudando de assunto. Vamos, fale de ontem.

— Não tem muito o que falar. Fomos jantar, conversamos, depois fomos pro Trem Bão.

— E?

— E o quê?

— Não rolou nada?

— Nós ficamos, se é isso que você quer saber. — Ele fechou a cara.

— Também não precisa ficar bravo. Só quis saber o que aconteceu. — Eu me levantei e tirei a travessa do micro-ondas. — Você vai levá-la à festa hoje?

— Não, não marquei nada com a Rafa. — Ele me olhou. — Aliás, vou dormir aqui hoje, pra impedir que você faça alguma besteira.

Virei os olhos e o encarei.

— Você está parecendo meu pai.

— Não se discute mais isso: você me leva pra festa, assim posso beber à vontade, e depois venho dormir no quarto de hóspedes.

— Por mim, tudo bem, só vou encontrar a Alice lá. Tecnicamente, estamos brigados.

— Ai, ai. Cada vez menos eu aguento esse seu namoro.

CAPÍTULO 31

Fiquei a tarde toda em casa, largado no sofá vendo TV. Caveira foi para um churrasco, ou algo parecido, da sua turma de Informática. Ele até me chamou, mas eu não estava com vontade de ir. Não parava de pensar no meu sonho com a Juliana, ainda mais porque raramente me lembrava do que sonhava, e depois no desfecho da noite com Alice.

Queria muito esquecer Juliana, mas não conseguia. Apesar de todo o tempo que passava com a Alice, da forte atração física que ela exercia sobre mim, não conseguia me apaixonar por ela, e isso estava me consumindo. Eu me sentia mal pelo Beto e pela própria Alice, embora ela soubesse que eu não a amava.

Meus pensamentos foram interrompidos pelo toque da campainha. Fui atender e, para minha surpresa, era o Beto.

— Atrapalho? — perguntou ele, entrando e olhando em volta.

— Não, estava vendo TV. Senta aí. — Beto se sentou em um sofá e eu no outro. — Aconteceu alguma coisa?

— Credo, nem posso mais te visitar?

— Não é isso. É que você está com uma cara estranha.

Ele coçou a cabeça e olhou em volta novamente.

— Queria pedir desculpas por hoje de manhã.

— Não esquenta.

— Sério, eu já fui te acusando e a Alice nem estava aqui.
Sorri. Mal sabia ele da verdade.

— Você fez o que qualquer irmão faria.

— Eu sei. Mas devo desculpas a você.

— Não deve nada. Somos amigos e entendo sua preocupação.

Ele balançou a cabeça e ficou quieto, pensativo.

— Vocês brigaram por minha causa? — sussurrou ele.

— O quê?

— Por que eu fico enchendo a sua paciência, fico controlando o namoro de vocês...

— Não, deixe disso! — eu disse, um pouco alto. — Não tem nada a ver.

— Sei que sou um cunhado chato. Mas não quero que briguem por minha causa.

— Ninguém brigou por sua causa. — Eu cheguei um pouco para a frente e apoiei o cotovelo no joelho. — Por que você acha que brigamos por sua causa?

— Sei lá. — Ele deu de ombros. — Alice não quis falar, disse que não me interessa. Mas achei que poderia ser isso, por causa do que conversamos ontem, quando você foi pegá-la em casa.

— Não. Não fica grilado. É só besteira mesmo, briga normal de namorados. Nem considero uma briga, apenas um leve desentendimento. Hoje mesmo a gente faz as pazes.

Ele deu um sorriso meio desanimado.

— Espero que sim. Sabe, fico implicando, mas sei que a Alice não poderia ter um namorado melhor.

— Você já disse isso.

— É, mas preciso repetir. Não quero que vocês terminem, não quero ver a Alice nos braços de um qualquer. Sei que pego pesado, mas é que é difícil, como irmão, ficar imaginando o que vocês podem fazer quando estão juntos.

— Você não precisa imaginar isso. — Fiz uma careta.

— É mais forte do que eu. Eu fico com a Ju, quando estamos só os dois, dando uns amassos, e penso se você está fazendo a mesma coisa com a Alice.

Eu quis falar que sentia o mesmo, mas ele não entenderia.

— Beto, tenho o maior respeito pela Alice. É claro que ela é uma garota bonita, atraente e mexe comigo, não vou negar. Mas eu jamais desrespeitaria sua família. — Eu me levantei e me sentei na mesma hora, um pouco incomodado com a situação. — Deus, não acredito que estou tendo esse tipo de conversa com o irmão da minha namorada.

Nós dois demos uma gargalhada nervosa.

— Antes de tudo, eu sou seu amigo. — Ele balançou a cabeça. — Sei que vocês devem dar uns amassos de vez em quando, é difícil pensar nisso. Sei que vai chegar uma hora que vão avançar o sinal e...

Senti meu rosto queimar de vergonha.

— Isso não aconteceu.

— Ainda. — Ele tombou a cabeça e depois me olhou. — O que estou tentando dizer é... Puxa, é difícil.

— Beto, estou um pouco sem graça.

— Calma, eu vou falar. — Ele levantou a mão. — Eu também estou, mas, caramba, quantas vezes a gente já não conversou sobre mulher?

— Nunca sobre a sua irmã.

— Sim, sim. O que quero dizer é que fiquei me lembrando do dia que pedi seu quarto emprestado pra passar a noite com a Ju.

Levantei a sobrancelha. Meu coração disparou e minhas mãos ficaram geladas. Por um instante, pensei que ele pediria novamente meu quarto.

— O que você quer dizer?

— Você se lembra o que me falou?

— Não exatamente. — Eu tremia, mas acho que ele não percebeu.

— Você disse que ela era muito nova. Para esperar, para eu ter certeza, sei lá, algo do tipo. E, me lembrando disso, fiquei feliz de ver que é você quem está com a Alice, e não um cara como eu.

Pisquei os olhos e fiquei encarando o Beto. Não entendia nada do que ele queria dizer porque minha cabeça dava mil voltas.

— O que eu quero dizer mesmo é que fico feliz e tranquilo de saber que você é o namorado da Alice. Que você não vai magoá-la e que vai esperar o momento certo. E fico feliz de saber que vai ser com você.

— O quê? Não, calma, quem disse isso? Eu... — Comecei a engasgar e meu rosto provavelmente ficou igual a um pimentão.

— É sério. Alice te ama muito e sei que você ama a minha irmã também. Vocês são perfeitos juntos e eu sei que vai fazê-la feliz. Claro que não preciso saber o que acontece entre vocês e prometo que não vou mais te encher. Não quero ser a razão do término do seu namoro.

Engoli seco e o olhei. Ele sorriu para mim e eu retribuí, meio sem jeito.

— Obrigado — disse, com algum custo. — Eu, eu... Você parece um pouco estranho.

Ele esfregou o rosto e o apoiou nas mãos. Depois levantou a cabeça e me olhou. Por um momento, pensei que ia chorar.

— Acho que a Juliana não gosta mais de mim — disse ele, com uma dor na voz que fez meu coração se partir ao meio.

— Por que você acha isso? Ela falou algo?

— Não. Mas ela parece um pouco diferente. Desde o aniversário aqui na sua casa que está assim. Às vezes fico pensando se não deveria ter te escutado, não forçado a barra. O namoro estava indo bem, mas, depois que desistiu de transar comigo, ela mudou.

— Mudou como?

— Não sei explicar. Ela está mais hesitante. — Ele parou de falar, como se tentasse formular as palavras. Ele se levantou e começou a andar de um lado para o outro. — Nós estamos indo devagar demais.

Dei uma risada, ele me olhou com a sobrancelha cerrada e se sentou novamente.

— Desculpa. — Parei de rir e o olhei. — A Juju não é o tipo de garota com quem você estava acostumado. Ela é uma garota, como se diz por aí, de família. Não é uma dessas fáceis que você pega e leva para a cama no primeiro dia.

— Eu sei. Por isso falei que deveria ter te escutado. Acho que a assustei, sei lá.

— Mas ir devagar não é bom?

— É. Mas não estou acostumado a fazer isso.

— Hum. — Balancei a cabeça. — Bom, não tenho nada contra ir conhecendo a outra pessoa aos poucos. Acho até que pode ser mais excitante.

— O problema é que a seca está braba.

Comecei a gargalhar e ele acompanhou.

— Se você quer namorar uma garota de respeito, essas coisas fazem parte do pacote.

— Nunca fiquei tanto tempo sem levar uma mulher pra cama. Desde que comecei a namorar a Juliana não estive com mais nenhuma, dá para acreditar?

Eu o olhei um pouco espantado. Era realmente um recorde para Beto.

— Você deve gostar muito dela — disse, me sentindo mal. Na verdade me sentindo pior do que já estava, se é que isso era possível.

— Eu sou louco por aquela menina. — Ele sorriu e ficou mexendo em uma almofada. — Por ela eu sou capaz de esperar o tempo que for preciso. Eu amo a Ju. Nunca pensei que ia sentir isso por alguém, mas sinto.

— Bom, então espere — disse, já que não havia mais nada que pudesse falar. — Você vai ver que vai valer a pena.

— Eu sei, vou esperar, claro. Mas só de pensar que ela pode não gostar mais de mim...

Fiquei quieto, sem saber o que dizer. Apesar de ele ser meu melhor amigo, eu era a pessoa menos indicada para dar conselhos sobre Juliana.

— Você pode estar enganado. Por não estar acostumado com essa situação.

— Pode ser... Mas, se souber de algo, se a Alice comentar alguma coisa com você, ou até mesmo a Juliana, me fale, por favor!

— Por que ela comentaria comigo? — perguntei, um pouco hesitante.

— Vocês são amigos. Ela sempre fala de você com carinho.

Fiquei novamente quieto e o Beto também. Depois, ele sorriu e balançou a cabeça.

— E você? Está aguentando esperar?

— Que remédio — Dei de ombros. — Não vou trair a Alice só pra conseguir levar qualquer uma pra cama, já que não posso levar minha namorada.

— É assim que eu penso. E isso confirma o que falei de você. — Ele apontou o dedo para mim. — Vale a pena saber que é você quem está com Alice.

Ficamos mais alguns minutos quietos, provavelmente ambos pensando em Juliana. Eu, pelo menos, estava.

— Quanto tempo faz? — Ele me tirou dos meus pensamentos.

— Faz o quê?

— Que você está na seca?

Encostei a cabeça no sofá e fiz as contas.

— Algumas semanas.

Beto cerrou novamente os olhos e acho que também fez as contas de quanto tempo eu estava com Alice.

— A última vez foi na festa na chácara do Juca, em Rioazul. Ainda não estava com a Alice. — Quis esclarecer.

— Ah, sim. A tal menina de lá. Como é mesmo o nome dela?

— Rosângela.

— Rosângela... Encontrou a garota alguma vez depois disso?

— Ainda não. Mas ela não significa nada pra mim. É uma dessas que você conhece bem.

— Sim, conheço.

Olhei para o Beto e fiquei pensando em tudo que ele falou, no modo carinhoso de tocar no nome da Juliana e no grande amor que parecia ter por ela. Nesse instante, tomei a decisão de desistir da Juliana e não pensar mais nela. Eu tinha que me apaixonar pela Alice. Restava saber se conseguiria.

CAPÍTULO 32

Peguei o Caveira e fui para a Chácara Celeiro. O lugar estava muito cheio quando chegamos.

— Não se acha ninguém aqui — comentou Caveira.

— Alice deve estar dançando — eu disse, olhando em direção ao imenso celeiro à esquerda da casa principal, que os donos do local haviam transformado em uma espécie de boate, com a pista de dança. As enormes portas estavam fechadas por causa do ar-condicionado e dois seguranças as abriam e fechavam conforme o pessoal se aproximava.

Já na casa principal, eles mantiveram o estilo rural, com uma ampla varanda de fora a fora contornando-a, ocupada no momento por casais que se beijavam nos sofás e bancos colocados ali. Dentro, havia um salão grande onde fizeram o bar, bem iluminado, e os banheiros. O acesso para as demais áreas era restrito.

— Vamos pegar uma bebida — disse o Caveira, e foi para a casa principal.

Concordei com a cabeça e o segui, olhando para os lados para ver se encontrava algum conhecido. Não vi ninguém até chegarmos ao bar e avistarmos o Juca.

— E aí, chegaram agora?

— Chegamos — eu disse, cumprimentando o Juca depois do Caveira. — Está bem cheio isso aqui.

— Está lotado! — comentou Juca, enquanto pegava um refrigerante com o atendente. Caveira aproveitou e pediu uma cerveja para ele e um guaraná para mim.

— Refrigerante também, Juca? — brinquei.

— Só bebo cerveja nas festas lá na chácara. — Ele deu de ombros.

— Por falar nisso, está na hora de ter outra. — Caveira sorriu, enquanto esfregava as mãos como se estivesse armando algum plano diabólico.

— Você viu a Alice? — perguntei para o Juca.

— Está dançando junto com a Walesca. Vou pra lá agora, quer me acompanhar?

— Daqui a pouco eu vou — respondi, e Juca saiu. Olhei para o Caveira, que observava o entra e sai do pessoal na casa. — Procurando a Rafa?

— Não — disse ele, mas não senti sinceridade. — Apenas olhando as pessoas.

— Sei. — Vi a Rosângela entrando. — Ai, meu Deus.

Caveira olhou na mesma direção e começou a rir.

— Deixa eu dar uma volta — disse ele, e saiu antes que eu pudesse impedi-lo.

Rosângela veio direto na minha direção, como se soubesse que eu estava ali.

— Oi — disse ela, se aproximando e se encostando no meu braço. Eu me afastei um pouco, mas não tinha muito para onde ir. O bar estava cheio. — Você sumiu.

— Não sumi, estou sempre por aí — respondi, com um pouco de descaso.

— Você entendeu o que eu quis dizer. — Ela pegou meu copo e tomou um gole. — Não me procurou mais — disse, enquanto tentava encostar mais em mim.

— Estou namorando.

— Ouvi dizer. — Ela não desistiu e segurou meu braço.

— Então deve saber que é namoro sério.

Comecei a olhar para os lados, procurando alguém para me salvar e ao mesmo tempo com medo da Alice ou o Beto aparecerem por ali.

— Ah, deixa disso.

Rosângela tentou se aproximar mais e eu a impedi.

— Eu gosto da minha namorada e quero que dê certo. Espero que você entenda.

Saí sem deixar que ela falasse ou fizesse alguma coisa. Eu me sentia mal agindo assim, mas não tinha como ser diferente.

Ia deixar a casa quando vi uma garota saindo do banheiro. Não precisei olhar duas vezes, reconheci logo os longos cabelos castanhos com cachinhos nas pontas de Juliana.

— Juju — gritei e ela se virou. Meu coração disparou, mas tentei me concentrar na conversa que havia tido mais cedo com o Beto. — Oi — disse, me aproximando.

— Oi. — Ela sorriu. — A Alice está te procurando.

— E eu a ela. — Dei um sorriso e ia falar algo quando meu celular tocou. Atendi e era o Beto.

— Fala, Cadu, onde você está?

— Já estou aqui na festa. Aliás, acabei de encontrar a Juju e estou indo aí.

— Ah, valeu, nós estamos...

Não sei bem como aconteceu, foi tudo muito rápido. Eu levei uma cotovelada e meu celular voou longe, enquanto eu caí em cima de Juliana, derramando meu refrigerante nela. Senti alguns tropeções e esbarrões, e puxei Juliana para perto quando percebi que uma briga começava ali no bar.

— Vem — disse, puxando Juliana pela mão, enquanto o barulho de coisas se quebrando tomava conta do ambiente. Saímos da casa em meio a cotoveladas e empurrões. Tentei fugir da confusão e parei um pouco afastado. — Você está bem?

— Sim, eu acho. — Ela olhava os braços. — Acho que estou apenas molhada de refrigerante.

— Menos mal. — Olhei em volta e vi algumas garrafas voando de um lado para o outro, algumas cadeiras também, pelo menos era o que parecia. — Temos que sair daqui — eu disse, puxando-a novamente.

— Espera! — Juliana parou e eu a olhei. — O Beto, a Alice. Temos que falar com eles.

— Meu celular sumiu na briga.

— Eu não trouxe o meu.

— Eles também vão embora assim que virem a confusão. — Olhei novamente para a casa e vi que a briga já se estendia na direção do celeiro. — Não tem como procurá-los agora.

— Não podemos ir embora. — Ela mordeu o canto esquerdo do lábio inferior ao olhar as pessoas correndo.

— Não temos como ficar, Juju. A briga está piorando. Se tentarmos encontrar alguém, vai sobrar pra gente.

Ela ficou indecisa e depois falou baixo.

— Mas a chave da minha casa está no carro do Beto.

Eu sorri e a abracei.

— A gente vai pra casa dele. Ou pra minha, com certeza ele vai te procurar lá. Ele sabe que você está comigo.

Um pouco relutante, Juliana me seguiu. Entramos no carro e ela não falou nada até eu estacionar em frente à minha casa.

— Eu devia ir pra casa.

— Como você vai entrar lá?

Ela ficou quieta, olhando pela janela do carro. Abri a porta e a olhei.

— Eu não mordo.

Ela me olhou e sorriu, um pouco sem graça, e saiu do carro. Entrei em casa e fui até o banheiro pegar uma toalha para limpar o vestido da Juliana. Entreguei a toalha molhada para ela. Fiquei observando enquanto ela tentava limpar o vestido, mas estava claro que não conseguiria fazer isso a não ser que o lavasse. Respirei fundo e a encarei.

— O Beto esteve aqui hoje. Falou de você.

Ela parou de esfregar o vestido e me olhou, acho que um pouco assustada, não consegui identificar bem o que seus olhos transmitiam.

— O que ele disse?

— Ele acha que você não gosta mais dele.

Juliana respirou fundo e colocou a toalha em cima da mesa. Ficou parada, pensativa.

— Por que ele acha isso?

Eu mordi a parte de dentro da bochecha e tentei pensar no que dizer. Já que havia começado, deveria ir até o final.

— Ele disse que desde o seu aniversário você ficou distante.

Ela deu um longo suspiro e fechou os olhos.

— Muitas coisas aconteceram depois do meu aniversário. — Ela abriu os olhos e me olhou.

— Eu sei, mas ele não sabe. — Dei um passo para a frente e segurei sua mão. — Você me pediu pra te esquecer, disse que eu não devia lutar pra ficarmos juntos. Hoje vi que não há como; o Beto gosta demais de você e vi medo nos olhos dele. Medo de te perder.

— Eu gosto dele.

— Eu sei. Mas você não o ama.

Ela não concordou nem discordou, continuou apenas me olhando.

— É com dor no coração que te peço. Se você está disposta a ficar com o Beto, faça-o feliz. Não fique distante dele.

Juliana balançou levemente a cabeça e eu a puxei para meus braços. Sentir o calor do corpo dela junto ao meu, o perfume de seus cabelos, tudo isso me acalmava e ao mesmo tempo acelerava meu coração. Tinha plena consciência de que não poderia avançar, tentar beijá-la, queria apenas ficar assim, abraçado, sentindo seu corpo junto ao meu enquanto cheirava seus cabelos.

— Eu sabia que vocês estariam aqui!

Soltei Juliana rapidamente e vi o Caveira parado na porta, com a chave reserva da minha casa nas mãos. Não o escutei entrando.

— Não aconteceu nada — expliquei logo, mas isso não pareceu convencê-lo muito.

— Claro, não aconteceu nada porque cheguei a tempo.

— Não tire conclusões precipitadas.

— Não estou tirando e não quero saber de nada. — Ele entrou e fechou a porta. — Já disse que não quero ser cúmplice desse caso de vocês.

— Não estamos tendo um caso! — berrei, e devo ter assustado tanto o Caveira quanto a Juliana, porque os dois deram um passo para trás na mesma hora. Tentei me acalmar. — Estávamos apenas conversando.

— Não quero saber — disse ele, e tirou o celular do bolso, que estava tocando. — Alô? Oi, Alice. — Caveira me olhou com um sorriso sarcástico no rosto. — Sim, estou com seu namorado. Um momento.

Ele me jogou o celular e não falou nada, mas não precisava. Naquele momento, ele me recriminava por tudo que acreditava que eu queria fazer com Juliana se ele não tivesse chegado a tempo.

— Oi, Alice.

— Oi, onde você está?

— Estou em casa. E você? Está tudo bem?

— Mais ou menos. Estou com a Emília no hospital, o Beto quebrou o braço.

— Como ele está? — perguntei, preocupado, o que fez Juliana e Caveira se aproximarem de mim.

— Está bem, só mesmo com o braço quebrado.

— Eu vou aí.

— Não precisa. Estamos indo pra casa daqui a pouco.

— Vou encontrar vocês lá.

— Ok. — Alice ficou um tempo quieta. — Eu tentei falar com você.

— Meu celular voou longe na confusão. Não tinha como ligar, Juliana não está com o celular dela e só encontrei o Caveira agora.

— Ah...

— Eu vou pra sua casa daqui a pouco e a gente se vê lá.

— Ok.

Desliguei o celular e os dois começaram a me bombardear com perguntas.

— Calma, gente. Beto quebrou o braço, mas está bem.

— Meu Deus! — disse Juliana, levando uma das mãos à boca. — Eu devia ter voltado pra lá e procurado por ele.

— Claro que não, ou então poderia estar no hospital agora.

— O Cadu está certo — disse Caveira, e me surpreendi. — Vocês fizeram bem em sair de lá logo. — Ele me olhou e desconfiei que estava perdoado pelo que fiz.

— Vou até a casa deles, vocês vêm?

❦

Estacionei em frente à casa do Beto e saí do carro, seguido por Juliana e Caveira. Ficamos uns dez minutos na porta, esperando, os três mudos.

— Eles chegaram — comentou Juliana, e eu olhei na direção que ela mostrava.

Emília estacionou o carro e logo ela e Alice ajudavam o Beto a sair, com o braço esquerdo engessado. Juliana foi correndo ao seu encontro.

— Ei — disse ele, e deu um beijo nela.

— Como você está? — Ela estava visivelmente preocupada, e acho que isso deve ter feito o Beto se sentir melhor.

— Bem. Apenas com o braço dolorido. — Ele nos olhou. — Que droga, hein?

— O importante foi não ter acontecido nada pior — disse Caveira, se aproximando dele.

— Precisa de alguma coisa? — perguntei.

— Não. Apenas dormir. Estou cansado...

— O médico deu muito remédio pra ele — explicou Emília, mas nem precisava, porque Beto estava visivelmente dopado.

Alice parou um pouco afastada de mim e eu sorri para ela.

— A chave da minha casa está no seu carro — Juliana disse para o Beto, que parecia não prestar atenção ao que acontecia ao seu redor.

— Eu pego lá pra você — ofereceu Emília.

— Você precisa dormir — Caveira aconselhou Beto.

— Sim — respondeu ele, sonolento. — Vou dormir.

Emília voltou, entregou a chave para Juliana e levou Beto para dentro de casa. Olhei para Alice.

— Amanhã passo aqui para conversarmos.

— Ok. — Ela sorriu e me aproximei para dar um beijo, mas ela me impediu. — Beto pensa que estamos brigados.

Olhei Emília ajudando Beto a entrar em casa.

— Não creio que ele esteja prestando atenção. — Sorri e Alice retribuiu, mas não me beijou.

— Amanhã a gente se fala — disse ela, e se despediu.

Ficamos vendo a porta se fechar.

— Vem, eu te deixo em casa — disse para Juliana.

Entramos no carro, com o Caveira no banco de trás, e deixei Juliana rapidamente em sua casa. Ao chegar à minha, Caveira me olhou com ar de reprovação.

— Que coisa feia.

— Ah, nem começa! Pensei que já tinha esquecido.

— Nem quero pensar no que você planejava fazer com a Juliana. E eu que vim dormir aqui pra te impedir de fazer besteiras com a Alice.

Ele se jogou no sofá e eu me sentei no outro.

— Não é nada disso. Deixa eu explicar.

E comecei a contar para ele a conversa que tive com o Beto à tarde e o que falei para Juliana depois.

CAPÍTULO 33

Fui até o quarto de hóspedes assim que me levantei. Caveira ainda dormia, e decidi não acordá-lo. Desci e fui para a cozinha. Matilde havia feito uma lasanha e deixado congelada para nós. Aproveitei e a coloquei no forno.

Fiquei ali, sentado em uma cadeira e tamborilando os dedos da mão direita na mesa, pensando na vida. Eu me lembrei das recriminações do Caveira, dos olhos e do cheiro da Juliana, do corpo da Alice e da amizade com o Beto. É claro que sempre me sentia mal pelo Beto, e queria muito que o Caveira entendesse isso. As nossas conversas eram sempre na base da repreensão, da briga. Eu precisava de um amigo nesse momento, para dividir minhas angústias e minhas dúvidas, mas não podia contar com o Beto, por motivos óbvios, e o Caveira não queria se meter. Cheguei à triste conclusão de que estava sozinho nesse momento e teria de lidar com meus problemas sem contar com ninguém. Sim, tinha meu pai, a Matilde, até minha mãe lá em Floripa, mas esse não era um assunto que queria compartilhar abertamente com eles.

Caveira chegou na porta, interrompendo meus pensamentos, e ficou me olhando.

— O cheiro está bom — disse ele, e se sentou.

— É a lasanha da sua mãe; deve estar quase pronta.

Eu me levantei e fui até o forno. O queijo já borbulhava na travessa, e senti meu estômago se manifestando diante daquela visão maravilhosa.

— Como você se livrou da Rosângela ontem? — perguntou ele, dando risada. Eu me virei para ele, encostando na pia.

— Sabia que eu devia parar de andar com você?

— O que eu fiz?

— Você só me mete em fria e depois cai fora.

— Opa! Eu não te obriguei a ficar com ela.

Desliguei o forno.

— Dei uma de Beto e fui extremamente grosso com a menina. Simplesmente deixei-a lá e saí andando.

Caveira começou a rir e depois de um tempo parou.

— Vai fazer o quê hoje? — perguntou ele, enquanto eu tirava a travessa do forno. Coloquei-a na mesa e começamos a nos servir.

— Vou até a casa do Beto "fazer as pazes" com a Alice — eu disse, fazendo sinal de aspas com as mãos.

— Tinha esquecido disso. — Ele começou a comer. — Ia te chamar pra tomar um banho de piscina no Pitangueiras.

— Até seria uma boa, com esse calor, mas vou dispensar. Tenho que ir até lá, ou então já viu... O Beto vai achar estranho eu não me preocupar em ficar bem com a irmã dele.

— Ok. Não tem problema, vou encontrar a Rafa.

— Hum, entendi — respondi, com uma voz maliciosa.

— Nada a ver, cara. — Ele desdenhou. — Nada a ver.

— Isso vai se transformar em namoro.

— Deus me livre! — Caveira fez o sinal da cruz. — Ela é gente boa, uma gracinha, mas ainda estou longe de me amarrar.

— Sim, sim, claro — concordei. — Igual ao Beto. Falava, falava e agora está aí, todo apaixonado.

— Não vou me amarrar. — Caveira ficou carrancudo. — Olhe pra vocês dois. Estão aí igual dois idiotas babando por uma menina. Sofrendo. Não, não, isso não é pra mim.

Decidi não comentar, porque não sabia se ele se referia ao meu amor por Juliana ou ao meu namoro com Alice. Provavelmente falava da Juliana, porque eu não estava sofrendo pela Alice. Como não queria recomeçar uma discussão, fiquei quieto.

֍

Cheguei à casa do Beto e toquei a campainha. Lá de dentro ouvi uma voz gritar para entrar e segurei a maçaneta. A porta abriu e fui até a sala para encontrá-lo sentado no sofá, vendo TV.

— E aí, como está o braço? — perguntei, cumprimentando-o.

— Doendo um pouco. — Ele fez uma careta. Eu me sentei ao lado dele. — Pior que tem o baile hoje...

— É mesmo. — Balancei a cabeça. Já havia me esquecido do Baile Garota Pitangueiras.

— Como vou dançar? — Ele levantou o braço devagar, mostrando o gesso. — Minha noite está arruinada.

— Sem dramas. Sua noite não está arruinada. Você vai acompanhado de uma bela garota, vai ficar a noite toda ao lado dela e dançar na próxima festa que tiver.

— Pra você, que detesta dançar, é fácil ficar falando.

Ele fez cara de desiludido e tive um pouco de pena. Beto sempre gostou de dançar, o que o ajudava com as garotas. Incrível como as mulheres sempre se derretem por um cara que dança bem. Com o Caveira era a mesma coisa, embora ele não dançasse tão bem quanto o Beto. Já eu... Sempre fui um desastre e prefiro assistir a que arriscar.

— A Alice está em casa?

— Sim, está lá em cima, no quarto — disse ele calmamente, e continuou vendo TV. Fiquei sentado, olhando para o Beto, que se virou para mim. — Não vai lá? — Ele franziu a testa.

— Ir lá? No quarto dela? — Estranhei a atitude dele.

— Sim. Qual o problema?

— Qual o problema? — Acho que dei uma risada nervosa. — Você, VOCÊ, está me mandando para o quarto da sua irmã?

Ele riu e me olhou.

— Sei que você não vai fazer nada com a Alice aqui, na minha casa, comigo na sala.

Ele estava certo, eu sabia disso, mas ao mesmo tempo aquela atitude era inusitada.

— Sim, mas é um pouco estranho. Você só falta me matar quando dou um beijo na Alice.

Ele suspirou e abaixou um pouco o volume da televisão.

— Eu sei, estou tentando mudar. Não quero atrapalhar o namoro de vocês, como falei ontem. Não quero mais ver vocês brigando por minha causa.

— Mas nós não brigamos por sua casa.

— Você fala isso, mas acho que contribuí. Vou tentar pegar leve. Não adianta falar que confio em você se não mostrar essa confiança.

— Isso é verdade — disse e me levantei.

Fui andando em direção à escada e escutei Beto me chamar.

— Mas já sabe: se fizer qualquer coisa com minha irmã, você é um cara morto.

Virei os olhos. O Beto nunca ia mudar.

Subi até o quarto da Alice e bati de leve na porta. Ela me mandou entrar e tive uma visão perturbadora. Alice estava deitada na cama, de bruços, lendo um livro. As pernas estavam levantadas para trás na altura do joelho, com os pés cruzados. Ela usava uma blusa justa e um shortinho jeans. Fiquei ali parado, segurando a maçaneta, provavelmente com cara de bobo, enquanto ela me olhava e sorria.

— Não vai entrar? — perguntou ela, e se sentou na cama, colocando as pernas para baixo.

— Vou, claro. — Entrei e fui caminhando em sua direção, mas ela me fez parar.

— Feche a porta — sussurrou.

— Você está maluca? Uma coisa é o Beto me deixar vir aqui, outra é nós ficarmos com a porta fechada.

Ela se levantou, foi até a porta e posso jurar que escutei o barulho da chave virando na fechadura. Alice me puxou para a cama.

— Beto não vai subir, ele está vendo TV e dopado com os remédios. Meus pais foram até o Pitangueiras para um churrasco com os amigos e não vão voltar tão cedo. E a Emília está em algum lugar da cidade com o Otávio, mas ela seria a que menos nos incomodaria.

— Mesmo assim...

Não consegui terminar de falar. Alice me puxou, me beijou e me deitei por cima dela. Deveria ser um momento perfeito para mim, ali com aquela garota maravilhosa, mas não tinha clima. Só pensava no Beto lá embaixo.

— Alice, espera. — Eu me afastei dela. — Não dá pra ficar aqui com você assim.

— Uau, achei que você gostaria da produção — ela disse, mostrando a roupa, ou pouca roupa, que usava e fez cara de triste.

— É claro que gostei, só um louco não gostaria! Mas seu irmão está lá embaixo e não consigo esquecer isso.

— Você tem que parar de colocar o Beto entre a gente.

— Não dá. É claro que gosto de ficar com você, de te beijar, de dar uns amassos, mas não vou conseguir ficar na boa aqui sabendo que ele está lá. — Eu me encostei na cabeceira da cama e ela ficou parada, me olhando. Suspirei e a puxei para perto de mim. — Você tem que aparecer mais lá em casa — disse baixinho, e a beijei. — Aqui não dá.

— Já entendi. — Ela suspirou também e se deitou no meu peito, me abraçando forte. — Não estou falando pra você fazer nada, só ficar assim está bom.

Eu a abracei forte também e ficamos ali, curtindo um pouco a companhia um do outro.

Eu e o Caveira chegamos ao Pitangueiras e fomos procurar o Beto. O salão do clube já estava cheio, mas eu sabia onde ficava a mesa que ele havia comprado, então não foi difícil encontrá-lo. Ele estava sentado ao lado da Juliana, linda em um vestido preto de festa. Alice tinha ido mais cedo para os preparativos do desfile, quando ela entregaria a coroa e a faixa para a nova Garota Pitangueiras.

— Onde está a namorada? — perguntou Beto em tom provocativo ao Caveira.

— Não começa você também — disse ele, tentando fingir que estava irritado.

— O que ele tem? — Beto perguntou para mim.

— Acho que está com medo de se apaixonar. — Dei de ombros e me sentei ao lado dele, sem conseguir tirar os olhos da Juliana. Ela percebeu e desviou o olhar.

— Já vi que vão pegar no meu pé a noite toda — esbravejou Caveira, se sentando ao meu lado. — Onde está a Emília?

— Por aí com o Otávio — respondeu Beto, enquanto servia um pouco de uísque para nós.

— E você deixou? — Caveira arregalou os olhos.

— Eles só estão por aí. Não estão fazendo nada demais. Eu acho.

— Como eles vão fazer algo aqui? — disse Juliana para o namorado, visivelmente recriminando o modo controlador dele com as irmãs.

— Ei, estou tentando mudar! — Beto pareceu um pouco magoado, e Juliana deu um beijo nele.

— Eu sei — sussurrou ela, sorrindo, e, para variar, senti inveja daquele carinho todo.

Desviei o olhar; estava me sentindo muito masoquista. Percebi Caveira olhando em volta.

— Já volto. — Ele se levantou.

— Traz sua namorada aqui pra conhecermos — brinquei antes de ele sair, mas Caveira fingiu não me escutar.

— Você acha que isso é sério? — Beto quis saber.

— Não sei. — Dei de ombros. — Acho que não, você conhece o Caveira. Logo ele vai enjoar da menina.

— Ele pode se apaixonar — comentou Juliana.

— Difícil — eu disse e olhei os dois, me lembrando de como Beto era um galinha convicto. — Bom, tudo é possível.

— Espero que sim. Ela é muito legal, não merece sofrer. — Juliana olhava de longe o Caveira conversando com a Rafa.

— Quem dera se uma pessoa legal não sofresse — filosofei, mais para mim do que para eles.

— Ei, você está sofrendo? Achei que havia feito as pazes com a Alice — comentou Beto, e percebi minha mancada. Tentei consertar.

— Não estou falando disso. Estou falando de um modo geral.

Ele pareceu satisfeito com minha resposta, mas vi que Juliana percebeu a indireta, porque ficou um pouco incomodada.

— Animado pra ver sua namorada lá no palco? — perguntou Beto.

— Sim. Mas ela falou que só vai entrar no final e entregar faixa, coroa, essas coisas, pra quem vencer.

— Mesmo assim. Alice ainda é a mais bonita de todas.

— Quanto a isso, tenho que concordar — eu disse, sentindo uma pontada de orgulho pela namorada que eu tinha.

— Mas e aí? Animado para ir a Belo Horizonte na sexta?

— Sim. — Balancei a cabeça.

— Vamos sair depois do almoço, viu?

— Você já falou isso, Beto. Pode deixar que estarei pronto. Vamos no meu carro, certo?

— Acho que não vai precisar. Parece que o Otávio ofereceu o carro dele. — Beto fez uma careta.

— Se precisar, não tem problema.

— Deixa ele, está querendo se mostrar útil. — Beto novamente fez uma careta.

— Para de implicar com o Otávio. Ele é gente boa — disse Juliana, dando um tapa de leve no braço do Beto.

— Você e a Alice vão com a Emília e o Otávio no carro dele, a Ju e eu vamos com o Caveira e a Rafa no carro dele, já que ainda não posso dirigir — explicou Beto, mostrando o braço engessado.

— Hum, então o Caveira vai conseguir levar a Rafa?

— Meu pai conversou com os pais dela. Não sei se eles sabem que os dois estão namorando e o Caveira vai.

— Entendi.

— Mas lá no apartamento nada de casal dormindo junto! — Ele foi enfático, e Juliana virou os olhos e olhou para mim.

— Não falei nada. — Tentei me defender.

— Não confio no Otávio. — Beto bebeu um pouco mais de uísque e olhou para mim. — Por isso ele fica comigo no quarto que tem duas camas de solteiro. Você e o Caveira ficam no outro. As meninas vão ficar na suíte.

— Não são quatro quartos? — Estranhei.

— Sim, mas todas juntas fica mais fácil vigiar.

— Você está parecendo o meu pai — brinquei, mas me arrependi, porque Beto não riu.

— Eu falei com ele pra parar com essas neuroses — disse Juliana para mim, e fiquei feliz por estarmos tendo uma conversa normal.

— Concordo.

— Você fala isso porque não tem irmã.

— Relaxa. — Foi a única coisa que consegui falar. Vi um movimento no palco e mostrei para eles. — O desfile vai começar, vê se desestressa.

O desfile foi rápido. Várias garotas andaram na passarela e eu não conhecia nem a metade. Já o Caveira ia falando quem era quem, de qual família vinha, e isso não era de espantar. Nunca vi alguém que conhecesse tão bem a ala feminina de Rio das Pitangas como ele. E é claro que a cidade toda o conhecia também.

Ele trouxe a Rafa para nossa mesa e a menina ficou quase o tempo todo muda, às vezes conversando um pouco com Juliana. Era tímida e acho que estava com receio de não ser aprovada por mim e pelo Beto como namorada do nosso amigo. Senti um pouco de pena da coitada, porque dava para ver claramente que ela estava apaixonada pelo Caveira. Acho que ela o olhava do mesmo jeito bobo que eu olhava para a Juliana. Pelo menos era assim que o Beto a olhava também.

Alice entrou no final, para cumprimentar a nova Garota Pitangueiras. Estava estonteante em um vestido creme e foi muito aplaudida. Escutei vários assobios para ela e senti novamente aquela pontada de orgulho. Todos os homens de Rio das Pitangas sabiam que agora Alice era uma garota comprometida. Comigo, é claro.

Após o desfile, vi a Alice perto do palco. Ela tentava chegar à nossa mesa, mas toda hora era parada por alguém que queria cumprimentá-la. Até parecia que havia acabado de vencer o concurso.

— Com licença, vou buscar minha namorada — disse para todos na mesa e me levantei, indo em direção a Alice.

Quando estava quase chegando, senti alguém segurar meu braço. Virei e dei de cara com a Talita, minha ex-namorada.

— Não fala mais com os amigos?

Levantei a sobrancelha e quase falei que não éramos amigos, mas deixei passar.

— Oi, Talita. Quanto tempo — disse, como se fosse a coisa mais normal do mundo.

Ela ficou um pouco hesitante, esperando que eu a cumprimentasse com beijinhos, mas eu sabia que Alice sentia ciúme dela, então não quis arriscar.

— Como foi lá em Florianópolis?

— Foi tudo bem.

— Ah. — Ela balançou um pouco a cabeça e olhou para a Alice. Eu olhei também e ela estava nos encarando. — Quer dizer que você está namorando a Alice Gomes.

— Sim, estamos juntos. — Não sabia aonde ela queria chegar, mas não estava gostando do rumo daquela conversa.

— Sempre soube que ela gostava de você. Sempre soube que tinha algo aí.

— Opa, calma! O que você quer dizer com isso? — perguntei, cerrando os olhos, e percebi o semblante de Talita mudar.

— Eu sabia que ela gostava de você, mas você sempre disse que não tinha nada a ver.

— E não tinha mesmo — eu disse com a voz firme ao perceber que Talita estava prestes a chorar.

— E quem me garante?

Dei um longo suspiro.

— Olha, comecei a namorar a Alice há poucas semanas. Nunca tivemos nada.

— Sei... Nunca acreditei naquele pacto com o Beto.

— Eu não te devo explicação alguma, mas, já que você quer, aí vai: foi um custo para o Beto aceitar meu namoro, pode perguntar pra qualquer pessoa. Quando eu estava com você, estava com você e pronto. E foi você quem me largou.

— Claro, você ia ficar três meses fora! — disse ela um pouco alto, e algumas pessoas olharam para nós.

— Sem escândalos — pedi, em voz baixa. — Eu ia te levar pra passar o mês de janeiro comigo lá.

— O quê? — perguntou ela com a voz engasgada, e me olhou assustada.

— Esse seria meu presente de Natal pra você. Mas o que aconteceu? Você nem quis me escutar quando fui conversar sobre as férias. Já veio me atacando, dizendo que eu não ia ficar três meses longe e que precisava escolher entre você e a viagem.

— Você não me deu opção!

Suspirei de novo e percebi Alice se aproximando. Queria encerrar logo aquela conversa.

— Quando voltou, você podia ter me procurado. A gente podia ter dado outra chance ao namoro. — A voz dela continuava falhando, como que sufocada por um choro preso.

— Pra quê? Já tinha acabado. E, do modo como acabou, não tinha como voltar.

Talita se aproximou mais de mim antes de Alice chegar, mas eu sabia que ela podia ouvir nossa conversa à distância em que estava.

— Quem sabe não dava certo? — sussurrou ela.

— Estou com a Alice. Eu gosto dela — disse, baixo.

Talita mordeu o lábio inferior, olhou para mim e depois para o lado, onde eu sabia que estava Alice. Deu um sorriso nervoso e saiu de perto. Passei a mão no cabelo e me virei.

— Obrigada — disse Alice, e chegou perto de mim. Eu a abracei.

— Eu gosto de você — respondi, dando um beijo em sua testa.

CAPÍTULO 34

Estava me arrumando para a viagem quando escutei um barulho no andar de baixo. Fiquei quieto, tentando pensar no que podia ser. Desci as escadas e encontrei meu pai colocando sua pasta em cima da mesa da sala.

— Pensei que não viria almoçar aqui hoje.

— Resolvi vir pra me despedir de você. — Ele me olhou e ficou alguns instantes me analisando. — E como você está?

— Estou bem — respondi, sem entender muito a pergunta.

— Quero saber sobre seu namoro, a Juliana...

Virei os olhos e tentei ficar calmo, mas é claro que ele percebeu que o assunto não me agradou. Senti que ele também estava desconfortável em falar sobre isso comigo.

— Estou bem, meu namoro está bem e a Juju também está bem — disse, e não dei muito tempo para ele se intrometer novamente. — Bom, estou indo; o Otávio já deve estar chegando.

Fui até a porta, antes que ele começasse um sermão sobre eu ainda não ter esquecido Juliana. Já bastava o Caveira me enchendo.

A viagem para Belo Horizonte foi tranquila. Chegamos lá no meio da tarde. Como o Beto já havia determinado, fiquei com o Caveira em um dos quartos que tinha duas camas de solteiro, e ele ficou com o Otávio no outro, para vigiar o namorado da irmã. As meninas se acomodaram todas em uma das suítes e carregaram o outro colchão de casal para lá. Com todas juntas no mesmo lugar, Beto estava mais calmo.

Ficamos bebendo cerveja na espaçosa varanda do apartamento. Um vento fraco corria por ali e o clima estava agradável. À noite, íamos a uma boate da moda que ficava praticamente em frente ao prédio, então todos puderam relaxar e beber enquanto jogávamos conversa fora, sem a preocupação de dirigir de madrugada.

Decidimos que as meninas usariam os banheiros das duas suítes para se arrumar enquanto nós quatro dividiríamos o outro banheiro do apartamento. Mesmo assim, ainda ficamos prontos antes delas. Nunca entendi por que as mulheres demoram tanto para tomar banho e se arrumar. Basta colocar a roupa e pronto. Certo?

Eu estava no quarto terminando de calçar o sapato enquanto o Caveira abotoava a camisa, quando alguém bateu de leve na porta. Era Emília.

— Já está pronto? — ela perguntou para mim. — Quero te pedir um favor.

Franzi a testa, tentando imaginar o que ela poderia querer comigo.

— Pode falar — disse, receoso.

Ela ficou um instante quieta na porta, olhando para mim e para o Caveira, enquanto mordia o lábio inferior.

— Se quiser, eu saio — disse Caveira, percebendo a hesitação dela.

— Não. — Emília balançou a cabeça e se aproximou de mim, se sentando ao meu lado na cama. — É que eu quero dormir com o Otávio hoje. — Ela quase sussurrou.

Arregalei os olhos.

— Você está louca?

— Ah, Cadu!

— Como você vai fazer isso com seu irmão aqui?

— Não sei. — Ela deu de ombros. — Por isso vim falar com você.

— Não conte comigo. Não quero confusão com o Beto.

— Por favor... Não vai ter confusão! Você diz que quer dormir com ele lá no quarto, que o Caveira ronca, sei lá.

— Ei! — protestou Caveira, mas foi ignorado.

— Não vai dar certo, ele vai perceber que é armação. — Fiquei quieto e passei uma das mãos no meu cabelo. — Não, não quero confusão com o Beto. Finalmente consegui que ele parasse de pegar no meu pé por causa da Alice. Ele não vai cair nessa.

Emília ficou quieta, triste, mas conformada. Ela sabia que era um pedido absurdo.

— Eu ajudo — disse Caveira, e nós dois o olhamos, espantados. — Eu ajudo você.

— Agora você que ficou maluco. — Balancei a cabeça. Quem diria, o Caveira ajudando Emília a ficar com outro.

— Sério? — Ela sorriu.

— Sério. — Ele retribuiu o sorriso.

— Posso saber o que você pretende fazer? — perguntei.

— Ainda não sei. — Ele deu de ombros.

— Bom, melhor mesmo eu não saber. — Eu me aproximei do Caveira. — Não quero ser seu cúmplice — eu disse, dando ênfase à palavra *cúmplice*. É óbvio que ele entendeu por quê, mas não se importou.

— Nem sei como agradecer. — Emília se levantou e deu um beijo no rosto do Caveira. Os dois ficaram se olhando e ele apertou o queixo dela.

— Não tem que agradecer. Só preciso falar com a Rafa para ela não estranhar nenhuma atitude minha hoje.

— Já vi que a noite não vai prestar — eu disse, saindo do quarto.

E não prestou mesmo. Caveira deu um porre no Beto. No meio da noite, eu, Alice e Juliana o levamos de volta ao apartamento, quase carregado, enquanto os outros ficaram na boate por mais um tempo. Chegando ao apartamento, fomos para o quarto e colocamos Beto deitado na cama, e ele logo pegou no sono.

— Como vai ser a distribuição? — perguntei.

— Você dorme aqui com ele — respondeu Alice, enquanto ajudava Juliana a tirar os sapatos do Beto.

— E amanhã, quando ele acordar, eu falo o quê?

— Que ficou aqui para ajudar se fosse preciso. — Alice deu de ombros, olhando o irmão. — Ele vai acreditar que você preferiu dormir aqui com ele nesse estado a deixar o Otávio.

— Eu, a Alice e a Rafa vamos dormir juntas, e a Emília vai pra outra suíte. Já levamos o colchão pra lá — comentou Juliana, sem tirar os olhos do namorado, que dormia pesado. Eu não queria nem saber quando elas levariam o colchão sem o Beto perceber.

— Ok. — Eu olhei para o Beto e balancei a cabeça. — Bom, vou pegar minhas coisas e venho para cá, mas acho que tão cedo ele não acorda.

— Eu fico aqui até você voltar — disse Juliana, e se sentou ao lado do namorado.

— Eu vou dormir. Preciso descansar para o desfile de amanhã. — Alice me olhou e saímos do quarto. Encostei a porta. — Bem que podíamos dormir juntos também — propôs ela, maliciosamente, enquanto me beijava.

— Pensei que você tinha que descansar. — Eu a abracei e retribuí o beijo.

— E tenho. — Ela se afastou. — Além do mais, não tem clima nenhum dormir com você debaixo do mesmo teto que meu irmão e essa cambada de gente.

— Isso é verdade. Pelo seu irmão.

Eu sorri, dei mais um beijo em Alice e depois fiquei esperando até ela entrar no quarto.

Fui até o meu e peguei o pijama. Passei no banheiro para escovar os dentes e voltei para o quarto onde Beto dormia. Abri a porta e vi Juliana deitada ao lado dele, acariciando seu rosto. Sempre soube que a inveja é um dos piores sentimentos, mas desde que me apaixonei por Juliana eu sentia isso constantemente.

— Oi — eu disse, fechando a porta.

Ela se levantou.

— Você foi rápido.

— Só escovei os dentes e peguei meu pijama. Já pode ir dormir, se quiser.

Juliana ficou quieta, olhando o Beto. Eu senti um clima tenso enquanto estava ali parado, ao pé da cama em que eles estavam.

— Se quiser dormir aqui com ele, eu vou para o outro quarto.

— Não! — Ela me olhou assustada.

— É sério. Não acho que ele vá representar perigo para alguém hoje. — Tentei brincar para quebrar o gelo. Deu certo porque ela sorriu.

— Beto caiu direitinho na conversa do Caveira de fazer um duelo de bebidas. — Ela suspirou. — Espero que ele não descubra nada.

— Também espero.

Ficamos mais um tempo quietos, e eu ainda sentia a tensão no ar. Estava um silêncio um pouco desconfortável, daqueles quando ninguém sabe o que fazer e falar e, ao mesmo tempo, sabe que, se demorar muito, vai acabar acontecendo uma besteira. Ficar sozinho com a Juliana era sempre um perigo, ainda mais depois de ingerir um pouco de álcool. Bom, teoricamente não estávamos sozinhos, mas no momento o Beto e uma porta desempenhavam o mesmo papel.

De repente, Juliana se levantou, passou a mão na cabeça do Beto e olhou para mim.

— Vou dormir. Boa noite. — Ela esboçou um meio-sorriso e saiu do quarto.

Não sei o que me deu, mas, antes que ela fechasse a porta, fui atrás.

Segurei-a no corredor e bati a porta atrás de mim, embora soubesse que o Beto não acordaria nem que uma banda de música entrasse no quarto.

— Juju, espera.

— Você está maluco? — perguntou ela, olhando para os lados como se alguém pudesse aparecer ali.

— Só quero te dar boa-noite. — Eu ainda segurava o braço dela, e senti em seu olhar o pavor de que alguém nos visse.

— A Alice pode aparecer.

— Não estou fazendo nada demais. — Dei de ombros, mantendo meus olhos fixos em seu rosto.

— O que você quer? — Ela evitava me olhar.

— Já disse, dar boa-noite. — Finalmente a soltei. Senti meu coração disparado e minha respiração ofegante.

— Boa noite.

Ela levantou o rosto e tinha um olhar desafiador, como se duvidasse que eu fizesse algo bem ali, com Alice e Beto dentro do apartamento, o que a deixou ainda mais irresistível.

Acho que dei um sorriso com o canto da boca, não me lembro exatamente. Foi tudo muito rápido. Sem pensar muito, eu a puxei e beijei sua boca. Acho que o susto a pegou desprevenida, porque Juliana demorou a me empurrar.

— Você enlouqueceu? — perguntou ela, quando finalmente conseguiu se soltar. Não esperou por mais nada e entrou rapidamente no quarto onde dormiria com Alice e Rafaela.

— Sonhe comigo — sussurrei e voltei para meu quarto. Olhei o Beto estirado na cama. — Desculpa, amigo. É mais forte do que eu.

No dia seguinte, acordei e olhei para o lado. O Beto ainda dormia na mesma posição em que o deixamos na noite anterior. Escutei um burburinho do lado de fora e imaginei que o pessoal já estava de pé. Ia me levantar quando percebi a porta sendo aberta devagar.

Vi que era Juliana e rapidamente fechei os olhos, não sei por quê. Ela entrou, encostou a porta e ficou parada perto da cama do Beto. Com os olhos semiabertos, percebi certa hesitação e meu coração disparou, tentando descobrir o que ela ia fazer. Fiquei torcendo para que viesse para o meu lado, mas não tive sucesso. Juliana foi para a cama do Beto se sentar ao lado dele.

A raiva e a frustração me dominaram, ainda mais quando a vi acariciando seu rosto.

— Bom dia — disse, e vi Juliana levar a mão ao peito.

— Que susto!

Ela me olhou rapidamente, talvez pensando se eu já estaria acordado antes de ela entrar no quarto.

— Que horas são?

— Quase uma da tarde.

— Nossa, dormi demais. — Eu me sentei na cama e a olhei. — Todo mundo já acordou?

— Só o Caveira continua dormindo. — Ela olhou para o namorado. — E o Beto.

— Dá pra entender. — Passei as mãos no cabelo, tentando dar um jeito na minha aparência. Eu me levantei e fui até ela. — Juju, sobre ontem... — sussurrei, com um pouco de medo de o Beto acordar e escutar.

— Não aconteceu nada ontem. Além da bebedeira do Beto e do Caveira.

Ela me cortou e olhou para o namorado, me dando as costas. Fiquei um tempo ali parado até perceber o Beto se mexer na cama. Ele abriu os olhos e nos fitou, um pouco confuso.

— O que aconteceu? — perguntou com a voz embolada.

— Você tomou um porre ontem — disse.

— É, disso eu me lembro. — Ele levou uma das mãos à cabeça. — Estou com uma ressaca fenomenal.

— Não precisava ter bebido tanto — disse Juliana, mas sem censura na voz.

— Eu sei. Estou me sentindo um lixo.

— O Caveira não deve estar tão melhor. — Dei de ombros.

— Acho bom você descansar hoje à tarde para aguentar o desfile — disse Juliana, acariciando a testa do namorado. Beto fez uma careta e se aconchegou na cama, puxando-a para junto dele.

— É o que vou fazer.

Ele a abraçou e eu percebi que estava sobrando. Saí do quarto e deixei os dois sozinhos.

Fui para a sala e encontrei Alice e Rafaela na varanda. A mesa estava posta com as coisas do café da manhã, embora já fosse hora do almoço.

— Já era hora de acordar — brincou Alice.

Ela se levantou e me deu um beijo rápido. Notei que havia uma mochila ao seu lado.

— Vai viajar?

— Não, vou para o desfile.

— Já?

Fiquei espantado porque ainda era cedo, o desfile estava marcado para as sete da noite. Eu me sentei ao lado dela e peguei uma xícara de café.

— Tenho que chegar cedo pra ensaiar, fazer maquiagem, cabelo, experimentar as roupas.

Balancei a cabeça, concordando, como se entendesse do assunto.

— Vai como pra lá? Quer que eu te leve?

— Não precisa, a Emília e o Otávio vão me levar.

Nesse momento, Emília apareceu na sala.

— Vamos, Alice?

Alice me deu um beijo e se levantou.

— Vejo vocês lá.

— Com certeza. — Dei um sorriso para ela, que saiu acompanhada por Emília e Otávio. Olhei para a Rafaela, que estava calada. — Caveira ainda está dormindo? — Tentei puxar assunto.

— Sim.

— Ele deu muito trabalho ontem?

— Não. Ele não ficou tão ruim quanto o Beto.

— É, o Caveira é mais resistente.

— Não. Ele não bebia todas as doses que era pra virar. Beto que não percebeu isso.

Comecei a rir e ela me acompanhou.

— Então esse é o segredo do Caveira.

— Que segredo? — perguntou uma voz, e eu olhei para o lado para ver o Caveira chegando na varanda.

— A Rafa está me fazendo umas revelações interessantes aqui.

— Puxa, princesa, não é pra contar meus segredos — brincou ele, enquanto dava um beijo na testa dela. Caveira se sentou com a gente e começou a comer. — Que fome! O Beto já acordou?

— Já. Está no quarto com a Juju. Ele está detonado.

— Imagino que sim. A ressaca dele vai ser pesada. E o resto do povo?

— A Emília e o Otávio foram levar a Alice até o lugar onde vai ser o desfile. Ela precisa estar lá cedo.

— Ah. — Ele mordeu um pedaço de pão e me olhou. — Por falar em segredo... Você sabia que nós fazemos sucesso no Instituto?

Eu o olhei com cara de interrogação.

— Murilo! — Rafaela deu um tapa no braço dele, que deu de ombros.

— O que foi? Não tem problema o Cadu saber, ele não é metido.

— Não estou entendendo nada.

Caveira chegou um pouco para a frente, como se fosse falar algo confidencial.

— A Rafa me disse que nós somos famosos no Instituto. Que a mulherada é doida pelos Três Mosqueteiros.

— Eu não falei isso — disse Rafaela, e ficou ruborizada.

— Falou sim, nem adianta negar. — Ele olhou para ela e depois se virou para mim. — Parece que somos uma espécie de celebridade. Que elas enlouquecem, que são apaixonadas, esse tipo de coisa. Já pensou?

Eu ri, balançando a cabeça, e naquele momento percebi que o namoro do Caveira estava com os dias contados. Agora que ele sabia disso, não iria se prender a menina alguma.

— Eu já tenho a minha namorada, Caveira. Nenhuma outra garota me interessa.

— Aí é que está. Pelo que a Rafa falou, depois que você começou a namorar a Alice Gomes, sua cotação subiu.

Eu dei uma gargalhada.

— Quanta besteira!

— Besteira nada. Imagina se amanhã você termina com a Alice? Vai ter uma fila de mulher atrás de você.

— Não estou planejando terminar meu namoro amanhã. Estou bem, obrigado. É bom sossegar um pouco.

— Você sempre está namorando. Não curte a vida.

Caveira fez uma careta para mim e não sei se a Rafaela imaginou o perigo que seu recente namoro corria. Ela olhava para o Caveira como se o idolatrasse e não percebeu que aquela informação inocente poderia pôr um fim em seu relacionamento.

— Não estou sempre namorando. Apenas encontrei alguém com quem gosto de ficar. Não preciso procurar outra pessoa, não no momento.

Beto apareceu na sala acompanhado de Juliana. Estava com uma cara horrível.

— Bom dia, gente.

Ele se sentou ao meu lado e encheu uma xícara de café. Juliana se sentou ao lado dele.

— Beto, você não vai acreditar no que a Rafa me falou sobre as meninas do Instituto — disse Caveira, e começou a contar para o Beto tudo de novo.

CAPÍTULO 35

Eu tentava elaborar o recurso de apelação para o caso fictício que o professor de Direito Civil havia pedido. O trabalho não estava tão bom quanto eu gostaria, mas minha criatividade no momento era ruim. Uma batida de leve na porta me fez acordar dos meus pensamentos.

— Pode entrar — disse.

— Oi. — Alice pôs a cabeça dentro do quarto. — Atrapalho?

— Não, entra aí. — Eu me levantei da cama, onde estava cercado por papéis. Alice entrou e eu fechei a porta. — Estava tentando terminar um trabalho pra faculdade, mas não estou conseguindo — disse, tomando Alice em meus braços e beijando-a.

— Então estou atrapalhando.

— Claro que não. Agora tenho uma desculpa pra não fazer o trabalho.

Ela me deu outro beijo.

— Vou ficar na internet enquanto você termina.

Alice se sentou em frente à minha escrivaninha, ficando de costas para mim. Eu voltei para a cama e recomecei a escrever, mas logo parei e a observei. Ela estava sentada em cima da perna esquerda, com as pontas dos dedos da direita encostando no chão. Fui olhando cada centímetro de sua perna bem torneada, até chegar aos quadris, cintura, corpo todo. Alice era perfeita. Eu a queria demais, e isso me deixava assustado.

— Como você entrou? — perguntei, me aproximando dela.

— A Ruth estava saindo.

— Pensei que ela já tivesse ido. Faz um tempinho que ela veio aqui se despedir. — Eu passei a mão no cabelo de Alice, tirando uma mecha do rosto.

— Não, ela saiu só agora.

Nesse momento percebi que estava a sós com Alice. Comecei a beijá-la novamente e ela me puxou para a cama, jogando meus papéis para o chão.

O beijo e os amassos foram ficando mais intensos, e Alice tirou minha camisa. Ela usava uma saia jeans, e o toque da minha mão em suas coxas me levou à loucura. Comecei a desabotoar sua blusa, mas de repente parei e me afastei.

— O que foi? — perguntou ela, espantada.

— Não posso fazer isso.

Fiquei olhando para ela ali, sentada na minha cama com a blusa aberta. Podia ver todo o sutiã dela e o contorno dos seus seios.

— Pensei que você me quisesse — disse ela, com a voz um pouco chorosa, e percebi que estava se sentindo rejeitada.

Eu me senti mal com isso e me sentei em frente a ela, segurando suas mãos.

— Eu quero. Mas o Beto me mata se acontecer.

— Beto, Beto, Beto. Você só pensa nele quando está comigo? — perguntou ela, um pouco brava.

— Não tem como não pensar. Apesar de já aceitar nosso namoro, todo dia que o encontro ele me lembra que pode me matar a qualquer momento se eu tocar em você na região entre o pescoço e o tornozelo.

— O Beto não está aqui, nem precisa ficar sabendo. — Ela se aproximou de mim.

— Você sabe que, se eu tirar a sua virgindade, o Beto vai me esfolar vivo, não sabe? E seu pai também.

— Senta aqui. — Ela me puxou. — Nós dois estamos namorando, eles te conhecem. E eu gosto de você, sei o que faço.

Eu me senti um pouco mal. Dei um longo suspiro, fechei os olhos e resolvi ser sincero com Alice.

— A gente precisa conversar antes. Não quero fazer nada no impulso porque não quero que você se arrependa.

— Eu não vou me arrepender.

— Escuta primeiro. — Meus olhos foram novamente para a blusa aberta dela e eu comecei a abotoar para não me distrair. — Eu sei que você gosta de mim. Mas sei também que a primeira vez para uma garota é especial e eu preciso ser sincero com você. — Respirei fundo e não consegui mais encará-la. As palavras não saíam.

— Sei o que você vai me dizer. Que não me ama, não é mesmo?

Eu a olhei, espantado.

— O quê?

— Eu sei que você não me ama. Não como eu te amo.

— Alice, gosto muito de você. Gosto mesmo. Mas amar? Desculpa, não posso te enganar.

— Não está me enganando. Eu sei que você não me ama. Sei que gosta de mim sim, que me deseja, mas não me ama.

Eu ia falar, mas ela me impediu.

— Não se preocupe. Não estou com raiva de você; eu provoquei isso. Sabia que você estava muito bêbado na festa da Ju e me aproveitei da situação. Sabia que, se acontecesse, o Beto ia acabar com essa bobagem de pacto. Eu te puxei para isso.

Suspirei. Aquilo tudo não era segredo para mim, já havíamos conversado depois da festa da Juliana. Eu a olhei completamente sem graça e toquei seu rosto.

— Mas eu não me arrependo. Estou gostando de ficar com você.

— Eu sei. — Ela sorriu. — E eu já fiz a minha escolha. Gosto de você e quero que você seja o primeiro.

— Você tem certeza?

— Tenho, conversei bastante com a Emília sobre isso e ela me deu vários conselhos. Não decidi agora, neste momento. Já venho pensando nisso faz algum tempo. — Ela ficou me olhando durante alguns segundos. — Agora é a minha vez de ser sincera. Quero logo porque no mês que vem estou indo para São Paulo.

Franzi a testa.

— São Paulo?

— Consegui alguns trabalhos de modelo lá enquanto termino o colégio. É bom pra ir conhecendo o pessoal da área antes de fazer faculdade de moda.

Eu estava atônito.

— Não imaginava.

— Ninguém sabe, só o pessoal lá de casa, mas pedi para o Beto não te contar porque eu mesma queria te falar. No desfile que fiz em BH no fim de semana passado conheci um estilista famoso de São Paulo. Por isso quis tanto ir ao desfile: eu sabia que ele estaria lá e que tinha chances de conseguir algo, só não falei nada antes porque não era certeza. — Ela parou de falar por uns segundos, talvez para deixar eu assimilar tudo. — Então quero isso como um presente seu, para levar de lembrança. Uma recordação marcante do meu primeiro namorado. — Ela sorriu novamente. — Meu primeiro namorado que vai virar ex. Porque é claro que a gente vai ter que terminar. Não vou deixar de ir por sua causa, por mais que te ame. E não vou manter um namoro a distância porque não sei com que frequência vou vir aqui.

Eu estava espantado com tudo que ela me falou e com o quanto Alice era prática. Não consegui pensar em nada.

— Mesmo assim, Alice. Você tem certeza?

Estava temeroso pelo Beto. Sabia que se ele pensasse sobre a irmã dele e eu juntos, daquele jeito, como uma despedida, nossa amizade estaria acabada. E, ao mesmo tempo, não queria que acontecesse porque Juliana ficaria sabendo. Ela não iria aceitar, afinal de contas era a melhor amiga de Alice. Mesmo assim eu a desejava demais.

— Cadu... — Alice se aproximou e eu senti seu corpo encostado ao meu. — Eu quero e você quer. Ninguém precisa saber — sussurrou ela em meu ouvido, como se lesse meus pensamentos.

Fiquei de frente para ela, com uma das mãos em seu queixo.

— Não vou negar, eu quero muito você. Mas não quero estragar a minha amizade com seu irmão.

— Ele não vai ficar sabendo.

— E a Juliana? — perguntei.

— O que tem ela? — Alice franziu a sobrancelha.

— Ela namora seu irmão e é sua melhor amiga.

— Eu disse que ninguém ficaria sabendo. Só você e eu.

— Tem certeza?

Ela balançou a cabeça com um sorriso travesso nos lábios.

Passei uma das mãos em seus cabelos e a puxei delicadamente para perto de mim. Comecei beijando-a de leve até ficar mais intenso, e dessa vez nenhum dos dois estava com pressa e fomos tirando a roupa devagar, os dois curtindo cada movimento e cada momento.

※

— Você e Alice o quê???? — gritou Caveira. Estávamos os dois no quarto dele.

— Fala baixo, sua mãe pode escutar.

— Você ficou maluco? O Beto vai te matar.

— Ele não vai ficar sabendo.

Caveira me olhou, censurando.

— Ei, pensei que você tinha dito que era pra eu me apaixonar por ela, levar a sério esse namoro.

— Você se apaixonou por ela? — perguntou ele, com uma expressão de dar medo. Ele sabia a resposta e eu também.

— Não, mas...

— Então, pronto! — Ele não deixou eu terminar de falar. — Você não a ama, apenas a deseja. Foi sacanagem sua, com o Beto e com a Alice.

— Eu não fiz nada sozinho! Ela queria.

— Claro, ela te ama. É uma burra.

— Caveira, senta e me escuta. — Eu o fiz se sentar na cama. — Alice está indo para São Paulo. Ela me procurou, ela queria. O que você faria no meu lugar? Tentei resistir, mas não dá pra resistir quando se tem uma garota maravilhosa como a Alice no meu quarto, me querendo. E ela é minha namorada.

Ele respirou fundo, talvez organizando o pensamento.

— Mesmo assim...

— Olha, estou te contando porque você é meu amigo, sabe de tudo. Precisava falar isso pra alguém.

— E você acha mesmo que ela não vai falar com ninguém? Se você está me contando, é claro que ela vai contar pra uma amiga. Juliana, talvez... — Ele fez uma voz maliciosa, como quem dizia que eu tinha me ferrado. Realmente, não havia pensado naquilo.

— Não. Ela não vai contar pra Juliana. Talvez pra Emília... — Assim eu esperava.

— Vamos ser práticos. Você realmente acha que o Beto não vai descobrir nada?

— A Alice está indo embora. Não vai descobrir, pode ficar calmo.

— Você só faz besteira, viu?

A NAMORADA DO MEU AMIGO

❧

Beto e eu estávamos trabalhando no projeto de Direito Penal, que deveríamos apresentar em breve. Na verdade, apenas eu fazia o trabalho; Beto estava sentado ao meu lado, só olhando para o teto e pensando na vida.

— Essa matéria é chata demais — reclamou ele.

— Eu gosto.

— Sorte a minha. — Ele pegou um papel, aleatoriamente.

— Posso fazer tudo sozinho, já te falei. Mas você tem que decorar sua parte, porque os dois têm que apresentar o trabalho.

— Ok, só me passa as minhas falas.

— Isso não é uma apresentação de teatro — eu disse, enquanto dava a parte dele.

— Pra mim, é como se fosse. Vou decorar tudo, falar e esperar os aplausos do professor.

Ele pegou os papéis da minha mão e deu uma olhada por alto.

— Você fica com a apresentação do caso e eu faço a defesa, assim fica mais fácil. Só falta terminar uma pequena parte e pronto.

Continuei escrevendo, enquanto o Beto passava as mãos no rosto. Senti que ele estava inquieto, mas não falei nada. Por um momento, pensei que ele havia descoberto tudo o que aconteceu entre Alice e eu.

— Estou pensando em convidar a Juliana para passar um fim de semana comigo em uma cidadezinha aqui perto.

— O quê? — Pensei não ter escutado direito.

— Passar o fim de semana juntos. Só nós dois, curtindo um pouco, você sabe. — Ele deu um sorriso que eu conhecia bem. — Você acha que ela aceita?

— Hã?

— Se ela aceita ir comigo. Ficar sozinha comigo.

— Como eu vou saber? — Estava espantado, sem saber o que falar. A vontade era esmurrar a cara do Beto.

— Vocês são amigos. Pode saber alguma coisa, vocês conversam, ela pode ter falado algo.

— A Juliana não conta as intimidades dela pra mim. Você perguntou para a pessoa errada — respondi, com um pouco de raiva na voz. Se ele percebeu, não falou nada.

— Ela está me deixando doido. — Ele suspirou. — Preciso ter a Ju, sabe... Preciso... Ah, você sabe.

Sim, eu sabia, mas só de pensar naquilo acontecendo meu coração já começava a apertar. Não tinha como impedir, era questão de tempo, sempre soube disso. Mas não precisava ficar ali, escutando aquelas coisas. Bom, na verdade não tinha como escapar, ele era meu melhor amigo. E eu sabia o que ele estava passando, pois aconteceu o mesmo comigo e com a irmã dele, com a única diferença de que eu não amava Alice, mas ele amava Juliana. Como EU amava a Juliana.

— O que ela vai falar pros pais dela? — Tentei pensar em algo para estragar os planos do Beto.

— Não sei, não pensei nisso. Mas a gente resolve. Se ela quiser ir, isso será o de menos.

— Não acho legal vocês irem escondido.

— Quem disse que vamos escondido? A mãe dela pode saber, acho que elas são amigas, pelo que a Ju fala. Ela conta tudo pra mãe.

— Sério? — Eu ergui uma sobrancelha. *Será que a tia Ivone sabia de mim?*

— Comentei com a Alice desse meu plano. Sabe o que ela falou?

— Não — respondi, um pouco receoso. Alice era impulsiva e podia ter dito qualquer coisa.

— Disse que queria ir junto, com você. Veja bem, acredita nisso? Alice e você, passando o fim de semana juntos, sozinhos em um quarto. Onde já se viu? — Ele riu.

— Se a Ju pode...

Ele me olhou sério, com um pouco de raiva, e eu me arrependi de ter falado aquilo.

— O que você quer dizer com isso?

— Nada. Esquece. Não quero voltar a discutir com você. Vamos continuar nosso trabalho que é melhor.

Tentei me concentrar nos papéis, mas a cada instante o Beto me fuzilava com o olhar, muito provavelmente tentando adivinhar o que acontecia entre a Alice e eu quando ele não estava por perto.

CAPÍTULO 36

Era uma quarta-feira à tarde e a Alice veio me procurar. Ela viajaria no fim de semana e queria uma despedida. Seria nossa última vez juntos, oficialmente, como namorados. Conhecendo Alice, acredito que seria nossa última vez juntos mesmo. Ela iria para São Paulo e, provavelmente, me esqueceria em breve. Mas devo confessar que essa foi a melhor de todas as vezes.

— Devíamos ter começado a nos despedir antes — brincou ela.

— Com certeza — disse e dei um beijo em sua testa.

Estava deitado na cama, abraçado a Alice, quando escutei uma batida na porta do meu quarto. Eu me assustei, porque sabia que estávamos sozinhos. Ruth já tinha ido embora e meu pai estava em uma reunião no Instituto.

Antes que pudesse me levantar e vestir algo, a porta se abriu.

— Cadu, você mandou me chamar?

Eu vi Juliana ali, parada na porta e olhando aquela cena: eu na cama com Alice. Juliana abriu a boca em uma expressão de espanto.

— Ah! — Ela saiu do quarto, deixando a porta aberta.

Eu me levantei na mesma hora, desesperado, puxando o lençol e enrolando-o na minha cintura. Saí pelo corredor atrás dela e consegui alcançá-la antes que descesse as escadas.

— Espera — disse, segurando seu braço com a mão que estava livre. A outra ainda mantinha o lençol enrolado na minha cintura. Vi algumas lágrimas escorrendo pelo seu rosto e isso partiu meu coração. Eu me senti um canalha. — Juju...

— Me deixa ir embora — sussurrou ela.

— Não, não nesse estado. A gente precisa conversar.

— Conversar o quê? — Ela me fuzilou com o olhar.

— Escuta o Cadu. — Alice chegou na porta do quarto. Ela já estava vestida e olhava aquela cena calmamente, como se não fosse nenhuma surpresa. — E me escute também.

Balancei a cabeça, sem entender nada, e percebi que algo estava errado. Olhei para Juliana.

— O que você veio fazer aqui? Como você entrou? — perguntei, pela primeira vez pensando sobre isso.

— Alice falou que você tinha pedido pra eu vir aqui exatamente neste horário, e que ia deixar a porta aberta.

Olhei para Alice, agora com um pouco de raiva.

— Você armou isso?

— Sim. — Alice foi direta, mas acho que senti sua voz falhar um pouco. Levantei a sobrancelha.

— Você está louca? — perguntei, começando a ficar com mais raiva.

— Vocês querem vir para o quarto conversar? Se o seu pai chegar, não vai ser uma cena muito interessante de ele ver — disse Alice, calmamente.

Eu ainda segurava Juliana com uma das mãos e o lençol com a outra, e fui obrigado a concordar. Olhei para Juliana.

— Vem?

Ela não se opôs e entrou no meu quarto. Parecia transtornada e sem entender o que estava acontecendo. Entrei e fiquei olhando as duas.

— Só um instante. — Peguei uma bermuda e fui até o banheiro me vestir. Voltei e encontrei as duas na mesma posição: Alice sentada na cama e Juliana em pé olhando para o nada. Ficamos os três em um silêncio profundo por um longo tempo até eu olhar para Alice. — Você pode explicar agora por que chamou a Juju aqui?

— Para ela me ver com você.

— Isso eu percebi.

Alice se levantou olhando para mim, e depois olhou para Juliana. Ela respirou fundo.

— Vocês não percebem o que precisa ser feito?

Nós dois olhamos para a Alice ainda sem entender o que ela falava.

— Meu Deus, vocês têm que contar para o Beto!

— Contar? — Eu me fiz de desentendido.

— Que vocês se amam, oras. — Alice deu uma risada nervosa. Ficou um instante quieta e depois passou ligeiramente a mão no olho esquerdo, como se enxugasse uma lágrima. — Está na cara que vocês se amam e que só não ficam juntos por causa do Beto. Ele tem que saber.

— Ele não tem que saber nada — eu disse, ainda confuso.

— Ah não? E vocês vão continuar assim? — Ela apontou para nós dois. — Juliana fica com o Beto, mas quer ficar com você. Você fica comigo ou com qualquer outra, mas quer ficar com ela. — Alice olhou para mim. — Eu te amo, te amo muito, mas você não me ama e eu não acho justo deixá-lo preso a mim. Estou indo embora, atrás dos meus sonhos, e sempre soube que você não faria parte deles. Não dos meus sonhos futuros. — Ela parou de falar e suspirou. — O que aconteceu aqui hoje é o que vai acontecer sempre na vida de vocês, se não tomarem uma atitude. — Ela olhou para Juliana. — Você não se entrega ao Beto porque quer o Cadu. Mas uma hora você vai desistir. — Ela olhou para mim. — E você não vai conseguir imaginar a Ju nos braços dele, nem vai aceitar isso.

O que Alice falava era verdade, mas nenhum de nós dois abriu a boca para dar qualquer opinião. Ela continuou.

— E com isso o Cadu vai procurar outras. Porque você sabe como são os homens — disse ela, olhando para a Juliana. — Eles não conseguem ficar sem uma mulher na cama.

— Ei! — Tentei protestar, mas Alice me calou.

— É verdade. Eu não joguei com você, quis mesmo que fosse o primeiro. Mesmo sabendo que a Juliana gostava de você. Mas eu também gosto. — Ela olhou para Juliana novamente. — Acabei me apaixonando pelo Cadu quando você estava em Porto Alegre, de tanto que me perguntava dele. Como sempre precisava dar informações para você, passei a reparar mais no Cadu. E aconteceu. Mesmo sabendo que você gostava dele, não consegui impedir, foi mais forte do que eu. Tentei controlar, mas não deu. Sinto muito, Ju... — Ela olhou para mim, se aproximou e pegou minha mão. — E você sabe como é essa sensação, afinal se apaixonou pela Ju quando ela já estava com o Beto. Eu percebi isso, uma garota sabe por quem o cara que ela gosta é apaixonado. Você não deu bandeira, não se preocupe; o Beto nem sonha com isso, mas eu consegui perceber.

Alice ficou quieta para tomar fôlego e ver se algum de nós falava algo. Eu olhava para Juliana, que olhava para baixo o tempo todo.

— No seu aniversário, Ju, vi minha chance de tentar fazer o Cadu gostar de mim. E eu tentei, só que era tarde demais, porque ele já te amava. Mas eu pude ter meus momentos com o cara que gosto e não ia deixar isso passar. O que aconteceu aqui hoje, o que eu fiz acontecer, foi mostrar isso, que vocês não podem continuar assim. Posso considerar um presente meu para vocês, mesmo que no momento não pareça, e tenho certeza que a Ju está morrendo de raiva de mim e de você, Cadu.

— Não estou — disse Juliana, finalmente, sem convicção na voz. Alice se aproximou dela, mas sem a tocar.

— Ju, tome uma atitude. Faça como eu: se é ele que você quer, lute. Não fique enrolando meu irmão, porque isso só vai ser pior para ele. E para vocês também. Ou você quer ver de novo essa cena, com outra garota nos braços do Cadu?

Juliana não respondeu e eu me aproximei das duas.

— Não é tão simples, Alice. O Beto jamais vai aceitar.

— Ele pode não aceitar agora, mas não vai ser o fim do mundo. Ele vai sobreviver. Eu sobrevivi e vou continuar sobrevivendo. Vou sofrer, mas vou te esquecer um dia. Vai restar um carinho grande e uma boa lembrança dos momentos que passamos juntos. Eu tentei, mas não consegui que você se apaixonasse por mim, então não há mais nada que eu possa fazer.

Alice pegou sua bolsa, ficou uns instantes quieta e depois foi até a porta do quarto.

— Era isso que eu tinha pra falar. Agora está nas mãos de vocês.

Ela saiu e eu fiquei ali parado olhando para Juliana, que ainda olhava para baixo. Eu não sabia o que fazer. Dei um passo para a frente, mas Juliana recuou e então eu parei. De repente, ela caiu em prantos e foi descendo lentamente até se sentar no chão.

— Juju. — Eu corri e a abracei.

— Por quê? Por quê?

— Desculpa — eu disse, dando um beijo na testa dela.

— Estou com raiva, mas ao mesmo tempo não posso cobrar nada de você.

— Desculpa. Eu não devia ter deixado acontecer, mas não consegui resistir. — Ela começou a chorar mais e me senti o pior dos mortais.

— A Alice está certa, vou falar com o Beto. De hoje não passa.

Juliana me olhou assustada.

— O que você vai fazer?

— Vou falar a verdade. Que me apaixonei por você no primeiro instante em que te vi. Que te revi. Eu não fiz de propósito, aconteceu... e ele tem que aceitar.

Ela ficou calada, mordendo o lábio inferior.

— Você vai falar de mim?

— Não. Não vou falar nada de você, apenas de mim.

— Mas eu acho que também preciso conversar com ele.

— Você fala a hora que quiser, não vou te apressar. Se você decidir ficar com ele mais um tempo, vou entender. Mas eu não vou esperar mais porque não vou aguentar te ver assim de novo, então, antes que aconteça qualquer coisa, vou jogar limpo com o Beto. Se já tivesse feito isso antes, você não precisaria ter passado pelo que passou hoje.

Juliana não respondeu, apenas me deu um abraço forte e saiu do quarto. Eu me levantei e fui trocar de roupa para ter uma conversa decisiva com meu melhor amigo. O momento tão temido por mim havia chegado...

CAPÍTULO 37

O<small>S MOMENTOS DE DECISÃO SÃO IMPORTANTES</small> *em nossa vida, mas nem sempre significam algo bom ou fácil*. Era o que eu pensava parado em frente à casa do Beto, onde fiquei por alguns minutos. Tentava acalmar minha respiração, mas estava nervoso demais. Sabia que precisava entrar e terminar logo com isso, até porque alguém podia aparecer ali, mas não conseguia. Aquele encontro causaria uma grande mudança na minha vida, e eu tinha a impressão de que não seria uma boa coisa. Eu até poderia ficar com a Juliana, mas a que preço? Bem, o preço seria a amizade com o Beto.

Era inevitável, eu vinha me enganando, pensando que nunca precisaria revelar meu segredo para o Beto, só que agora não podia mais, precisava contar a verdade e conviver com a consequência desse amor proibido. Finalmente, depois de fechar os olhos e inspirar profundamente, toquei a campainha. Para minha surpresa, Alice atendeu.

— Cadu? O que houve?

— Vim falar com o Beto — disse, de uma vez.

— Nossa! — Ela arregalou os olhos. — Não imaginei que seria tão rápido... Bom, já não era sem tempo. É melhor acabar logo com isso.

Concordei, a Alice tinha razão.

Ela saiu da frente e eu entrei.

— Estou com medo, confesso.

— O Beto te adora. É claro que ele vai ficar abalado quando você contar tudo, mas aos poucos vai entender.

— Assim espero. — Forcei um sorriso.

— Ele está lá no quarto.

Olhei para as escadas e fui subindo degrau por degrau, bem devagar. Alice deve ter ficado rindo de mim, daquele jeito dela, mas não olhei para trás para conferir.

Parei em frente à porta do quarto do Beto e senti meu corpo todo gelar. O coração parecia que ia parar de bater e meu estômago revirava. A vontade era sair correndo dali e deixar pra lá, mas a imagem de Juliana no meu quarto me fez seguir adiante. Não tinha mais como adiar.

Dei uma batida de leve e escutei o Beto gritar lá de dentro para eu entrar. Abri a porta, sorri para ele, ou pelo menos tentei sorrir, e entrei no quarto.

— E aí, Cadu? Veio repassar o julgamento de sexta? — perguntou ele. Estava sentado na cama, mexendo no notebook.

Sei que estava brincando, porque não precisava repassar nada. Naquele momento, eu nem lembrava mais da nossa apresentação.

— Não. Vim conversar com você.

Ele deve ter percebido meu tom de voz estranho, porque ficou sério no mesmo instante.

— O que foi? Aconteceu algo?

— Sim e não. — Respirei fundo e passei a mão no cabelo. — Não sei por onde começar...

— O que você fez com a Alice? — perguntou ele, se levantando, enquanto deixava o notebook de lado.

— Calma, não fiz nada. Não é sobre a Alice. — Dei de ombros. — Em parte envolve a Alice também.

— O que é? Você está me deixando nervoso.

— Calma... Eu preciso que você me deixe falar tudo porque é difícil e não sei por onde começar. — Fiz o Beto se sentar na cama, mas eu estava nervoso demais e fiquei em pé, em frente a ele. — Beto, o que eu vou te falar vai fazer você me odiar muito, não querer mais ser meu amigo, mas você precisa entender que não tive culpa, foi mais forte do que eu, tentei resistir, mas não tive como.

— Você está me assustando. O que foi? Fala de uma vez!

Eu o olhei e prendi a respiração.

— Eu me apaixonei pela Juliana — confessei, rapidamente.

— O quê? — Ele franziu a sobrancelha, com uma expressão de confusão e raiva surgindo no rosto.

— Deixa eu explicar... Eu não quis que acontecesse, mas aconteceu. No dia em que voltei de viagem, quando vi a Juliana no Bebe Aqui. Foi mais forte do que eu, foi paixão à primeira vista, e eu me senti mal por isso, por você. Tentei resistir esse tempo todo, tentei esquecê-la por sua causa, porque gosto demais de você e não queria que isso atrapalhasse nossa amizade, mas não consegui. Tentei gostar da Alice, mas não deu. A única coisa que posso pedir é que me perdoe, mas não posso mais guardar isso comigo.

Fiquei quieto e deixei Beto digerir tudo o que eu havia falado. Ele ficou calado. Depois de um tempo, balançou a cabeça, me olhou com raiva, se levantou e veio para perto de mim.

— Você está dizendo que esse tempo todo usou a minha irmã? Que nunca gostou dela? Que na verdade você sempre quis a minha namorada? É isso? — A voz dele soava com uma raiva que eu nunca havia visto.

— Não é bem assim. Eu gosto da Alice, mas não a amo, e ela sempre soube disso. Eu tentei gostar dela, tentei esquecer a Juliana, mas não consegui.

Beto segurou minha camisa pela gola.

— Você é um traíra. Um cretino! Um babaca idiota e eu te odeio! — gritou ele, quase espumando de tanto ódio que sentia naquele momento por mim.

— Beto... Eu gosto muito de você, é como se fôssemos irmãos. Não queria que isso acontecesse, mas não tive culpa... não mando no meu coração.

— Sai daqui, seu traíra. Sai daqui agora! Não quero ver a sua cara nunca mais! — Ele me deu um soco na boca, me empurrou para fora do quarto e bateu a porta, com um forte estrondo percorrendo a casa toda.

Alice chegou rapidamente, subindo as escadas e me encontrando jogado no chão.

— Foi tão ruim assim?

Eu a olhei. Tinha lágrimas nos meus olhos e apenas consegui balançar a cabeça afirmativamente. Ela veio em minha direção, tocou onde o Beto havia batido e me abraçou. Senti gosto de sangue na boca e percebi que havia um corte ali.

— Ele me odeia.

— Ele te odeia agora, mas daqui a pouco, quando conseguir assimilar tudo, vai se acalmar.

— Não sei...

— Vou tentar falar com ele.

— Valeu. — Eu me afastei dela e me levantei. — Você é uma garota legal. Queria ter me apaixonado por você.

— Eu também queria, mas não deu. — Ela olhou para mim e vi tristeza em seu rosto. Embora estivesse se fazendo de durona, eu sabia que Alice estava sofrendo. Pensei em abraçá-la, dizer alguma coisa, mas isso só iria piorar a situação. Se ela queria fingir que não estava sentindo nada, eu não ia atrapalhar. — Vai pra casa agora, porque daí não vai conseguir mais nada hoje — disse, apontando para o quarto do Beto.

A NAMORADA DO MEU AMIGO

Era um daqueles momentos nos quais sua vida passa diante de seus olhos. Sentado em minha cama, olhando para o nada, eu me perguntei por que isso tudo tinha que acontecer comigo.

Eu me sentia a pior pessoa do mundo, e, toda vez que me lembrava do olhar de raiva do Beto para mim, meu coração ficava apertado e eu começava a chorar. Sei que parecia um canalha, mas tentei resistir. Tentei não gostar da Juliana, tentei esquecê-la. Ok, posso não ter tentado com vontade, mas queria que meu amigo fosse feliz e tentei me apaixonar pela Alice, de verdade, infelizmente não escolhemos quem vamos amar.

Meu celular tocou e eu hesitei em atender, mas peguei o aparelho na esperança de ser o Beto. Era o Caveira.

— E aí, vamos tomar uma hoje?

— Desculpa, não vai dar — respondi, com uma voz desanimada, e ele ficou um instante mudo, como se tivesse percebido algo errado.

— O que aconteceu?

— Eu contei tudo pro Beto.

— Tudo o quê?

— Tudo. Da Juju. Falei tudo que sinto por ela.

— Merda. — Caveira desligou e eu sabia que ele estava vindo para minha casa.

Não deu dez minutos e ele entrou no meu quarto.

— Que merda, Cadu! — disse ele, se aproximando.

— O Beto me odeia — falei, aos prantos.

Caveira se aproximou da cama onde eu estava sentado e colocou a mão no meu ombro.

— Não odeia. Ele só está chateado, magoado, mas não te odeia — disse ele, mais para se convencer do que para me convencer.

— Acho que ele nunca mais vai falar comigo.

Caveira se sentou ao meu lado. Ele deve ter percebido meu lábio inchado e o pequeno corte, mas não falou nada. Não precisava; devia imaginar que o Beto havia me batido.

— Dê tempo ao tempo. — Ele tirou a mão do meu ombro. — Como isso aconteceu? Por que você decidiu abrir o jogo pra ele?

Contei sobre o flagrante que Alice armou, minha conversa com a Juliana e o encontro com o Beto.

— Sabe, apesar de tudo, agora estou me sentindo aliviado.

— Imagino que sim.

— Só que não sei o que fazer.

— Deixa o Beto um pouco sozinho. Ele precisa pensar no que você falou, porque deve ter sido um choque pra ele.

— É, você tem razão. A Alice falou mais ou menos a mesma coisa.

— Vamos fazer o seguinte: eu vou até lá e vejo como ele está.

— Será que ele vai te atender?

— Não sei, mas finjo que não sei de nada, que não falei com você ainda.

CAPÍTULO 38

Beto não apareceu na aula na quinta. Pensei em procurá-lo, mas Caveira achou melhor não. Ele também não conseguiu falar com o Beto, e Alice dava poucas notícias. Eu sabia que ela me escondia a verdadeira raiva que o irmão sentia de mim.

Na sexta-feira era a apresentação do nosso trabalho de Direito Penal, e eu jurava que ele não apareceria. Sabia que o professor ficaria uma fera e tentava pensar em uma boa desculpa para a ausência do Beto.

Entrei na sala, que já estava preparada como se fosse um tribunal, e me surpreendi ao ver Beto sentado em uma das cadeiras da defesa. Caminhei lentamente em direção a ele, com as mãos úmidas de suor por causa do nervosismo do encontro, e me sentei ao seu lado. Eu o encarei, mas ele tinha os olhos voltados para a frente e me ignorou o tempo todo.

O professor entrou na sala e tomou o lugar do juiz na frente de todos.

— Bom dia, turma. — Ele pegou um papel e levantou os olhos. — Hoje vamos ter o julgamento de um homem acusado de matar seu melhor amigo.

Antes que o professor prosseguisse, o Beto se levantou.

— Senhor juiz, eu gostaria de dizer uma coisa antes de continuar o julgamento.

O professor cerrou os olhos para o Beto e eu senti meu sangue congelar. O que ele estava fazendo?

— Pois não, senhor Gomes?

— A defesa deseja declarar o réu culpado.

Houve um burburinho na sala e eu me senti em um tribunal de verdade.

— Você está louco? — sussurrei, mas ele me ignorou.

— Senhor Roberto Gomes, receio que neste caso a defesa não possa considerar o réu culpado. Preciso que vocês apresentem uma defesa para lhes dar uma nota final na matéria.

Não sei o que me deu, mas me levantei de um pulo, com o coração acelerado.

— Senhor juiz, a defesa pede um pequeno recesso para deliberar sobre o caso.

O professor estava visivelmente atônito e nos dispensou com uma das mãos. Deixei a sala, com o Beto atrás de mim.

— Você está louco? — repeti minha pergunta.

— Não — disse ele, calmamente, com as mãos no bolso da calça, mas com raiva na voz.

— Entendo que você me odeie, Beto, mas isso aqui é a nossa vida.

— Errado, isso é a sua vida. Vou me especializar em Direito Tributário. Não dou a mínima para esse julgamento idiota.

Então era isso. Beto queria me prejudicar no que ele sabia ser a matéria mais importante do meu curso de Direito. Era uma vingança.

— Não pensei que você me odiasse tanto — disse, desanimado.

Estava triste com aquela atitude dele, embora entendesse por que ele estava fazendo aquilo.

— Não pensei que você fosse um traíra — respondeu ele, friamente.

— Eu não sou traíra, Beto. Aconteceu, e Deus sabe o quanto eu quis esquecê-la.

— Você não tentou.

— É claro que tentei! — disse alto, e depois me controlei. Por sorte, ninguém passava pelo corredor naquele instante. — Tentei esquecê-la, não queria gostar dela porque, para mim, a nossa amizade é a coisa mais importante.

— Não parece.

— Eu abri o jogo com você porque não estava aguentando mais.

Ele ficou quieto me olhando. Senti uma lágrima escorrendo no meu rosto, mas não sequei.

— Eu conversei com a Ju ontem — disse ele.

Gelei e o encarei um pouco temeroso. Minha respiração estava falhando.

— O que ela falou? — perguntei, reticente.

— Ela jogou limpo também. Contou da paixonite dela por você quando era criança, que depois continuou mesmo de longe. Contou tudo, Cadu. Contou que tentou se apaixonar por mim para te esquecer.

Prendi a respiração por um tempo. Ele tirou uma das mãos do bolso e passou nos olhos, secando algumas lágrimas, e a visão dele ali, arrasado, me deixou ainda pior.

— Eu fui um idiota esse tempo todo por não ter percebido. — Ele levou as duas mãos à cabeça e eu dei um passo à frente, mas parei. Não sabia qual seria sua reação se eu o tocasse. Ele baixou as mãos e me olhou. — Ela contou de vocês no aniversário dela, do presente que você deu. — Ele deu um sorriso debochado. — Acabou que você deu o melhor presente que ela poderia ganhar, e o idiota aqui em nenhum momento teve uma ideia parecida.

— Desculpa. Só queria que ela ficasse feliz. — Estava me sentindo mal porque consegui ver o quanto ele sofria com tudo aquilo.

— Você não percebe, não é? Ela te ama, sempre te amou. Eu que sobrei o tempo todo nessa história.

— Não é verdade; ela gosta de você.

— Sim. Tem carinho, gosta como amigo, mas não como namorado. Tanto que nunca conseguiu se entregar pra mim. Porque é você que ela quer. É você que ela ama. Você conseguiu ver a Ju como eu não consegui e descobriu o melhor presente que ela poderia ter ganhado.

Ele parecia transtornado e dessa vez toquei em seu ombro, mas foi um erro porque, assim que encostei nele, o Beto me deu um soco forte na boca, no mesmo lugar de antes, me jogando no chão. O corte, que já estava quase cicatrizado, abriu novamente e minha boca começou a sangrar.

— Eu te odeio! — gritou ele, e aquilo doeu mais que o soco.

Beto me olhou novamente com raiva e saiu. O professor chegou na porta da sala e me viu ali, caído.

— Meu Deus! Foi o Roberto que fez isso?

O professor se aproximou de mim e me levantou.

— Não, eu caí e bati a boca. Ele não estava mais aqui quando aconteceu. — Menti.

— Ele tem que ser punido.

Eu o segurei em um dos braços e supliquei com um olhar.

— Por favor, não! A culpa é minha, eu mereci o soco.

— Isso não está certo.

— Por favor, não fale com ninguém nem peça punição para o Beto, ou vou me sentir ainda pior.

— Você tem certeza? — perguntou ele. Apenas balancei a cabeça com lágrimas nos olhos. — Isso não está certo, o meu dever é pedir uma punição a ele.

— Acredite em mim, ele já está se sentindo punido.

⁂

O professor transferiu o trabalho para a sexta-feira seguinte, e eu tinha minhas dúvidas se conseguiria fazer o Beto pelo menos ir assistir ao julgamento.

Meu pai andava de um lado para o outro na sala, o Caveira estava sentado em um sofá, me olhando com piedade, enquanto eu estava deitado no outro com uma bolsa de gelo na boca. Matilde chegou da cozinha com um chá para mim.

— Isto vai lhe fazer bem. — Ela me entregou a xícara e eu olhei, hesitante.

— Acho que você deveria dar uma xícara para ele se acalmar — disse, mostrando meu pai.

— Não preciso me acalmar, não. Esse garoto não pode sair te batendo toda vez que te encontrar.

— Pai, ele não vai fazer isso. Ele só estava com a cabeça quente.

— Querido, se acalme. — Matilde se aproximou do meu pai. — Cadu tem razão. Nós conhecemos o Beto desde que ele nasceu; ele é um rapaz decente.

— Decente? Olha o rosto do meu filho!

— Pai, calma. Eu, no lugar dele, teria feito a mesma coisa.

— É, tio. Afinal de contas ele descobriu que a namorada e o melhor amigo se amam. Isso é barra — comentou Caveira, e meu pai assentiu.

A campainha tocou e nós quatro nos entreolhamos.

— Se for o Beto, ele vai escutar — esbravejou meu pai, e foi atender a porta.

Eu sabia que não seria o Beto; era muito cedo para ele me procurar.

De onde eu estava não consegui ver quem era, mas identifiquei a voz assim que meu pai abriu a porta.

— O Cadu está? — Era a voz da Juliana.

— Aqui — chamei, e ela colocou a cabeça dentro de casa.

— Meu Deus! — Juliana correu em minha direção ao ver meu rosto. — Desculpa, é tudo culpa minha.

— Ei, não é sua culpa. — Tentei sorrir, mas o corte ainda doía. — Eu fiz por merecer.

Ela passou a mão no meu cabelo e olhou em volta.

— Será que posso falar com você em particular? — perguntou ela, um pouco envergonhada, e percebi que todos na sala nos olhavam.

— Claro, vem comigo.

Levei Juliana para o meu quarto e fechei a porta. Ela me abraçou forte e a sensação foi boa, reconfortante.

— Não imaginei que o Beto pudesse te machucar.

Ela me soltou e vi que tinha o olhar aflito. Sua angústia me machucou.

— O que mais dói é a raiva que ele sente por mim.

— Vai passar.

— Espero que sim. — Eu me sentei na cama e ela se sentou ao meu lado. Nossas mãos estavam unidas, nossos dedos entrelaçados. — Ele me falou que conversou com você.

Ela deu um sorriso, mas percebi que seus lábios tremiam.

— Por isso ele te bateu?

— É.

Juliana mordeu o lábio inferior e parecia desnorteada. Coloquei meu braço em volta dela e a puxei para perto de mim. Ela encostou a cabeça no meu ombro.

— Não queria estragar a amizade de vocês.

Ela começou a chorar e eu a abracei forte.

— Você não estragou.

— Claro que estraguei, olha pra você! Ele te odeia e me odeia também.

— Ele não te odeia. Ele te ama, foi por isso que me bateu.

Ela levantou o rosto e me olhou.

— Você acha que ele vai te perdoar?

Dei de ombros.

— Realmente não sei, mas espero que sim. Vou me esforçar pra isso, mas acho que ele precisa de um tempo pra pensar e aceitar tudo.

Ela ficou quieta e deitou novamente a cabeça no meu ombro. Senti suas lágrimas molhando minha camisa.

— O que a gente faz agora? — sussurrou ela.

— Não sei. — Soltei Juliana e me ajoelhei na frente dela, levantando seu queixo com uma de minhas mãos. — Eu gosto de você e sei que você gosta de mim. O que mais quero é que fiquemos juntos.

— Agora você pode ficar comigo. Não tenho mais namorado.

O lábio dela ainda tremia, e percebi que seus sentimentos estavam em conflito. Eu a abracei e a beijei levemente nos lábios, para não prejudicar ainda mais meu machucado.

— Eu sei. E vou ficar com você, já que agora nada mais nos impede. Mas acho que seria melhor esperarmos mais um pouco.

— Eu entendo.

— Juju, eu te amo, quero você ao meu lado, mas não quero afrontar o Beto.

— Eu entendi. — Ela sorriu, dessa vez de forma carinhosa. — Você está certo, é melhor ele assimilar antes.

— Não quero que ele saia na rua e nos veja juntos ou que alguém vá falar algo pra ele. Quero primeiro tentar resolver essa situação.

— Tudo bem. Para quem espera por isso desde criança, uns dias a mais não vão fazer diferença.

Eu a abracei novamente, me sentindo confortável por ter Juliana perto de mim.

— Eu te amo — disse, do fundo de minha alma.

CAPÍTULO 39

O BETO NÃO APARECEU na aula na semana seguinte. Eu queria conversar com ele, mas sabia que o melhor era deixá-lo quieto, organizando os pensamentos. Até porque não adiantaria nada conversar enquanto ele estivesse com muita raiva de mim.

Caveira ia lá em casa me dar notícias dele, mas era sempre a mesma coisa: Beto não queria ouvir falar de mim.

Só que no dia seguinte seria a apresentação do nosso trabalho, e ele precisava aparecer. Decidi ligar para o celular dele, mesmo sabendo que seria difícil ele atender. Achei seu nome nos contatos e cliquei. Fiquei escutando o telefone chamar e pensei que iria para a caixa postal, quando alguém atendeu. Era uma voz de mulher.

— Emília? — perguntei.

— Oi, Cadu. — Ela foi simpática.

— Preciso falar com o Beto.

Houve um momento de silêncio e imaginei que ela estava falando para ele quem era.

— Ele não quer falar com você...

— Eu sei, mas eu preciso falar. Amanhã é a apresentação do nosso trabalho de Direito Penal e, se ele não for, vai ganhar zero e ser reprovado.

Mais um momento de silêncio.

— Ele realmente não quer falar com você. — Ela parecia um pouco incomodada pela situação.

— Só diz pra ele uma coisa. — Suspirei. — Diz que o professor falou que ele não precisa apresentar o trabalho, apenas ir lá. Que ele tem que estar presente, ao menos.

— Ok, vou dizer. Um beijo pra você.

— Outro.

Desliguei o telefone e fiquei ali, quieto, pensando na situação que estava enfrentando.

Na sexta-feira, quando entrei na sala, Beto já estava lá, sentado. Um frio percorreu minha espinha quando revi a cena da semana anterior. Fui caminhando até ele e me sentei ao seu lado, mas dessa vez não tive coragem de olhar para ele.

O professor entrou e analisou o Beto por um tempo. Depois balançou a cabeça e se sentou na frente da sala.

— Muito bem, que o julgamento comece — disse ele, nos encarando.

Não me lembro direito como foi a apresentação. Estava nervoso demais pela situação e fui falando tudo muito rápido, sem me importar com o que dizia. A sorte era que já havia treinado várias vezes.

Os jurados, nossos colegas de classe, analisaram a defesa e a acusação.

— O júri chegou a uma decisão? — perguntou o professor.

— Sim, meritíssimo. — O representante dos jurados se levantou. — O júri considera o réu inocente.

Não sei o que senti quando vi que tínhamos ganhado a causa, porque a única coisa de que me lembro é do Beto dando uma risada sarcástica. Sei que nossa apresentação não foi maravilhosa como havia planejado, só ganhamos porque a outra dupla era ruim demais.

— Declaro a sessão encerrada — disse o professor, e o Beto saiu logo da sala. Fui atrás dele.

— Beto, espera.

Ele não esperou. Corri mais um pouco e me coloquei na frente dele. Beto me olhou de modo frio.

— Que parte do *eu não quero mais falar com você* você não entendeu? — Ele foi seco.

— Nós precisamos conversar.

— Não acho que precisamos.

Ele começou a andar e eu fui atrás, sem tocá-lo. O medo de ele me bater novamente se eu encostasse a mão nele ainda era grande.

— Eu sinto falta da nossa amizade.

— Pensasse nisso antes de me trair.

— Eu não te traí! Não tive culpa.

Ele me lançou novamente aquele olhar frio.

— Já falei que não quero conversar com você. Vê se me deixa em paz — disse ele, e andou mais rápido.

Parei e fiquei ali no corredor, observando-o ir embora.

Na quinta-feira seguinte, o Caveira passou lá em casa e me levou quase à força para o Bar do Tavares. Eu não queria ir, não era drama nem pirraça, nem nada, era só aquele lugar que me lembrava demais o Beto, a nossa amizade, tudo.

— Os Três Mosqueteiros! — anunciou Tavares, para o bar todo, em alto e bom som. — Bom, só dois. Estão sumidos. — Ele sorriu e começou a limpar uma das mesas lá do fundo para nós.

— É... Muita prova — disse Caveira, como se isso justificasse nossa ausência. Nunca deixamos de ir lá por causa de provas, mas não dava para contar a verdade.

Tavares se afastou e eu me sentei de frente para o Caveira.

— Sua cara está me animando demais — disse ele.

— Eu disse que não queria vir.

— Mas veio, então vê se fica um pouco mais alegre.

Suspirei fundo e o encarei. Ele ergueu as mãos, como se estivesse se defendendo, e ficou quieto.

— Sabe, isso vai passar um dia — comentou, depois de alguns minutos de silêncio, interrompidos apenas pelo Tavares vindo trazer a cerveja.

— Espero.

— Você sabe que sim. Só precisa dar um tempo pra que ele assimile tudo.

— O Beto me odeia.

— Claro que te odeia. Você tirou a namorada dele. Mas isso passa.

— Realmente você é muito animador. — Eu o olhei e dei um gole na cerveja. — Só queria que não demorasse tanto.

Ficamos mais um tempo quietos. Na verdade foi tempo demais porque só voltamos a conversar quando a picanha na chapa estava sendo servida.

— Você tem encontrado a Ju?

— Não. — Eu me encostei na cadeira. — Não tem clima. Não quero ficar vendo a Juju enquanto não resolver isso tudo.

— E se não resolver?

— Pensei que você tivesse dito que era apenas uma questão de tempo.

— Só estou curioso. — Ele deu um sorriso nervoso. — Sabe, curiosidade.

— Já falei, não tenho como ficar junto dela enquanto não resolver isso com o Beto. Nós conversamos às vezes, mas ficar juntos mesmo, de verdade, só depois que o Beto me perdoar.

Caveira balançou a cabeça, encheu a boca de batata frita e ficou me olhando enquanto mastigava. Acho que ele não tinha muito o que dizer, estava apenas pensando e ganhando tempo.

— É uma barra... Mas vai passar.

— Você me trouxe aqui só pra ficar repetindo a mesma coisa?

— Eu não sei o que falar. — Ele deu de ombros. — Eu te trouxe aqui porque você não tem saído mais. Queria te animar um pouco.

— Valeu pela tentativa.

Ele continuou calado, comendo.

— Você vai pra Floripa nas férias?

— Vou.

— A Ju vai junto?

— Claro que não!

— Achei que sim.

— Não. Se eu não quero ficar com a Juju aqui, mesmo que ninguém veja, não vou levá-la pra lá.

— É, faz sentido...

Ficamos mais um tempo quietos, bebendo e comendo, até eu quebrar o silêncio.

— Você tem conversado com o Beto?

Caveira ficou em silêncio, pensativo. Eu sabia que ele estava escolhendo as melhores palavras para me dizer que o Beto continuava me odiando.

— Sim. A gente conversa às vezes.

— Ele ainda me odeia, não é?

— Ele não fala disso.

— Deixa de ser mentiroso, Caveira! — Eu ri e ele também.

— Se sabe a resposta, pra que pergunta então?

— Sei lá. Pra saber se a raiva diminuiu.

— Eu não sei. Tento falar, sabe, explicar que não é como ele pensa. Que não foi sacanagem, que você não o traiu. Claro que não conto as suas cachorradas de beijar a Ju enquanto ela ainda era namorada dele, porque aí só iria piorar.

— Foram poucas as vezes, você sabe.

— Acho que não faria diferença pra ele.

Passei a mão no rosto e dei um longo gole na cerveja.

— Eu realmente sou um traíra.

Ele não falou nada, mas eu sabia que concordava com a minha conclusão. Eu realmente era um traíra.

CAPÍTULO 40

As férias de julho chegaram, e eu e Beto continuávamos na mesma. Algumas vezes tentei ir atrás, conversar depois das aulas, mas foi tudo em vão. Então desisti. Simplesmente deixei que ficasse com a raiva toda, pensando. Um dia teria que passar, e eu sabia que não adiantava ficar indo atrás; só iria piorar a situação, então era melhor deixá-lo quieto.

Eu e a Juliana conversávamos por telefone, poucas vezes nos víamos. Tentava segurar a vontade de ir atrás dela, porque sabia que não resistiria se isso acontecesse. Mas não queria encontrá-la enquanto não resolvesse tudo. Se a gente ficasse, seria muito pior com relação ao Beto, então era melhor manter distância.

Assim que as aulas terminaram, viajei para Florianópolis. Todos os dias pensava em Juliana e no Beto. Ligava para Rio das Pitangas, para saber do Caveira em que pé estava a raiva do Beto, que parecia não diminuir nunca, e ficava um tempão na internet conversando com a Juju. Posso dizer que não foram as melhores férias da minha vida, mas deu para curtir minha mãe e meu irmãozinho. Saí alguns dias com uns primos, mas nem pensei em me envolver com alguma garota. A minha garota era a Juliana, e eu esperava tê-la em breve nos braços, sem culpa.

Voltei para Rio das Pitangas duas semanas depois e tudo continuou como estava antes. Já estava desistindo de voltar a ser amigo do Beto.

Sabia que ele estava saindo direto com o Caveira, que, por sua vez, terminou seu namorico com a Rafa antes do final das aulas, e que os dois eram atualmente os solteiros mais desejados da cidade. Senti um pouco de alívio pelo Beto estar se divertindo, mas ao mesmo tempo o coração apertava porque eu não fazia mais parte do grupo. Não queria mulheres, só queria meus amigos. E Juliana, claro, mas isso teria que esperar. Tentava me conformar com essa situação, embora meu coração doesse só de pensar em tudo que estava acontecendo na minha vida.

❦

— Nem acredito que as aulas recomeçam amanhã — disse, desanimado.

Era um domingo, a Matilde havia feito um daqueles almoços deliciosos em sua casa e ela estava na cozinha com meu pai, enquanto Caveira e eu assistíamos TV.

— Não parece animado — comentou ele.

— Não estou. Voltar para a UFRP sem ter o Beto ali, para conversar durante as aulas, estudar depois, correr... Não tem graça. Este semestre vai ser uma droga.

Eu havia voltado de Florianópolis uns dias atrás e ainda não tinha encontrado a Juliana. Só conversamos por telefone e combinei de nos vermos depois da primeira semana de aula, dependendo da reação do Beto.

— Bom, você vai ter que se acostumar.

— Se acostumar com o quê? — perguntou meu pai.

Ele e a Matilde vinham para a sala. Caveira ia responder, mas foi interrompido pela campainha.

— Deixa que eu atendo — disse Matilde, enquanto meu pai veio se sentar ao meu lado.

Continuei vendo TV, mas não enxergava nada na minha frente. Nesse momento, escutei uma voz familiar.

— O Cadu está?

Eu me levantei na mesma hora, acompanhado de meu pai. Caveira olhou para a porta com os olhos arregalados. O Beto estava ali, parado na nossa frente.

— Oi — cumprimentei, com um sorriso nos lábios.

Caveira me olhou, também feliz.

— Oi. — Ele olhou para todos na sala. — Podemos conversar?

— O que você quer? Bater novamente no meu filho? — Meu pai foi grosso, posso até entender, mas essa reação me deu um pouco de desespero, afinal de contas meu melhor amigo (ou ex-melhor amigo?) estava ali, me procurando, e isso provavelmente era uma coisa boa.

— Calma, pai. Ele só quer conversar — respondi, e me aproximei do Beto.

Ficamos um encarando o outro, enquanto eu sentia todos nos olhando.

— Podem ir para o meu quarto — o Caveira sugeriu, percebendo que ali não haveria clima para conversas.

Olhei para o Beto, como quem pergunta se está bom, e ele entendeu. A amizade não estava totalmente perdida.

— Talvez na sua casa seja mais tranquilo. — sugeriu ele.

— Claro. — Olhei para todos na sala. — Já voltamos.

— Deixe a porta aberta. Se não voltar dentro de dez minutos, vou até lá — disse meu pai, tentando colocar autoridade na voz.

— Não se preocupe, senhor Campos. Não vai rolar violência — explicou Beto, calmamente. Talvez calmo até demais, e não sei se isso me agradou.

— Assim espero.

Meu pai se sentou, após olhar feio para o Beto. Virei os olhos e saí, em direção à minha casa.

Fomos calados o caminho todo. Tudo bem que era pertinho, mas pareceu uma eternidade para mim, e fiquei me perguntando se para ele também. Entramos e ficamos parados na sala.

— Você disse que queria conversar.

— Sim... Soube que foi para Floripa nas férias — comentou ele, um pouco sem graça.

Eu me sentei no sofá e fiz sinal para ele se sentar. Ele foi para o outro.

— É. Você sabe que sempre vou pra lá.

— Legal.

— Você ficou aqui?

— Fui passar uma semana com a Alice em São Paulo. Ela mandou um beijo.

— Obrigado.

Eu já sabia de tudo o que ele havia feito nas férias, e provavelmente ele sabia disso, mas não tinha o que falar. Caveira me contou da viagem dele para São Paulo, das festas a que eles foram em Rio das Pitangas e Rioazul e das inúmeras garotas com quem ele ficou. *Beto galinha estava de volta.*

Ficamos em silêncio, ele me olhando às vezes, outras ficava mexendo em uma almofada que estava ao seu lado. Permaneci mudo, tentando decifrar o que ele queria. Até que ele resolveu falar.

— Soube que não tem se encontrado com a Juliana.

— É, ainda não a vi desde que voltei.

Beto balançou a cabeça e me encarou.

— Por que isso?

— Isso o quê?

— Isso. — Ele levantou a mão na minha direção, como se espantasse uma mosca. — De não a encontrar. Agora ela é livre, pode ficar com você a hora que quiser.

Senti um leve sarcasmo em sua voz. Balancei a cabeça, mordi a parte interna da bochecha e respirei fundo.

— Não consigo ficar com a Juju enquanto não resolver nossa situação. Gosto muito dela, mas não dá, gosto de você também, da amizade que tínhamos.

— Sei. — Ele riu, como se o que eu havia falado fosse uma ironia ou algo parecido.

— É verdade. Você pode não acreditar, mas não tem como. A sua amizade é muito importante pra mim e não vale uma garota, mesmo que seja a Juliana.

— Engraçado que você não pensou nisso quando foi até a minha casa falar que a amava.

Soltei o ar com calma. Não queria entrar na provocação dele.

— Eu a amo. Fui até a sua casa porque não aguentava mais. Precisava falar, você precisava saber. Mas não é por isso que agora vou sair com a Juliana pra baixo e pra cima. Não posso, não quero e não tenho como ficar junto dela se não tiver resolvido antes a situação com você. Mesmo que isso leve anos ou que nunca volte a acontecer. Não tem como.

Ele ficou quieto por um longo tempo, ainda mexendo na almofada. Não levantou a cabeça, mas percebi que havia lágrimas em seus olhos.

— Sinto falta da nossa amizade também. Sinto falta de conversar com você. Todas as vezes que estou com o Caveira, fica faltando algo...

— Sei como é.

Fiquei feliz ouvindo aquilo.

— Só que não consigo pensar em vocês dois juntos.

Ele tentou enxugar uma lágrima, disfarçadamente. Eu me levantei e fui até ele, ficando em pé na sua frente.

— Nós não vamos ficar juntos enquanto isso não tiver sido resolvido.

— E tudo vai se resolver?

— Não sei, Beto. Sei que não depende só de você ou só de mim, mas acho que vai. Eu tenho a vida toda pra ficar com a Juliana, não precisa ser agora. Quando acertarmos a nossa situação, eu converso com ela.

No momento, o que mais importa pra mim é acabarmos de vez com essa briga entre nós. A amizade é mais importante do que tudo.

Ele me encarou, com os olhos úmidos. Eu também estava quase chorando.

— E como vai ser?

— Eu não sei. — Dei de ombros. — Um dia vai passar, eu acho. Um dia você não vai mais sentir raiva quando pensar na Juliana comigo.

Ele sorriu e balançou a cabeça, concordando.

— Também acho que vai passar. Um dia. Mas ainda não sei quando.

Nós dois sorrimos e nos abraçamos. Esse dia pouco importava naquele momento, porque percebi que ele chegaria.